AF114736

Les glaces fondent en été,
les cœurs aussi !

©2021. EDICO
Édition : JDH Éditions
77600 Bussy-Saint-Georges. France
Imprimé par BoD – Books on Demand, Norderstedt, Allemagne

Réalisation graphique couverture : © Cynthia Skorupa

ISBN : 978-2-38127-151-4
Dépôt légal : avril 2021

Le Code de la propriété intellectuelle n'autorisant, aux termes de l'article L.122-5.2° et 3°a, d'une part, que les copies ou reproductions strictement réservées à l'usage privé du copiste et non destinées à une utilisation collective , et d'autre part, que les analyses et les courtes citations dans un but d'exemple et d'illustration, toute représentation ou reproduction intégrale ou partielle faite sans le consentement de l'auteur ou ses ayants droit ou ayants cause est illicite (art. L. 122-4).
Cette représentation ou reproduction, par quelque procédé que ce soit constituerait une contrefaçon sanctionnée par les articles L. 335-2 et suivants du Code de la propriété intellectuelle.

Agnès Brown – Marie-Claude Catuogno
Bella Doré – Mickaële Eloy – Clora Fontaine
Jessica Motron – Nathalie Sambat

Les glaces fondent en été, les cœurs aussi !

JDH Éditions
Romance Addict

Interlude sous les Pins Parasols

Agnès Brown

Ô temps ! suspends ton vol, et vous, heures propices !
Suspendez votre cours :
Laissez-nous savourer les rapides délices
Des plus beaux de nos jours !

Alphonse de Lamartine

Mes valises sont bouclées ! J'ai tout le nécessaire pour passer des vacances de rêve, sous le soleil du sud de la France, sur l'île de Beauté ! Mon Dieu, j'attends ce moment depuis des mois ! Après tous les confinements successifs que nous avons vécus et ma récente séparation d'avec Antoine, mon (ex) mari, j'ai envie de voyage, de grand air, pour me ressourcer et reprendre un peu de ce pep's que j'ai l'impression d'avoir totalement perdu. L'obligation sanitaire de rester enfermée avec mon époux, dans notre appartement, pendant des jours et des jours, de le voir se laisser aller à un découragement total devant les informations à la télé, de le regarder marcher du canapé au frigo où il trouvait, en grignotant sans cesse, un remède à ses angoisses face à la pandémie, et enfin de le voir incapable d'aider à la vie de tous les jours à la maison, ont eu comme conclusion ma volonté de lui échapper. Antoine n'était plus l'homme que j'avais épousé, plein de projets, de rêves et d'amour… Notre bonheur est parti en fumée et il a fallu ces terribles confinements pour m'ouvrir les yeux sur la personnalité de l'homme qui partageait ma vie.

Pas une seule fois il n'a pris part à la vie de la maison. Je devais faire face, seule, à cette situation imprévisible : cuisine, courses, ménage m'incombaient entièrement. Je fus aussi couturière improvisée et passais des heures à fabriquer des masques en tissu pour presque tous les voisins de l'immeuble ! Et lui, pendant ce temps, il rouspétait devant le petit écran contre le gouvernement et les professeurs de médecine qui défilaient sur les plateaux télé. Ah, oui, j'oubliais ! Il dévorait aussi les gâteaux que je préparais, et des kilos, il en a pris, le bougre ! En quelques semaines, il est devenu tout rond et j'ai dû reprendre tous ses pantalons au niveau de la taille, il ne les fermait plus ! Pour les nuits d'amour, par contre, nous avons fait ceinture ! Trop accablé par l'actualité, me disait-il. Alors que d'autres ont profité de ces moments pour faire des bébés, nous, on ne s'est même pas touchés. Bon, à mon âge, faire des enfants n'est plus dans mes priorités. Notre fille Sathyne a déjà dix-neuf ans. Lui annoncer qu'elle va avoir une petite sœur ou un petit frère maintenant, je ne pense pas que cela lui aurait fait plaisir. Mais tout de même, je n'ai que quarante-trois ans ! Je ne peux pas faire une croix sur ma vie amoureuse ! Je voudrais retrouver ce romantisme passionné des débuts de relation, romantisme que j'ai partagé avec Antoine quand nous nous sommes connus ! Depuis combien de temps ne m'a-t-il pas offert de fleurs ? Et un dîner aux chandelles ? N'en parlons même pas ! Il y a longtemps, il avait des attentions charmantes à mon égard, j'existais pour lui et cela me ravissait ! Maintenant, plus rien, et je l'ai bien vu en passant tous ces mois entre quatre murs avec lui. Si seulement notre fille avait été avec nous, les choses se seraient peut-être passées autrement. Elle aurait apporté un peu de vie dans cet appartement devenu si terne. Elle aurait pu secouer son père, l'aurait prié de sortir de ce marasme qui l'accablait continuellement. Moi, il ne m'écoute jamais. Je fais partie des meubles, pire, je suis comme ce papier peint défraîchi que nous avons dans la salle de bains : on ne le regarde plus pour ne plus y penser. Bon, allez ! Je veux tout oublier. Dorénavant, Antoine, c'est de l'histoire ancienne. Je vais profiter de mes vacances sous le soleil, et ce de ce pas, car le ferry est en train d'accoster et Porto-Vecchio est devant moi. Je sens déjà le parfum du maquis corse ! Que ça va être merveilleux !

***

L'hôtel n'est pas très loin. J'avais prévu le coup, ne voulant pas trop conduire sur les routes corses souvent cabossées et sinueuses, même dangereuses. Dans un petit quart d'heure, je serai arrivée. En attendant, le spectacle qui s'offre à moi est tout à fait divin ! La mer d'un côté, bleu turquoise comme dans mes souvenirs, et la végétation des robustes maquis sous le soleil de l'autre. Hop ! J'y suis ! Le Sognu è paradisu ! Ce qui veut dire « Rêve et Paradis », l'endroit idéal pour me ressourcer !

La réceptionniste m'accueille en m'offrant une liqueur de myrte avec une petite assiette de charcuterie. La coppa et le lonzu s'enveloppent du parfum des immortelles et de la châtaigne, c'est tout à fait exquis ! Elle m'installe ensuite dans un petit bungalow qu'elle appelle Paillote de l'Arbousier, et pour cause, au milieu de l'unique pièce qui le compose, se trouve cet arbre aux fruits rouges délicieux. Près de la fenêtre, un grand lit à baldaquin entouré de toile et de moustiquaire, et sur le côté, une adorable petite salle de bains. C'est complètement paradisiaque, je ne pouvais pas rêver mieux !

Enfin seule, je me jette sur le lit et… rebondis aussitôt ! Un matelas à eau ! C'est formidable ! Je n'ai jamais dormi sur un tel matelas et je sens que mes nuits vont être extraordinaires là-dessus ! Je commence déjà à m'assoupir quand mon téléphone sonne. Je n'ai pas appelé ma fille en arrivant, elle doit s'inquiéter. Je regarde l'écran. Bingo ! C'est bien elle !

— Allô, ma chérie ?

— Paoma ! Tu aurais pu m'appeler ! J'étais super inquiète !

— Si tu arrêtais de m'appeler par mon prénom ? Je préférais de loin quand tu disais « ma petite maman d'amour » !

— J'ai bientôt vingt ans ! Je trouve bizarre de t'appeler Maman !

— Je préférais tout de même…

— Bon, on en reparlera plus tard. Est-ce que tu es bien arrivée à l'hôtel ?

— Oui, je viens juste de déposer mes valises et la chambre est magnifique ! J'ai un matelas à eau, tu imagines ?

— Oui, oui, bon… Tu es bien descendue au Sognu è paradisu ?

— Oui, c'est ça !

— L'hôtel où nous étions allés quand j'étais petite ? Juste à côté de Palombaggia ?

— Oui ! Je ne te l'avais pas dit ?

— Si, si, mais je préfère que tu me le répètes. Je suis plus tranquille quand je sais exactement où tu es.

— Je ne suis plus une enfant, tout de même. Je suis ta mère et c'est moi qui devrais m'inquiéter et me préoccuper des endroits que tu fréquentes !

— Paoma ! Ne commence pas à me faire une leçon de morale, s'il te plaît.

— Non, mais c'est toi qui as commencé !

— Tu as entendu les informations, au fait ?

— Non ! Depuis que je ne vis plus avec ton père, je n'écoute plus rien ! Je n'en peux plus de cette actualité accablante !

— Tu aurais dû !

— Pourquoi ?

— Le virus est reparti de plus belle, et maintenant, le masque est obligatoire partout, et même sur la plage !

— Sur la plage ? C'est une plaisanterie ? Je ne vais tout de même pas bronzer avec le masque sur le nez !

— Tu n'auras pas le choix ! Mais tu es bien au Sognu è paradisu, tu me le certifies ?

— Je ne vais pas te le répéter cent fois ! Oui, je suis bien dans cet hôtel et cela pour les quinze prochains jours ! Maintenant, il faut que je te laisse, je vais aller piquer une tête dans la piscine d'eau de mer ! Je t'embrasse et je te rappellerai plus tard !

Je raccroche aussitôt. Cette conversation commence à me saper le moral. Des mois que nous portons ce masque sur le visage à cause de ce satané virus, et alors qu'on nous a affirmé qu'on n'en avait plus besoin il y a deux semaines, maintenant, ils font machine arrière et nous obligent à le porter ! Mes vacances qui devaient être un remède à tous ces tourments vont devenir bien tristes si on est obligés de subir encore des contraintes. Je ne compte pas me laisser envahir par le cafard, j'enfile mon maillot, attrape mon sac de plage et sors en direction de la piscine !

Voilà que la réceptionniste de tout à l'heure court dans ma direction. Dieu du ciel ! Elle a l'air complètement effrayée ! Elle porte un sac en papier à bout de bras. Peut-être veut-elle me donner encore quelques gourmandises du pays !

— Vous ne pouvez pas sortir comme ça ! me dit-elle, essoufflée.

— Quoi ? Comment ? lui demandé-je. Peut-être aurais-je dû mettre un paréo entre mon bungalow et la terrasse de la piscine ?

— Non ! Enfin, oui ! Vous ne pouvez pas sortir sans masque ! Directives de dernière minute, mais on est obligés, c'est comme ça, reprend-elle en haletant.

— Mais enfin, on est dehors, en plein air ! Ça ne risque rien !

Je la vois maintenant trifouiller à l'intérieur de son sac en papier. Elle en sort une dizaine de masques chirurgicaux et me les tend.

— Vous devez le porter. C'est O-BLI-GA-TOIRE, me dit-elle presque en criant.

Bon, je dois exécuter ses ordres… Je vais avoir la marque de ce fichu truc sur le visage, mais je prends sur moi. S'il le faut, il le faut. De toute façon, je sens que je n'aurai pas le choix… Voilà qu'elle part en courant dans l'autre sens. Des touristes arrivent et ne portent pas de masque non plus. La réceptionniste va avoir du boulot, parce que je pense que je ne suis pas la seule à ne pas avoir entendu cette dernière information…

Qu'à cela ne tienne, je l'accroche à mes oreilles et je ne me laisse pas démonter. Ces vacances seront quand même fabuleuses. Je n'ai qu'à regarder le cadre autour de moi. Le soleil brille, il fait diablement chaud et un transat m'attend sous ce beau parasol aux couleurs de l'été !

Je m'allonge et commence enfin à profiter du moment. Une chanson de Muvrini vient bercer mes rêves, tout est parfait !

— Excusez-moi, Madame ?

Quoi encore ! Pourquoi ce serveur vient-il m'enquiquiner ?

— J'ai un cocktail pour vous, reprend-il.

— Un cocktail ? Décidément, vous êtes aux petits soins pour vos clients, ici !

— Oh, non ! C'est le monsieur là-bas qui vous l'offre.

Quel monsieur ? Je me redresse et essaie de voir qui est cet homme. Il est de dos, accoudé au bar et porte une chemise hawaïenne complètement kitch et un chapeau en paille. Je n'arrive pas à distinguer son visage et m'empresse de questionner le serveur.

— Vous savez qui c'est ?

— Un client.

Oui, ça, je m'en doutais… Mais encore ? Je le presse avec les yeux de m'en dire plus.

— Il est arrivé hier. Je crois qu'il s'appelle… Tiziano quelque chose.

Tiziano… Quel prénom envoûtant ! J'ai dû lui taper dans l'œil ! Il faut dire qu'avec le petit régime que j'ai fait avant de partir, j'ai récupéré mon corps de trente ans ! Ah ! Si Antoine savait que je me fais draguer comme ça, il serait vert de jalousie !

— Dites-lui que je le remercie et que je serais très heureuse qu'il vienne me voir.

Allez, hop, soyons folle ! Je sens que ces vacances vont être époustouflantes !

Je vois le serveur chuchoter quelque chose à l'oreille de ce mystérieux Tiziano. Il se lève. Je me sens fébrile. Je n'ai plus l'habitude de faire la conversation avec un inconnu après vingt ans de mariage. Mais ? Que fait-il ? Voilà qu'il part dans la mauvaise direction ! Il s'en va ! J'aurai tout vu ! Il me paie un verre et ne vient même pas me voir ! Je hèle le serveur pour en savoir plus.

— Il m'a dit qu'il n'avait pas le temps de venir vous voir, mais que vous vous verriez certainement à la soirée de ce soir.

— La soirée ?

— Oui, ce soir, l'hôtel organise une soirée polka et mazurka.

— Polka et mazurka ?

— Ce sont les premières danses de notre île ! me répond-il fièrement.

— Ah bon… Et il vous a dit qu'il serait là ?

— Oui. Et qu'il vous croisera certainement.

Il ne manque pas d'air. Et si je n'avais pas l'intention d'y aller ?!

Je ne reste pas longtemps sur le transat. En fait, je ne cesse de penser à cet énigmatique Tiziano qui souhaite me rencontrer ce soir. Je suis sûre qu'il doit être craquant et j'en suis tout émoustillée d'avance. Ni une ni deux, je retourne à mon bungalow pour prendre une douche et me préparer pour cette fameuse soirée ! Épilation, brushing, blush et mascara ! Ma petite robe noire en satin fera l'affaire. Ma poitrine est mise en valeur, elle est en plus échancrée dans le dos. Si avec ça, il ne tombe pas à la renverse, c'est vraiment que je n'ai plus aucune chance de séduire qui que ce soit.

Heureusement, l'heure tourne assez vite et j'entends enfin la musique s'échapper des haut-parleurs au moment où la nuit commence à tomber. J'enfile mon masque chirurgical qui dénote complètement avec ma tenue sexy, mais pas le choix… Me voilà sur la terrasse, près du bar où il se tenait un peu plus tôt, mais je ne le vois pas. Remarque, je ne sais même pas à quoi il ressemble, et s'il ne porte pas la même chemise que tout à l'heure, je vais avoir du mal à le trouver. Les gens commencent à se déhancher. Je chaloupe moi aussi avec un verre de Cap Corse dans la main, pour me donner de la contenance en l'attendant, mais personne ne vient vers moi... Et s'il ne venait pas ? Moi qui étais tout excitée par cette rencontre... Je demande un autre verre de Cap Corse, avec des glaçons, cette fois. Ma tête commence un peu à tourner.

D'un coup, je sens une présence derrière mon dos. Un homme se penche vers moi, me donnant un petit coup d'épaule. La surprise me fige et je me retourne vers lui. Khoo, il fait noir et il n'y a aucune lumière là où nous nous trouvons, si bien que je n'arrive encore pas à discerner son visage. En plus, avec ce fichu masque, c'est très compliqué de distinguer quoi que ce soit. Et pour couronner le tout, il porte une casquette !

— Bonsoir, me susurre-t-il à l'oreille.

Je le salue à mon tour et l'interroge du regard pour savoir si c'est bien lui. J'ose un...

— Tiziano ?

— Tout à fait, me répond-il tout bas.

Je cherche mes lunettes de vue dans mon sac à main afin d'essayer de voir au moins ses yeux, mais en vain. J'ai dû les laisser dans mon bungalow, quelle idiote !

— Vous êtes superbe ce soir, continue-t-il.

— Oh ? Merci...

Ça fait un bail qu'on ne m'a pas fait un compliment... Et qu'est-ce que ça fait du bien !

— Vous êtes seule ? me demande-t-il toujours en chuchotant, ou est-ce le masque qui atténue sa voix ?

— Oui... Je suis venue toute seule, en effet. Je vous remercie pour le cocktail, cet après-midi.

— Avec plaisir, me répond-il, et je crois entendre un petit sourire dans l'intonation de sa voix. Vous dansez ? continue-t-il.

Danser ! Ça fait tellement longtemps que je n'ai pas dansé ! La dernière fois, c'était à mon mariage, je crois, puis Antoine ne m'a jamais plus invitée depuis... Tiziano me tire par la main et m'entraîne sur le côté de la piste. Nous nous déhanchons sur des airs folkloriques, et Dieu que c'est bon ! J'ai l'impression d'avoir dix ans de moins, je me sens terriblement jeune. J'essaie de distinguer ses yeux à nouveau, mais il ne cesse de bouger et l'endroit où nous sommes est bien trop sombre. Arrive un slow... Il m'attrape par la taille et m'enlace aussitôt. Je me sens nerveuse, mais c'est bien normal. Après vingt ans de vie commune, me retrouver dans les bras d'un homme qui m'est totalement inconnu, c'est assez déstabilisant. Ceci dit, je me sens bien et je veux profiter de ce moment. Je suis assez surprise quand même, car il ne m'a pas demandé mon prénom. Je ne voudrais pas que ce soit un homme qui ne cherche qu'à me mettre dans son lit pour me jeter tout de suite après. Je n'ai pas envie d'aventure d'un soir, j'ai envie de romantisme et de douceur.

— Vous ne voulez pas savoir mon nom ? lui demandé-je, me pressant contre sa joue.

— Euh... dit-il en se raclant la gorge. Je crois que je le connais.

— Ah bon ? m'étonné-je.

— Oui... J'ai entendu quelqu'un du personnel vous appeler plus tôt dans l'aprrrrès-midi. D'ailleurs, quel prénom ! Ce n'est pas commun du tout. C'est trrrès joli et il vous va à merrrveille.

J'entends dans ses paroles un petit accent qui ne me déplaît pas du tout ! D'origine italienne, sans doute. En tout cas, il me fait de l'effet ! Tiziano se rapproche un peu plus de moi. J'ose poser ma tête sur son épaule et je sens son visage s'abandonner dans mon cou. S'ensuit un moment totalement électrisant. J'ai l'impression que nous sommes complètement en symbiose et c'est tout à fait étrange. Si seulement nous pouvions ôter nos masques, mais c'est impossible sur la piste. Le personnel surveille et ils ont l'air bien à cheval sur tout ce protocole mis en place. Sûrement dans la peur d'une amende importante pour non-respect des consignes si jamais les gendarmes débarquent. Et encore, ils sont bien gentils de laisser aux danseurs des musiques où les corps peuvent se frôler... À la fin du slow, Tiziano me prend par la main et m'entraîne près du bar où nous étions tout à l'heure.

— Je suis fatigué, me dit-il, je vais rrrentrer me coucher.

Est-ce une invitation à passer la nuit avec lui ? Devant mon silence, il reprend :

— Je vous rrraccompagne, Paoma ? toujours avec son accent chantant.

— Si vous voulez...

Oh là là ! Ça fait tellement longtemps que je ne me suis pas retrouvée dans une telle situation que je ne sais comment réagir. Va-t-il m'embrasser ? Se jeter sur moi ? Vais-je être à la hauteur de ses attentes ? Je n'ai pas le temps de répondre à ces questions que nous sommes déjà devant mon bungalow. Ce fichu hôtel n'est vraiment pas bien éclairé, car même là, les loupiottes sont éteintes et je ne distingue toujours rien de son visage dissimulé par son masque et sa casquette. Au diable le virus, j'ôte le mien afin qu'il me voie correctement, mais lui garde le sien...

Peut-être a-t-il peur à cause de tout ce qu'on entend ? Je ne peux pas lui en tenir rigueur...

— Paoma, j'ai passé une excellente soirrrée. Peut-être pourrions-nous nous rrrevoir demain ?

Je veux, oui ! Que l'on se revoie demain !

— Avec plaisir, lui dis-je peut-être avec un peu trop d'entrain.

— Attention, vous me faites un effet incrrroyable et je perds mes moyens devant vous. Je rrrisque de ne plus pouvoir me passer de vous si je vous rrrevois... me dit-il si bas que je doute d'avoir vraiment tout compris.

18

Comme une adolescente, je sens mon cœur s'emballer et je ne me reconnais plus. J'ai juste envie de l'entraîner avec moi dans mon bungalow, mais je n'en ai pas le temps, car il soulève son masque au-dessus de son nez et se penche pour m'embrasser la main avant de partir, me laissant là, pantoise, frustrée de ne pas continuer la nuit avec lui… Je pars me coucher, pleine de désir pour cet inconnu, et j'ai beaucoup de mal à m'endormir, trépignant toute seule comme une enfant qui n'a pas réussi à avoir ce qu'elle voulait ! Je n'ai qu'une hâte, être à demain au plus vite pour profiter à nouveau de sa présence.

Je me réveille assez tard le lendemain. Le soleil entre par les persiennes de ma fenêtre et il fait déjà très chaud. Mes premières pensées vont vers Tiziano. C'est fou, tout de même ! Il m'a complètement envoûtée ! Je me prépare du thé et tartine des biscottes avec de la confiture de châtaigne, succulent petit-déjeuner déposé devant la porte de ma paillote, avant de me préparer pour la journée et partir à la recherche de mon mystérieux Italien qui, peut-être, m'attend lui aussi. Je m'apprête enfin à sortir quand mon téléphone sonne.

— Paoma, c'est moi, comment vas-tu ? me dit la voix de ma fille à l'autre bout du fil.

— Très bien, ma chérie ! lui réponds-je d'un ton guilleret.

— Oh là là ! En effet ! Tu as l'air contente !

— Oui… Je ne devrais pas te le dire, mais… J'ai rencontré quelqu'un.

— Déjà ? Mais tu es en plein divorce, tu as pensé à Antoine ?

— Papa, c'est de l'histoire ancienne. Notre amour s'est complètement évanoui, tu le sais très bien. Tiziano est…

— Tiziano ? Qu'est-ce que c'est que ce prénom ?

— C'est adorable, tu ne trouves pas ?

— Il est italien ?

— Je crois, oui.

— Tu crois ? Mais tu ne lui as pas demandé ?

— Non, pas encore. Nous n'avons pas eu l'occasion de beaucoup parler. Je te rappelle que je suis arrivée hier seulement.

— Oui, bon, fais attention tout de même…

— Ne t'inquiète pas ! Tout se passe à merveille ! Je dois le revoir tout à l'heure.

— N'oublie pas de porter un masque. La situation se dégrade drôlement encore, je ne voudrais pas qu'il t'arrive quelque chose.

— Je suis les consignes, comme tout le monde, ma chérie ! Tu oublies que j'ai quarante-trois ans, je suis responsable !

— Mouais… Prends garde tout de même…

Je n'ai pas envie de recevoir de leçon de morale de ma fille et coupe court à cette conversation rapidement. Je sors enfin et je suis happée tout de suite par un homme avec un casque sur la tête, portant un énorme bouquet de fleurs à bout de bras.

— Vous êtes madame Paoma de la paillote de l'Arbousier ?

— Oui, c'est bien ça.

— C'est pour vous !

Il me tend le magnifique bouquet et s'en va aussitôt. Je regarde la petite carte qui y est accrochée : *Paoma, votre prénom est une ode à la rêverie et à la douceur. Vous m'avez ensorcelé et je suis impatient de vous revoir. Tiziano*

Je l'entends prononcer ces mots en roulant les « r », ce qui me vaut un sourire béat sous mon masque chirurgical, et je ne peux m'empêcher de pousser un petit cri de satisfaction. Des fleurs ! Depuis combien d'années n'en ai-je pas reçu ? Hop, je mets ce splendide bouquet dans ma chambre et pars directement à la recherche de mon bel inconnu. Il ne doit pas être bien loin, l'hôtel n'est pas très grand. Le problème, c'est que je ne l'ai pas vraiment bien vu, ni hier après-midi ni hier soir, d'ailleurs, et j'ai peur de ne pas le reconnaître.

Il n'est ni sur la terrasse de la piscine ni au bar, sinon, il me ferait signe… Il est peut-être descendu sur la plage de Palombaggia. Je m'y rends tout de suite, empruntant un petit chemin de terre sous les pins parasols. Je scrute chaque homme passant près de moi, cherchant un indice qui pourrait me rappeler Tiziano, mais en vain. La plage est immense et il y a déjà beaucoup de monde. Je marche au bord de l'eau, jetant des coups d'œil un peu partout, espérant qu'il me remarque et vienne vers moi, mais personne, non, rien ne se passe ! Ce n'est qu'au bout d'une bonne heure de recherche qu'enfin j'entends prononcer mon nom :

— Paoma ! Paoma !

C'est lui ! Je reconnais son accent chantant ! Il est dans l'eau, un peu au large, et je le vois nager dans ma direction. Dommage qu'il ne puisse pas voir mon sourire, car il comprendrait tout de suite comme je suis heureuse de le revoir. Il sort enfin de l'eau, mais il est vêtu d'une combinaison de plongée de la tête aux pieds et porte un masque de plongée vitré qui lui prend tout le visage. Je distingue néanmoins quelques détails. J'aperçois une barbe naissante grisonnante, et ses yeux, malgré la buée, m'ont l'air foncés. La combinaison en sky moulante laisse apparaître un corps d'athlète, bien différent de celui d'Antoine, qui, ces derniers temps, était tout flasque. Même sans le voir véritablement, il me fait un effet bœuf, et comme hier soir, je perds mes moyens. Il ôte le tuba qu'il avait dans sa bouche et s'éloigne de moi.

— Je ne vous apprrrrroche pas trop, vous savez, à cause du virrrrus… me dit-il.

Au diable ce virus, bon Dieu ! J'ai juste envie qu'il m'embrasse ! Je souris toujours, l'invitant par mon regard pétillant à s'approcher malgré tout de moi.

— Merci pour les fleurs ! Elles sont magnifiques !

— Elles vous ont plu ? J'ai choisi des camélias et des œillets du poète pour leurrrs significations.

Il a poussé son geste à l'extrême en choisissant des fleurs qui portent un message ! Qu'il est romantique ! Que toutes ces attentions me manquaient ! Je crois que je vais fondre pour cet homme s'il continue à me parler comme il le fait !

— Peut-être pourrions-nous prrrendre un verre tout à l'heure, Paoma ? Je suis un courrrrs plongée sous-marrrine et je ne peux pas m'échapper comme ça pourrr le moment.

— Oh, bien sûr ! lui réponds-je, pestant intérieurement de ne pas avoir pris le même cours que lui…

— Alorrrs, à tout à l'heure ! me dit-il en partant, sans oublier avant de me prendre la main, comme hier, et d'y porter un baiser, qui m'insuffla instantanément des frissons sur tout le corps.

Je repars, trottinant sur les rochers jusqu'à l'hôtel. Je suis complètement charmée par cet homme ! Je pianote sur mon téléphone portable pour vérifier la signification des fleurs qu'il m'a offertes : l'une désigne l'amour éternel et l'admiration, et l'autre, l'inspiration et la finesse. Si avec ça, je ne comprends pas que je lui plais ! J'ai terriblement envie de le séduire moi aussi et je décide d'aller faire les boutiques pour trouver une petite tenue sexy pour tout à l'heure. Il faudrait aussi que j'achète des sous-vêtements un peu plus affriolants que mes culottes en coton !

***

Je ne reviens qu'en milieu d'après-midi avec mes achats et je vais tout de suite me préparer dans mon bungalow. Je ne sais pas à quel moment je vais le retrouver, mais peut-être viendra-t-il me chercher et il faudra que je sois prête ! Je suis tout excitée par ce rendez-vous. Cette sensation est tout à fait exaltante et je n'aurais jamais pensé que mon cœur pouvait encore battre la chamade comme ça ! Quand j'ouvre ma paillote, je trouve un mot glissé sous la porte : *Je vous ai cherchée partout en revanant de mon cours de plongée. Un seul être vous manque et tout est dépeuplé, comme disait Lamartine. Je dois m'absenter un moment, mais je serai là ce soir. Nous ne pouvons pas dîner ensemble à cause des restric-*

tions imposées, mais peut-être aurai-je la joie de vous retrouver pour une danse ? Un slow sera le bienvenu si l'hôtel nous en fait de nouveau le cadeau ! Tiziano. Alors là, il faut m'expliquer pourquoi ces simples phrases me font un tel effet ? Il cite Lamartine en plus, mon poète préféré, comme s'il me connaissait déjà par cœur ! Je crois que cette rencontre va changer ma vie ! En tout cas, il fait pétiller mon âme comme jamais !

J'avale le veau aux olives du plateau-repas qu'un serveur m'a apporté, puisqu'on ne peut pas manger au restaurant de l'hôtel, et hop ! je commence à me préparer. J'enfile la petite robe décolletée que j'ai achetée cet après-midi et m'attache les cheveux en chignon pour laisser apparaître le collier en corail pour lequel j'ai craqué tout à l'heure dans la vieille ville de Porto-Vecchio. J'attrape ce satané masque, le mets sur mon visage et je file sur la terrasse de l'hôtel, espérant voir mon soupirant. Encore une fois, j'ai du mal à distinguer les gens. Je ne sais toujours pas si je pourrais le reconnaître facilement. Je marche nonchalamment, il va bien me remarquer et venir à ma rencontre. Mais les minutes passent, et toujours rien. Je commande une liqueur de myrte pour patienter. Pas pratique de boire avec le masque. Il faut le relever, puis l'abaisser à chaque gorgée… Tiziano n'est toujours pas arrivé…

J'en suis à mon quatrième verre quand, enfin, je vois un homme se diriger vers moi. C'est lui, je reconnais sa démarche qui me paraît déjà familière. Il porte sur la tête un bandana en guise de chapeau. Pourquoi a-t-il toujours quelque chose sur la tête ? Peut-être est-il chauve ? Ce qui ne me déplairait pas du tout, en plus. Il me rejoint et nous nous asseyons sur une petite table à l'écart des autres. Je remarque qu'à cet endroit, il fait sombre, et encore une fois, je n'arrive pas à le discerner comme je le voudrais. Bien entendu, j'ai encore oublié mes lunettes et je vois flou, sûrement à cause des quatre verres de liqueur que je viens de boire…

Interlude sous les Pins Parasols

— Vous êtes en beauté, Paoma ! Cette rrrobe... Et ce collier... Vous êtes magnifique ! me dit-il avec son accent chantant qui me fait complètement chavirer.

À ce moment-là, une musique retentit dans les haut-parleurs. Des chants corses complètement envoûtants. Je me sens incroyablement bien, et même si je ne vois pas vraiment à quoi ressemble mon bel inconnu, je m'en contrefiche et nous passons la soirée à parler, à nous découvrir un peu plus. Je constate qu'il m'écoute, qu'il est attentif à chacune de mes paroles, qu'il prend le temps de me questionner. Je lui parle de mon ex-mari, de mon divorce en cours. Je lui dis combien je me sentais devenue invisible en tant qu'épouse, que je n'étais plus une femme, mais plutôt une mère ou une femme de ménage pour Antoine. Il comprend la solitude que j'ai pu ressentir, cette routine qui gâche bien des relations... Je ne sais pas s'il a vécu la même chose, mais j'ai l'impression qu'il sait de quoi je parle. J'apprends qu'il a quarante-cinq ans, que sa vie est aussi marquée par de douloureux moments. J'en suis à mon septième verre de liqueur de myrte et l'alcool me fait peut-être un peu trop parler. Quand il me propose de danser, je saute de ma chaise, mais je vacille aussitôt et manque de tomber. Il me rattrape dans ses bras et je ferme les yeux, espérant qu'il soulève mon masque et le sien pour enfin m'embrasser. À ce moment-là, j'ai terriblement envie de lui, mais lui reste de marbre. À la place, il me porte dans ses bras jusqu'à ma paillote. Je me laisse bercer, si bien qu'une fois qu'il m'a déposée sur mon lit, je m'endors tout de suite.

Je me réveille le lendemain matin, l'esprit embrumé. J'ai bien trop bu la veille et je jure de ne plus me laisser tenter par la douceur de la myrte qui se boit comme du petit lait ! Je me fais un café bien serré et constate lamentablement dans la glace des cernes sous mes yeux. Intérieurement, je me dis : *Ma cocote, tu as passé l'âge des nuits pleines d'alcool, tu ferais bien de te reprendre !* Si je veux faire encore un peu d'effet à mon bel inconnu, il faut que je cache mes traits tirés. D'un coup, je prends peur ! J'espère que je ne l'ai pas effrayé avec mes histoires de couple, mon divorce et ma solitude ambiante... Et s'il ne voulait plus me revoir ? Mais bien sûr ! Il ne va plus vouloir me revoir ! C'est certain ! Sinon, il aurait passé la nuit avec moi. Au lieu de ça, il m'a déposée dans ma chambre et il a pris la poudre d'escampette ! Il croit sûrement que je cherche à me caser et que je veux le harponner afin qu'il panse mes blessures. Oh, mais oui ! C'est ça ! Et je ne le reverrai plus, maintenant ! Il va m'éviter et s'enfuir dès qu'il va me voir arriver ! Quelle gourde je fais ! C'est de ma faute, aussi. Toujours à vouloir déballer mes états d'âme...

Déprimée, j'enfile mon maillot, chausse mes lunettes noires et je grimpe dans ma voiture. Je ne resterai pas ici aujourd'hui. Je vais m'éviter l'humiliation d'être rejetée par cet homme et je file jusqu'à Rondinara, m'isoler sur cette plage près de Bonifacio, où je ne pense pas le croiser.

En effet, il y a peu de monde et pas mal d'endroits où déposer ma serviette et mes affaires sans être incommodée par d'autres touristes. Je trouve un endroit sous des pins parasols, à l'ombre, où je m'installe, et bientôt, bien trop énervée contre moi-même, je tombe dans un lourd sommeil jusqu'au soir. C'est l'humidité qui me réveille. J'ai froid et il faut maintenant que je rentre. J'ai dormi toute la journée, ce qui veut dire que cette nuit, je ne vais pas fermer l'œil. Oooh... Les vacances avaient si bien commencé, et j'ai tout gâché ! Antoine me disait toujours que je parlais trop, il n'avait pas tort sur ce point ! Je roule doucement jusqu'à l'hôtel et rentre directement dans mon bungalow, évitant soigneusement de passer par la terrasse. Je m'apprête à entrer sous la douche quand j'entends frapper à la porte. Je m'enroule dans ma serviette de bain, mais j'hésite à ouvrir. Peut-être me suis-je fait de fausses idées, et Tiziano veut me revoir ? Mieux encore, il m'a cherchée toute la journée, et il est inquiet ? Mille questions me traversent l'esprit ! Mon cœur reprend quelques couleurs et, persuadée que je vais me retrouver en face de lui en ouvrant la porte, volontairement, je ne mets pas mon masque et arbore un large sourire.

— Bonsoir, Madame, me dit un tout jeune employé de l'hôtel.

— Bonsoir… lui réponds-je extrêêêêêêmement déçue de tomber sur ce jeune homme.

— Je viens vous apporter le programme de ce soir.

— Le programme ? continué-je un peu gênée de me retrouver seulement couverte d'une serviette de bain devant lui.

— Oui, ce soir, c'est soirée costumée. Vu qu'on est tous obligés de porter un masque, la patronne a décidé d'en jouer et on doit venir déguisés pour la soirée : « Trinquons ensemble malgré tout ».

— Trinquons ensemble malgré tout… Oui, bon… Je ne pense pas venir… De toute façon, je n'ai rien pour me déguiser. Si je l'avais su avant, peut-être aurais-je pu prévoir quelque chose, mais là, je n'ai rien à me mettre… mens-je, toujours déçue…

— Oh, ce n'est pas grave. Je suis sûr que tout le monde ne va pas se déguiser, reprend-il.

— Non. Je n'ai pas envie de sortir. Merci beaucoup, continué-je en fermant la porte.

Mais le jeune homme m'en empêche et, avec un air paniqué, reprend :

— En fait, vous êtes invitée !

— Invitée ?

— Oui, c'est monsieur…

— Monsieur ?

— Monsieur Tiziano quelque chose qui m'a dit de venir vous porter le programme.

— Tiziano ? Et pourquoi n'est-il pas venu lui-même ?

— Parce qu'il est sûrement en train de se préparer… je suppose… dit-il, embarrassé.

Après tout, s'il n'est pas venu, je m'en contrefous ! Je suis simplement heureuse qu'il ait pensé à moi ! Bien sûr que je vais aller à cette soirée, et plutôt deux fois qu'une ! Je suis à nouveau tout émoustillée, et en deux temps trois mouvements, je file sous la douche, me sèche les cheveux, clipse des boucles à mes oreilles et choisis un petit ensemble léopard que ma fille m'a offert juste avant de partir. Je l'avais embarqué dans ma valise pour lui faire plaisir, ne sachant pas quand je pourrais porter quelque chose comme ça (pas du tout mon genre…), mais elle a eu de l'intuition, car c'est en bête fauve que je vais me déguiser ce soir !

Fin prête, masquée et costumée, je me rends sur la terrasse et me place près du bar, là où je rencontre toujours mon bel inconnu. Je ne tiens pas en place. J'ai hâte de le voir et je trépigne d'impatience, tournant en rond tel un lion en cage ! C'est Muvrini qui chante ce soir encore pour mon plus grand plaisir et je me trémousse en attendant d'apercevoir l'énigmatique Tiziano. Le soleil est maintenant couché, il n'est toujours pas là. Je regarde tous les vacanciers, affublés de déguisements de fortune, c'est assez drôle à voir et ça me fait passer le temps. Je me demande en quoi il va être déguisé ! Je l'imagine en panthère, ou en chevalier, pourquoi pas, il est si romantique ! Voilà qu'un homme vient vers moi. Il a une cagoule sur la tête et est vêtu d'un treillis.

— Bonsoirrr, belle crrréature de la jungle ! me dit-il en roulant les « r » comme il sait si bien le faire.

— Bonsoir ! Vous êtes en… ? m'étonné-je.

— En bandit du maquis ! Je chasse les bêtes férrroces et vous en êtes une, je crrrois ! me répond-il avec un certain amusement.

Interlude sous les Pins Parasols

Je souris. S'il savait que je suis littéralement sous son charme… Bon, ce n'est pas ce soir encore que je vais découvrir son visage entièrement, mais je suis diablement contente qu'il soit là. Il n'a pas l'air de me tenir rigueur de la conversation que nous avons eue hier et encore moins de mon état d'ébriété. Et sans entamer une nouvelle discussion, il m'entraîne sur la piste et nous dansons tous deux avec ferveur sur les airs populaires de cette belle île paradisiaque ! Nous ne nous arrêtons pas et enchaînons, chanson après chanson. Je transpire sous mon masque et mon mascara doit couler avec la sueur qui perle de mon front. Tiziano doit être en nage sous sa cagoule, mais respectueux des règles sanitaires, il ne l'enlève pas. En milieu de soirée, le DJ met des morceaux plus doux, pour mon plus grand plaisir, car il me prend alors dans ses bras et nous dansons l'un contre l'autre, ce qui est tout à fait électrisant et pourtant non réglementaire en cette période de pandémie virale ! Je pose ma tête sur son torse. Je me sens comme une midinette ! Ces moments dans ses bras sont bien trop exaltants et je me sens parfaitement heureuse. Après trois slows collés-serrés, où nos cœurs se sont emballés (le mien en tout cas !), il me soulève le menton et me fixe du regard à travers les trous de sa cagoule. Je n'arrive pas à bien voir ses yeux, mais j'y sens toutefois une extrême douceur, ce qui fait bondir mon cœur encore plus vite ! Sans dire un mot, il m'entraîne vers la plage attenante à l'hôtel. Nous sommes sous les pins parasols, sur le chemin de terre qui mène à Palombaggia. La nuit est noire, la lune a décidé de se cacher, et sans mes lunettes de vue, je trébuche sur toutes les racines sèches qui serpentent sur le sol. Il me retient à chaque fois et je me retrouve une fois de plus dans ses bras. Nous nous allongeons par terre. Je retire mon masque et essaie de lui enlever sa cagoule, mais il repousse ma main. Il me déshabille doucement, prenant soin de me caresser à chacun de ses gestes. Bientôt, je suis quasiment nue et le laisse parcourir mon corps avec ses doigts. Il fait glisser son treillis et sa veste militaire. Il relève un peu sa cagoule, laissant apparaître ses lèvres, et il embrasse langoureusement mon ventre, mes seins, mon cou, puis ma bouche. Ma respiration s'accélère, j'ai l'impression que mon cœur va exploser. Le parfum des immortelles près de nous nous enivre tous deux. Enfin, il m'étreint contre lui et notre ébat est complètement étourdissant. Ça fait bien longtemps que je n'ai plus éprouvé autant de plaisir et il le ressent. Il m'entraîne avec lui plus haut qu'au septième ciel et c'est ensemble que nous atteignons les étoiles. La tête me tourne, je suis entièrement grisée, étourdie, ensorcelée par cet homme que je connais à peine. Nous nous endormons ensemble, sur un tapis d'épines de pins parasols…

***

Quand nous nous réveillons, il fait déjà jour et nous entendons les premiers touristes passer non loin de nous sur le chemin de terre. Nous nous rhabillons sur-le-champ, paniqués à l'idée qu'on nous découvre complètement nus, mais nous rions de bon cœur tous les deux, comme deux adolescents qui vont être pris en flagrant délit ! Son rire me fait un drôle d'effet. Et je pense tout de suite à Antoine. C'est idiot, je suis en train de divorcer, je n'ai donc rien fait de mal. On ne peut pas dire que je l'ai trompé, car nous sommes séparés depuis des mois, maintenant. Et puis, j'ai envie de vivre cette histoire d'amour pleinement, même si elle ne doit durer que le temps de mes vacances. Je n'ai toujours pas vu le visage de Tiziano au grand jour, mais ça n'a aucune importance. Je trouve même que ça donne encore plus de piment à cette relation particulière et je n'essaie même pas de relever sa cagoule quand il me ramène à mon bungalow. Il embrasse ma main comme il le fait à chaque fois et me donne rendez-vous un peu plus tard quand nous nous serons reposés tous les deux.

Je n'ai fichtrement pas envie de me reposer, et j'aurais bien réitéré l'expérience de la nuit dernière avec lui, tout de suite.

Interlude sous les Pins Parasols

Cette attente avant de le revoir attise encore plus mon désir et je crois qu'il n'y a pas une seule seconde où je ne pense pas à lui. Qu'est-ce qu'il m'arrive ? Je ne peux pas tomber amoureuse comme ça ! Aussi vite ! J'ai l'impression de revivre les débuts avec Antoine, où nous avions toujours envie l'un de l'autre, jamais rassasiés de nos ébats amoureux. J'ai envie de voir mon mystérieux Tiziano, j'ai envie de le toucher, et surtout, j'ai envie de sentir ses mains sur mon corps comme il l'a fait il y a quelques heures.

Je file sous la douche, essayant de vider mon esprit, mais rien n'y fait, je ne pense qu'à lui ! J'espère que c'est aussi son cas et qu'il attend avec impatience nos retrouvailles. Je sors enfin, sans avoir pu dormir ne serait-ce qu'une minute, bien trop excitée à l'idée de le retrouver. Je le cherche du regard sur la terrasse de l'hôtel. Il y a peu de monde. Principalement des couples avec des enfants. Il n'est pas là. Comme la dernière fois, je parcours la plage de Palombaggia, mais aucune trace de lui non plus. Je prends néanmoins le temps de regarder le paysage. La mer est transparente et je ne résiste pas à plonger pour faire quelques mètres de brasse. L'eau est chaude et mon cœur s'apaise enfin. Je suis heureuse, j'apprécie cet instant, j'ai même l'impression de planer. Sur le chemin du retour, je jette des coups d'œil un peu partout, toujours dans l'espoir de le croiser, mais peut-être n'est-il pas encore sorti de sa chambre afin de se reposer pour la prochaine soirée. Je flâne dans le maquis, ramassant quelques fleurs. Je grimpe sur un arbre et me délecte d'arbouses. Je remarque des eucalyptus, majestueux, ils ont un parfum particulier qui donne encore plus d'exotisme au paysage qui m'entoure.

Le soleil commence à entamer sa descente derrière l'horizon et, revigorée par cette journée apaisante, je rentre me préparer, espérant, cette fois, revoir Tiziano rapidement. Brushing, fard à paupières devant le miroir. Petit short blanc et top rose, pour faire ressortir mon bronzage du jour. J'attrape un nouveau masque, fulminant intérieurement de devoir le porter, et, comme la veille, je file à l'endroit où nous nous retrouvons à chaque fois, près du bar. J'attends longtemps et me permets un apéritif. Ce délicieux vin cuit typique de la Corse me fait du bien. L'heure tourne, pas de Tiziano en vue et je m'agace. Je commence à douter de sa sincérité… Maintenant que nous avons couché ensemble, il va passer à autre chose. Il me prend peut-être pour une fille facile, ce que je ne suis pas ! J'ai pourtant senti quelque chose entre nous hier soir, je ne peux pas me tromper ! Après tout, oui, je peux me tromper. Mon expérience avec les hommes s'arrête à Antoine. Tiziano est peut-être un séducteur, tout simplement, et je me suis fait avoir. C'est une tempête d'émotions contradictoires qui vole dans ma tête et, honteuse de mon attitude, je rentre à mon bungalow, bien décidée à ne plus me laisser avoir.

J'ai envie de parler, de sortir toute cette agitation en moi, mais je ne sais pas qui appeler. Ma fille saura sûrement m'écouter. Même si elle ne va pas approuver mon comportement, ça me fera du bien de m'exprimer. Je pianote sur mon téléphone. Il est tard, mais elle ne m'en tiendra pas rigueur.

— Allô, ma chérie ? C'est maman.

— Paoma ! Qu'est-ce qu'il se passe ? Tu as vu l'heure ? Il t'est arrivé quelque chose ? s'inquiète-t-elle aussitôt.

— Non, non, tout va bien, je vais très bien, m'empressé-je de lui dire avant qu'elle n'appelle les pompiers et la police pour venir à mon secours !

— Pourquoi m'appelles-tu si tard, alors ?

— Je m'excuse. Je me sentais un peu seule, j'avais envie d'entendre ta voix…

— Oh, maman… Qu'est-ce qu'il se passe ?

Pour qu'elle m'appelle « maman », c'est qu'elle doit vraiment s'inquiéter…

— Eh bien, c'est cet homme… reprends-je.

— Le gars que tu as rencontré ? Qu'est-ce qu'il t'a fait ? s'énerve-t-elle brusquement.

— Non, rien du tout, ne te fais pas de souci. Mais bon, je crois que j'ai perdu la main avec la gent masculine...

— Tu as à peine une petite quarantaine d'années, tu es dans la fleur de l'âge, Paoma, tu as l'expérience, le charme, le chic et la gentillesse. Si cet homme ne l'a pas remarqué, c'est que c'est un imbécile.

— Je croyais que le courant était passé entre nous, mais il n'en est rien... Enfin, je crois...

— Laisse tomber, maman ! Et puis, tu dois encore penser à Antoine en plus, votre divorce est tout récent.

— C'est vrai, tu as raison, mais justement, avec Tiziano, j'avais l'impression de retrouver cette connivence que j'avais avec ton père au début de notre relation... Il y a longtemps, maintenant...

— Il est tard, Paoma. Il faut que tu dormes. Demain, ça ira mieux, tu verras ! Allez, hop, au lit !

Je souris. Sathyne a le don de me remonter le moral, elle est formidable ! Je suis son conseil et me glisse dans mon lit. Je plonge dans un demi-sommeil quand j'entends des coups à ma porte.

— Qui est là ? demandé-je à moitié endormie.

— C'est Tiziano...

Il ne manque pas de culot de venir en pleine nuit ! Je me demande si je dois ouvrir, mais il insiste et frappe à nouveau. J'entrouvre la porte et essaie de le voir dans le noir.

— Je peux entrrrrer ? me dit-il, penaud.

— Il est tard... rétorqué-je avec humeur.

— Je suis désolé, je n'ai pas pu venirrr tout à l'heurrrre. Un empêchement...

Oui, oui, bien sûr... Foutaises, oui !

— Paoma, me dit-il avec son accent à tomber à la renverse, j'ai trrrès envie d'être prrrès de toi.

J'hésite, mais j'ai moi aussi envie d'être avec lui. J'ouvre entièrement la porte et le laisse entrer. Il a encore ce satané masque sur le nez et un nouveau bandana sur la tête qui lui cache même le front, cette fois. Je tente d'allumer la lumière, mais il m'en empêche, et au lieu de ça, il arrache mon masque, soulève le sien et m'embrasse avec ferveur. Je tombe sous ses ardentes caresses et me laisse faire. C'est exquis, ma tête tourne encore, et dans cette intimité de la nuit, notre étreinte est aussi délicieuse que la veille. Épuisée, dans ses bras, je plonge dans un profond sommeil, heureuse de m'être trompée sur lui. Il est aussi fou de moi que je suis folle de lui...

***

Quand je me réveille au petit matin, Tiziano n'est plus là, mais pas de panique ! Je suis sûre qu'il ne se fiche pas de moi. Il a envie de rester énigmatique. Peut-être a-t-il, lui aussi, été déçu par une ancienne histoire amoureuse et il prend ses précautions, ne me connaissant pas plus que ça finalement, même si je me suis beaucoup livrée à lui. Toute guillerette, je me prépare pour entamer cette nouvelle journée de vacances et je suis agréablement surprise quand je découvre un petit mot de sa part, déposé juste à côté de la cafetière : *Une initiation de plongée sous-marine à quatorze heures, ça te dit ? Rendez-vous sous le pin de Palombaggia, un bateau nous attendra. Tiziano.*

Évidemment que ça me dit ! Je n'ai jamais fait de plongée ! Je regarde l'heure, il est encore tôt, je décide de me reposer un moment tout en rêvant de mon mystérieux amoureux qui a su réveiller mon cœur et le faire vivre à nouveau !

Quand j'arrive sous le pin parasol de Palombaggia, un zodiac nous attend effectivement. Je crois voir Tiziano assis sur l'un des boudins me faisant de grands signes. Il est déjà habillé pour la circonstance, vêtu d'une combinaison intégrale, et je ne vois toujours rien de son visage. Je prends ça à la rigolade. S'il veut jouer à ce petit jeu, qu'à cela ne tienne. Je suis même plutôt charmée par tout ça, car je suis en train de tomber amoureuse de cet homme qui m'aura attirée à lui par le simple fait d'être attentionné, imprévisible et attentif à mes désirs.

Interlude sous les Pins Parasols

Je revêts moi aussi la combinaison de plongée et nous partons avec le moniteur jusqu'aux îles Lavezzi, cette réserve naturelle, protégée de l'indélicatesse des hommes. Je panique un peu lorsque Tiziano me demande de prendre sur mon dos deux grosses bouteilles d'oxygène. Comment vais-je faire pour respirer avec ça ? Heureusement, avec son accent du Sud, il sait apaiser mes craintes et m'explique comment je dois faire. Nous voilà sous l'eau, tous les trois, explorant les fonds sous-marins. C'est merveilleux ! Tiziano a l'air de très bien se débrouiller et il me montre tous les poissons qui grouillent autour de nous. Ce spectacle est magique ! Des mérous, des dorades, des rougets... J'ai l'impression qu'ils dansent près de nous. Tiziano nage à côté de moi et me donne le sentiment d'être aimée. Je ne sais pas si c'est cette eau cristalline, ces animaux marins ou simplement ce moment avec cet homme que je connais à peine, mais je me sens tout à fait bien. Je nage dans le bonheur !

Sur le retour, Tiziano est toujours enfermé dans sa combinaison, tout comme le moniteur, d'ailleurs. Et lorsque nous arrivons au point de rendez-vous de tout à l'heure, sous le pin parasol de Palombaggia, Tiziano me dit au revoir et me donne rendez-vous ce soir pour une balade nocturne sur la plage.

Revigorée par cet après-midi que je pourrais qualifier d'enchanteur, je retourne dans ma paillote, la tête pleine de rêves.

***

Mon téléphone sonne. C'est sûrement ma fille qui s'inquiète après mon coup de fil d'hier soir. Bingo ! C'est bien elle !

— Allô, Paoma ?
— Oui ! Comment vas-tu, ma chérie ?
— C'est plutôt moi qui devrais te poser la question. Tu vas mieux, maintenant ?
— Parfaitement ! J'ai revu Tiziano...
— Ah ?! Ce n'est donc pas un mufle !

— Non, pas du tout ! Excuse-moi encore de t'avoir embêtée hier soir.

— Non, ce n'est rien. Je veux juste que tu sois heureuse, Paoma.

— Je le suis, ma chérie !

— Il est comment, au fait, ce Tiziano ?

— Gentil, attentionné…

— Et physiquement ?

— Un corps à faire pâlir le Don Juan de Molière ! rié-je.

— Eh bien dis donc !

— Tout le contraire de ton père !

— Oh, mais Antoine a beaucoup maigri, tu sais !

— La dernière fois que je l'ai vu, il avait quelques bourrelets qui dépassaient, tout de même ! Il n'a pas arrêté de prendre du poids pendant les confinements, avachi sur son canapé, sans se préoccuper une seule seconde de moi, ni de ce que je ressentais.

— Oui, je sais… Mais je peux te dire que maintenant, il a retrouvé son corps de jeune homme ! continue-t-elle, un peu vexée.

— Je suis bien contente pour lui… assuré-je à ma fille qui n'aimait pas que je dénigre son père. Tu sais, je crois, de toute façon, que j'aimerai toujours ton père. C'est juste que la flamme s'est éteinte au fur et à mesure des années. J'avais cette fâcheuse impression de ne plus compter pour lui et d'être enfermée dans une solitude pesante, et cela malgré le fait que nous vivions ensemble. Tu vois ce que je veux dire ?

— Non, pas vraiment. Mais je comprends qu'avec Tiziano, ce soit comme les débuts avec Antoine.

— C'est exactement ça ! Et je veux profiter de ces vacances avec lui !

— On dirait une jeune fille qui découvre l'amour quand tu parles !

— C'est un peu ça, oui…

Interlude sous les Pins Parasols

Une fois ma fille rassurée sur mon état, je m'applique à me préparer pour ma soirée avec mon bel inconnu. Que ces vacances sont source de bonheur !

Je mange un plateau froid de charcuterie et de fromage corse, un pur délice, et je m'apprête à partir quand je croise la réceptionniste courant autour de la piscine. Elle arrive vers moi, essoufflée comme le jour de mon arrivée, et alors qu'elle reprend une respiration plus calme (fichu masque qui nous empêche de respirer !), une main sur une de ses côtes et l'autre sur son genou, elle sort enfin une enveloppe de la poche de son pantalon et me la tend. Ça, c'est un billet doux de Tiziano, j'en suis presque sûre ! Décidément, c'est un grand romantique ! Impatiente, je déchire l'enveloppe et en sors une petite carte : *Le passé, l'avenir, ces deux moitiés de vie, l'une dit jamais, l'autre dit toujours. Ces quelques mots de Lamartine pour te dire, Paoma, que je brûle d'envie de te voir. Tiziano.* Là, je suis estomaquée. Voilà deux fois qu'il cite Lamartine, ce grand poète que j'aime particulièrement. Lui aurais-je dit, l'autre soir, alors que j'étais un peu trop saoule, que j'affectionnais grandement cet auteur ? D'un coup, j'ai un doute… Je réfléchis quelques minutes avant de prendre le chemin de Palombaggia où Tiziano m'attend. Mon cœur bat très vite en pensant à lui, cet homme que je n'ai jamais vraiment vu, soit parce que lui-même ne le désire pas, soit parce qu'il suit, à la règle, les directives actuelles, je ne sais plus… Cet homme qui semble si bien me connaître, qui sait exactement comment me faire vibrer par toutes les attentions qu'il me porte, cet homme qui m'a complètement séduite, pire encore, complètement envoûtée…

C'est dans cet état d'esprit que j'arrive à la plage. Il fait nuit noire, la lune est toujours absente et les étoiles, hélas, ne peuvent éclairer le sable. Malgré tout, je le distingue un peu plus loin et je m'approche de lui. Il porte le masque chirurgical donné par l'hôtel et, sur la tête, il a un grand chapeau de paille. Il tient une rose à la main. Plus romantique, on ne peut pas.

Je le vois pianoter sur son portable. Il cherchait probablement une musique, car j'entends la douce voix de Muvrini s'échapper de son téléphone. Je m'avance un peu plus de lui et, volontairement, je ferme les yeux. Je sens alors ses mains se poser sur mon corps, faisant glisser ma robe sur le sable. Il retire mes sous-vêtements, toujours avec délicatesse. Mes yeux sont toujours fermés. Il a dû enlever son masque, car ses lèvres sont sur les miennes. Il me demande de m'allonger, et je sens alors son corps sur moi, sa peau sur la mienne, et à cet instant, mon cœur est prêt à éclater. Je garde les yeux clos. Il ne veut pas que je sache qui il est, je l'ai bien compris et je me laisse emporter par son élan d'ardeur jusqu'au bout de la nuit.

Nous nous endormons tous les deux, dans les bras l'un de l'autre, sur cette plage paradisiaque. Quelques gouttes de pluie me réveillent au petit matin. C'est bien la première fois que je sens la pluie sur cette île, si ensoleillée d'habitude. Tiziano est juste derrière moi. J'entends sa respiration profonde. Je sais qu'il dort encore. Je n'ose pas me retourner, car je vais découvrir qui il est, et pourtant, intérieurement, je le sais déjà… Je sens qu'il se réveille, il grommelle je ne sais quoi. Sans accent, cette fois. Je ne tiens plus et me retourne enfin.

— Bonjour, mon amour, lui dis-je avec tendresse.
Il me regarde. Je le sens gêné, mais heureux à la fois.
— Bonjour, ma chérie… me répond-il timidement.
— Tu as bien dormi ? lui demandé-je en lui lançant un grand sourire.
— Tu le savais ? me dit-il.
— Oui, mais je l'ai compris hier soir seulement.
— Tu m'en veux ?
Je ne réponds pas tout de suite. C'est vrai que je lui en veux un peu, mais il a su reconquérir mon cœur, il a été doux, romantique, surprenant, tout ce que j'avais oublié durant les dernières années. Pour seule réponse, j'enfouis ma tête entre son cou et ses épaules et je me blottis contre lui.

— J'aimais bien ton accent ! lui dis-je pour l'embêter.
— Je peux toujours le reprrrendrre, me dit-il en roulant les « r » formidablement.
— Sathyne était au courant, je suppose…
— Évidemment, sans elle, je n'aurais jamais su dans quel hôtel tu étais descendue !

Et je chuchote alors :
— Je t'aime, Antoine.
— Moi aussi je t'aime, Paoma.

Retomber amoureuse de son mari après presque vingt ans de vie commune, c'est inespéré, mais Antoine a su raviver la flamme avec excellence.

Comme dirait Lamartine : *La vie est un livre dont chaque pas nous ouvre une page.*

With or without words

Nathalie Sambat

Cela faisait 10 minutes déjà qu'elle avait raccroché, mais elle ne savait toujours pas si elle devait sauter de joie ou par la fenêtre, même si, du rez-de-chaussée, le risque était mesuré. JC Besseberg en personne venait de faire appel à ses services ! LE plus grand réalisateur et producteur du moment l'avait choisie ELLE pour écrire le scénario de sa prochaine grosse production ! Sur la demi-heure qu'avait duré leur échange, il avait déjà passé les trois quarts à la convaincre que ce n'était pas une blague, et le reste, sûrement à douter de son choix devant les réponses pauvres de Lili. Sous le choc, elle était passée en mode « forfait voyelles » : ne sortaient de sa bouche que des « ah ? » et des « oh ! ».

Sa vie prenait tant de routes inattendues ! Elle avait pris l'habitude d'écrire quelques nouvelles humoristiques dans lesquelles elle racontait les derniers petits potins ou mésaventures de ses amies. Le succès remporté dans ce petit groupe l'encouragea à se lancer dans un projet d'écriture plus ambitieux et la publication de son premier roman avait été une merveilleuse surprise. Qu'il soit repéré pour une adaptation au cinéma en avait été une seconde. On lui avait alors demandé d'en faire le script et cela avait été la cerise sur le gâteau. Elle avait découvert l'univers du cinéma et tout ce qu'il pouvait offrir d'infini à son imagination débordante. Mais là ! Le grand JC Besseberg qui lui déclare tout l'amour qu'il a pour son univers et qui lui passe une commande, ça demandait de s'auto-réanimer dans un premier temps, puis plusieurs heures à se pincer avant de réaliser que cela n'était pas un rêve !

Une part d'elle avait donc très envie de crier de joie, de taper des pieds, d'entamer une danse de la victoire et d'appeler toutes ses amies en poussant des petits « hiiiiii » aigus dans leurs tympans. Mais l'autre, celle qui voulait se défenestrer, bloquait sur le sujet de la demande : une histoire d'amour romantique ! Le cerveau de Lili s'était comme immédiatement rempli d'eau : impossible de réfléchir ! JC Besseberg faisait référence à des films comme *Out of Africa*, *La route de Madison* ou *Titanic*. Mais la vie amoureuse de Lili était un vrai désastre et aurait plutôt inspiré des films dignes de Mister Bean ou Pierre Richard.

Elle était en panique ! Les images défilaient à toute allure dans sa tête :

– Meryl Streep se faisant draguer à coup de « CC, sa va ? » sur Adopte-un-chaud-lapin.com ou découvrant que la photo de profil de son prince charmant datait de Mathusalem ;

– Robert Redford disposant de trois minutes pour convaincre une charmante demoiselle qu'il n'était pas un psychopathe à un speed-dating ;

– Clint Eastwood écoutant toute la soirée sa voisine de table parler de son ex à un dîner « vous allez troooop bien vous entendre ! » organisé chez des amis ;

– ou Kate Winslet tombant raide dingue amoureuse d'un homme lui ayant demandé son 06 après un « J'vous trouve trop charmante, mad'moiselle ! ».

Avec ses expériences, elle pouvait écrire éventuellement des sketches, mais certainement pas du Besseberg !

Lili croyait pourtant aux belles histoires d'amour. Celle de ses grands-parents, Greg et Francine, était à ses yeux la plus belle et elle espérait pouvoir vivre un jour quelque chose d'aussi authentique, évident. Lui était anglais et avait été parachuté une nuit de 1943 en Bretagne pour rejoindre un réseau qui préparait le débarquement un an plus tard sur les côtes normandes. Ses camarades et lui avaient été repérés et attaqués par les troupes allemandes au sol. Certains étaient morts avant de toucher terre, d'autres avaient atterri au milieu d'un camp ennemi. Seule une petite poignée avait réussi à s'en sortir et trouvé de quoi se mettre à l'abri. Greg avait été blessé à la jambe et avait réussi à atteindre une ferme un peu isolée. Le coup de foudre pour la jeune femme qui lui ouvrit la porte avait alors été immédiat. Sans lui parler, ni même savoir si elle allait le dénoncer ou le faire emprisonner, son cœur s'était comme connecté au sien. Il avait oublié un très bref instant le danger qui le menaçait, la douleur de sa blessure ou l'inquiétude qu'il avait pour son meilleur ami Bradley, perdu de vu depuis le saut du Douglas C-47. Francine avait ressenti la même chose. Quelque chose d'électrique, de chimique, de magique s'était produit lorsque leurs regards s'étaient croisés. Elle l'avait attrapé par la main, tiré à l'intérieur de la maison, déshabillé précipitamment et l'avait jeté sur le lit en lui ordonnant de se glisser sous les draps. Greg rigolait toujours en se remémorant ce moment de l'histoire : il avait été persuadé que la légende sur les Françaises sexys était vraie et que c'était une pulsion torride qui avait poussé cette femme à agir ainsi, alors qu'elle essayait juste de lui sauver la vie. Elle avait ensuite ramassé ses affaires, jeté le tout dans le puits au milieu de la cour, l'avait rejoint complètement nue sous les draps en lui ordonnant avec des gestes de se taire et lui avait glissé une alliance au doigt. Sa stratégie était de le faire passer pour son époux, quitte à simuler un orgasme en cas de danger. Ils étaient restés ainsi plus d'une heure, aux aguets du moindre bruit. Francine concentrait son ouïe sur Médor, le cochon de la ferme, baptisé ainsi car il gardait mieux les lieux que n'importe quel chien, sans alerter pour autant de sa présence. À son premier grognement, elle s'était allongée sur Greg et avait appliqué son plan en gémissant. Si les Allemands rentraient en force dans la maison, il fallait que cela soit crédible. Il y avait eu des ombres dans la cour, des bruits de pas, puis des rires bruyants s'éloignant de la ferme. Dès que le danger fut éloigné, elle rhabilla l'Anglais et le cacha dans le grenier. Emporté par le scénario de cette jeune femme, par le contact de sa peau nue contre la sienne et par son parfum légèrement vanillé, il avait alors essayé de l'embrasser. Il s'était pris une gifle qui lui faisait beaucoup plus mal que la balle qui avait traversé son mollet. C'est ainsi que leur belle et longue histoire d'amour avait commencé…

Il y avait eu de grandes frayeurs, mais surtout de beaux moments de complicité et beaucoup de fous rires à cause de la langue qui les séparait. Ses grands-parents ne se lassaient pas de raconter ces anecdotes en se regardant amoureusement, jusqu'à leur mort. Après la guerre, Greg était retourné en Angleterre jusqu'à ce qu'il soit officiellement démobilisé. Il était revenu dès qu'il avait pu pour épouser Francine, qui ne se donna à lui que le soir de leurs noces. Ils s'étaient installés dans cette ferme typiquement bretonne, mais où l'on servait thé et scones à 17 h, qu'il pleuve, qu'il neige ou qu'il tombe des météorites !

Puisque ses grands-parents avaient épuisé tout le capital romantique de la lignée pour plusieurs générations, Lili n'avait plus qu'à s'inspirer de cette histoire pour écrire son scénario. Elle n'avait que quelques mois devant elle, mais elle avait aussi besoin de repos. Cela faisait trois ans qu'elle n'avait pas pris de vacances et qu'elle bossait à un rythme effréné. Il lui était nécessaire de changer d'air pour recharger ses batteries et cela faisait trop longtemps qu'elle bavait devant les images de plages paradisiaques. C'était décidé ! Deux semaines de sable blanc et d'eaux turquoise avant de se mettre au travail. Et quel boulot ! Pour Lili, cette histoire d'amour à écrire, c'est comme si on demandait à une femme qui n'a jamais été enceinte de décrire un accouchement…

Le lendemain de cet appel, alors qu'elle surfait sur Internet pour préparer son voyage pour Bora-Bora, JC Besseberg la rappela pour s'assurer qu'elle s'était remise de ses émotions. Pas étonnant qu'il s'en inquiète, au regard de la qualité des réponses qu'elle avait fournies la veille ! Elle en profita pour lui exposer le sujet auquel elle pensait et lui résuma l'histoire de ses grands-parents. Non seulement il adhéra à cette histoire, mais en plus, il lui proposa de s'installer dans son cottage au sud de l'Angleterre, isolé en bordure de falaise, avec vue sur la mer. « Idéal pour se reposer et s'imprégner du pays pour le personnage de Greg ! », avait-il précisé. Elle avait refusé, il avait insisté, il était JC Besseberg, elle avait accepté ! Cette idée contrecarrait tous ses plans, mais il avait probablement raison. Son personnage serait plus authentique, et puis cela lui permettrait de découvrir un peu de ses origines.

Le cœur serré, elle dit adieu à ses rêves de soleil, d'huile de monoï et de cocktails à l'ombre des cocotiers. Elle allait donc passer deux semaines de congés sous la pluie, dans une vieille maison hantée, à déguster de la viande bouillie et des desserts à la carotte ! Shit !

***

Elle se sentit tellement soulagée lorsque le taxi arriva enfin à destination ! Entre sa peur de l'avion et la conduite à gauche, elle avait eu son lot d'adrénaline pour plusieurs vies au moins ! Il faisait nuit et il tombait des hectolitres de pluie, mais les éclairages laissaient deviner une belle et grande demeure de deux étages, avec un toit en chaume. La végétation courrait le long du mur en contournant les nombreuses fenêtres à petits carreaux. C'était humide, mais charmant. Elle était épuisée, trempée et stressée lorsqu'elle frappa à la vieille et lourde porte d'entrée du cottage. JC Besseberg l'avait prévenue qu'un ami à lui l'accueillerait et s'assurerait de son bien-être durant son séjour.

— Good evening and welcome, Lili. Come in, please! Let me carry your suitcases.

(*Bonsoir et bienvenue, Lili. Entrez, je vous prie ! Laissez-moi porter vos valises.*)

L'homme qui l'accueillait avec un beau sourire était grand, plutôt menu, des cheveux blonds coupés très courts et des yeux d'un bleu presque irréel. Elle l'observait en lui souriant, sans pouvoir sortir un seul son de sa bouche. Son cœur allait beaucoup plus vite que son cerveau, ce qui était rare. Il lui fallut plusieurs secondes, qui lui parurent une éternité, pour s'auto-sermonner et retrouver ses esprits : les coups de foudre à la porte d'entrée, ça n'existe que dans la vie de tes grands-parents !

— Are you okay, Miss?

(*Ça va, Mademoiselle ?*)

— Oh, excusez-moi… Enchantée, je suis Lili. Pourrions-nous continuer en français, s'il vous plaît ? J'ai trop séché les cours d'anglais pour tenir une conversation, je suis désolée, dit-elle avec un rire nerveux. Je ne sais dire que « where is Brian » et « the cat is on the chair ». Ça risque de trop limiter nos échanges si on choisit cette option…

Immédiatement, elle regretta ce charabia verbal qu'elle n'avait pas contrôlé. Elle se sentait déstabilisée.

— Who is Brian? Are we expecting someone else? We don't have cats! Are you sure that you're okay? You should speak English… Even if my grandmother is French, I just know how to say "à la carte" and "Cholie madmoizelle". I'm Greg, nice to meet you!

(*Qui est Brian ? Attendons-nous quelqu'un d'autre ? Nous n'avons pas de chats ! Êtes-vous sûre que tout va bien ? Vous devriez parler en anglais… Bien que ma grand-mère soit française, je sais juste dire « à la carte » et « jolie mademoiselle ». Je m'appelle Greg, ravi de vous rencontrer.*)

Il espérait qu'elle n'ait rien compris à ce qu'il venait de dire. Les mots étaient sortis tout seuls sans grande cohérence entre eux. Elle le perturbait.

JC Besseberg voulait de l'authenticité, il allait en avoir ! Lili se retrouvait comme sa grand-mère, 76 ans en arrière, face à un beau Greg qui ne parlait pas un mot de sa langue, la terreur des circonstances en moins, bien sûr ! L'idée de le déshabiller et de le jeter sur le lit lui traversa l'esprit, et cela la fit rire. Finalement, ne pas pouvoir lui expliquer pourquoi l'arrangeait bien.

Greg s'était montré un hôte prévenant et attentionné. Les gestes et les regards avaient pris le relais de la parole pour se comprendre. Ils improvisaient au fil des besoins et des envies. Quelques mots de Miss Jenny, sa prof de collège, lui revenaient par flashs de temps en temps. Elle avait fièrement crié « umbrella » en montrant à Greg un canapé. Il avait rigolé, tout en pensant que cette maladresse était bien charmante.

Il lui avait fait visiter le cottage dont l'intérieur était cosy à souhait, avec des murs tantôt en pierre, tantôt recouverts de bardage en vieux bois. La déco, blanc cassé et gris, faisait ressortir les meubles anciens restés de couleur naturelle. Les nombreuses lampes à l'éclairage doux donnaient une ambiance chaleureuse. Elle avait hâte de découvrir la vue de son bureau le lendemain…

Greg l'avait ensuite installée au salon et lui avait servi une petite collation : une tasse de thé, un sandwich au pain de mie et aux œufs mayonnaise, ainsi qu'une tranche de cake aux fruits. Elle n'avait pas compris au premier abord le contenu jaunâtre entre les tranches de pain, et Greg imitant une poule en train de pondre pour lui faire comprendre provoqua chez eux un énorme fou rire. Il lui avait ensuite tenu compagnie pendant son repas avec sa guitare. Il jouait des morceaux en lui faisant comprendre qu'elle devait deviner. Il semblait très surpris qu'elle reconnaisse la quasi-totalité de son répertoire. Il ne devait pas savoir qu'une mouche qui pète en Angleterre, c'est un tube sur toutes les radios de France. Il avait terminé ce mini concert par une chanson en français, ce qui avait beaucoup touché Lili :

« Quoooon il me prooond don ses brouaaaa, qu'il me peurle tout bas, je vouaaa la vie on rowwzzzzeu ! » Il avait massacré quelques paroles de cette merveilleuse chanson d'Édith Piaf, mais son accent était à croquer et son interprétation très juste.

Lili eut beaucoup de mal à s'endormir malgré la fatigue. Elle ne cessait de penser au beau sourire de Greg, à la lumière qui s'allume dans son regard lorsqu'il rigole, à la douceur de ses gestes dans tout ce qu'il entreprend… L'arythmie qu'il avait provoquée lorsqu'il avait ouvert la porte ne s'était pas arrêtée.

***

La lumière qui s'infiltrait à travers les doubles rideaux mal fermés la réveilla de bonne heure : un rayon de soleil lui brûlait la rétine dès 7 h du matin. Elle avait effectivement remarqué la veille que la maison ne comportait pas de volets, comme beaucoup d'autres qu'elle avait repérées sur la route. Elle qui adorait dormir dans une obscurité absolue et rêvait de grasses matinées, c'était raté ! En ouvrant les rideaux, elle découvrit un temps magnifique. Aucun nuage ne venait perturber le bleu incroyable du ciel. C'était à se demander d'où était venue la pluie de la veille. La vue était à couper le souffle. La maison était à une cinquantaine de mètres d'une immense falaise en calcaire blanc, qui faisait ressortir le vert des prairies et le turquoise de la mer. Elle enfila un gilet par-dessus sa nuisette, ses bottes en caoutchouc, et partit découvrir les alentours. Le vent rendait l'air frais et elle frissonnait un peu, mais les odeurs marines étaient agréables et vivifiantes. Le paysage appelait à la contemplation et elle se sentait bien ! Elle avait hâte d'explorer les plages en contrebas. Ce n'était pas Bora-Bora, mais le séjour s'annonçait néanmoins prometteur…

Elle ne savait pas depuis combien de temps elle était sur ce banc en bord de falaise à observer l'horizon lorsque Greg vint la rejoindre en lui proposant un plaid. Il arrivait à point nommé, car elle commençait à avoir froid. Cet homme était vraiment un gentleman. À moins que cela ne soit sa courte tenue qui dévoilait largement ses cuisses qui le mettait mal à l'aise. Il remarqua qu'elle avait repéré son embarras, et il détourna brutalement les yeux vers l'horizon, toussota et annonça une invitation au « breakfast ». L'air iodé lui avait ouvert l'appétit et l'idée de se délecter d'un grand bol de café chaud la mettait en joie. Elle eut donc beaucoup de mal à cacher sa déception en découvrant ce qu'il y avait sur la table : œuf, bacon, saucisses avec des haricots blancs à la sauce, champignons, tomates et pain grillé, le tout accompagné, d'un verre de jus d'orange et d'un thé au lait. Greg semblait tellement content de sa prestation qu'il cherchait la joie et la gratitude dans les yeux de Lili. Cette dernière feint tout cela, alors qu'elle sentait son estomac larguer les amarres :

— Yesssss! Thank you très beaucoup ! J'ai autant envie de manger ça que d'avaler des cailloux ! Demain matin, c'est moi qui prépare le petit-déj, d'accord ? dit-elle sur un ton joyeux, consciente qu'il n'en comprendrait pas un mot.

— You're welcome. It's a traditional breakfast, just to taste, but I'm not sure that you will like it. I will prepare a French one tomorrow.

(Je vous en prie. C'est un petit-déjeuner traditionnel, juste pour goûter, mais je ne suis pas certain que vous aimiez ça. J'en préparerai un français demain.)

Elle commença par picorer par-ci, par-là, pour ne pas le vexer, mais au fur et à mesure qu'elle découvrait chaque saveur, elle trouvait cela plutôt bon. C'était très loin de ce qu'elle avait l'habitude de manger, mais, sans s'en rendre compte, elle termina son assiette avec plaisir, sous le regard amusé de Greg. Ils parvenaient à se comprendre sans se parler ou avec quelques mots ou mimes, et cela la troublait beaucoup. Il y avait une connexion inexplicable, et en même temps, cette impossibilité de communiquer en profondeur qui était très frustrante. Et puis, Lili se refusait cette possibilité de s'attacher à ce qui n'était peut-être qu'un fantôme de son histoire familiale. Tant de kilomètres et de traditions les séparaient, de toute façon.

Greg lui organisa un programme d'activités pour les jours à venir : balade et pique-nique au pied des falaises des Seven Sisters, promenade à Ditchling Beacon, le point le plus haut d'East Sussex avec vue panoramique, visite de Bodiam Castle, un château fort du 14e siècle, une journée à Rye, une des villes médiévales les mieux préservées d'Angleterre, deux jours sur Brighton, son mondialement connu Royal Pavillon, son dédale de rues avec cafés et magasins à proximité du front de mer, sa plage et la jetée, la marina, les théâtres, les expositions d'art et les concerts…

C'était incroyable, cette impression permanente de jongler entre plusieurs pays, tant par la diversité gastronomique des petits restaurants à emporter que des paysages sans cesse différents, ou encore l'impression de voyager dans le temps. Elle était transportée tantôt à Nice, tantôt à Honfleur ou en Écosse, soit au 11e siècle ou bien avec des punks. Toutes les cultures, toutes les catégories sociales, tous les looks se mélangeaient. Les peaux blanches rougies par le soleil se promenant en short et chaussettes-claquettes dégustaient des bières en terrasse à côté des Kingsmen, dont la tenue chic et traditionnelle faisait penser à James Bond. Mais qu'importe l'endroit ou la météo, plutôt clémente d'ailleurs, Greg ne dérogeait jamais sur un point : la pause thé et scones à 17 h. Cette tasse d'eau chaude était sans grand intérêt pour Lili, mais elle en appréciait le charme à défaut d'en aimer le goût. Elle s'était même habituée à ses omelettes au fromage le matin ou la marmelade d'orange qu'elle n'appréciait guère habituellement. Il y avait eu quelques traumatismes culinaires, comme la « Marmite », par exemple, que les gens consommaient à la fois comme de la confiture, comme une boisson chaude ou utilisaient comme une base pour la soupe. Le goût atroce avait provoqué chez Lili une grimace d'effroi de plusieurs minutes, que Greg avait immortalisée par une photo en s'étouffant de rire. Elle explosa de rire en voyant le résultat et le souvenir qu'elle laissait de son passage. Elle aimait l'Angleterre. Pas pour Greg, enfin… pas que ! Mais pour le flegme des gens, l'ambiance, leur humour, la diversité.

Plus les jours passaient et plus leur complicité grandissait. Ils jouaient parfois comme des gamins, rigolaient beaucoup, mais savaient s'arrêter de longs moments pour contempler les merveilleux paysages que la nature leur offrait. Le soir, au cottage, il jouait de la guitare tandis qu'elle commençait à écrire à ses côtés. Il suffisait qu'elle le regarde pour que les mots jaillissent tout seuls sur le papier. Écrire cette histoire d'amour lui semblait soudain évident.

Un soir, Greg dut s'absenter sans qu'elle ne comprenne précisément pourquoi. Pour sa dernière soirée, elle avait repéré un pub pas très loin de la maison et ne voulait pas passer à côté de ce sport national. Le cottage sans Greg lui semblait vide et une petite bière dans cet endroit traditionnel lui ferait le plus grand bien. Elle fut surprise par le monde et l'ambiance conviviale du lieu. En fin de semaine, tout le monde venait se détendre en sortant du travail, qu'importe sa tenue, son uniforme. Elle se fraya un chemin jusqu'au comptoir, et alors qu'elle commandait à boire avec le peu de vocabulaire à sa disposition, la musique se mit en route. Au fond de la salle, sur une petite estrade, un groupe commençait un concert. Et sur le devant de la scène, une guitare à la main, Greg chantait et emmenait ce public un peu survolté. Lili l'observait, ou plutôt l'admirait, à moitié cachée derrière un pilier. Il assurait vraiment, que cela soit au chant, à l'instrument ou à l'animation. Leur répertoire était très pop-rock, avec des compositions aux mélodies entraînantes et entêtantes. Elle fut surprise de constater que chaque sourire qu'il offrait à une groupie lui faisait ressentir un petit pincement au cœur. Oh my God, elle n'allait quand même pas tomber amoureuse !

Ce constat la fit paniquer. Évidemment que c'est ce qui était en train de se produire ! Mais elle ne savait pas ce que lui ressentait. Après tout, il était peut-être ainsi avec toutes les personnes qu'il recevait, il ne jouait peut-être juste que son rôle de bon ami de JC Besseberg. Cela faisait 11 jours qu'elle était là et il n'avait tenté aucun rapprochement. Sans doute savait-il que cela serait trop compliqué, ou peut-être était-elle en train de sombrer dans la folie. Rentrer se coucher et retrouver ses esprits était la meilleure chose à faire ! En essayant de quitter les lieux, elle se cogna contre un grand barbu baraqué, ce qui lui fit tomber sa bière. Elle se confondit immédiatement en excuses :

— Oh, je suis sincèrement désolée ! Heuuuu… Excuse me ! Sorry !

L'homme semblait assez alcoolisé et s'adressa aux deux amis qui l'accompagnaient, tout aussi imbibés :

— Haaaaa, française ! J'aime beaucu le France !

Lili lui fit un sourire, puis essaya de continuer sa route, mais les trois hommes l'encerclèrent.

— Pas partir déjà ! Vu trinquez avec nu ! Vive le France ! Très jolie le Parisienne, et très coquine aussi !

Les trois se mirent à chanter ensemble « Voulez-vous coucher avec moi ce soir ? » tout en secouant leur grosse panse pleine de houblon.

— Alors, non merci, sans façon, et je ne suis pas de Paris, de toute manière…

Elle s'avança d'un pas déterminé pour essayer de passer entre ces barriques, mais l'opération se solda à nouveau par un échec. Elle commençait à avoir peur et s'efforçait de ne rien montrer. Se faire draguer par trois fûts de bière sur pattes n'avait rien d'agréable, et les raisonner semblait difficile. Elle sentit alors une main sur sa fesse, et d'un geste réflexe, elle se retourna pour mettre une gifle magistrale à l'auteur de cette infamie. Vexé, les yeux exorbités de colère, il se mit à élever la voix sur Lili. Un inconnu essaya de le calmer, mais il reçut un coup de poing avant même d'avoir fini sa phrase. En quelques secondes à peine, la soirée concert se transforma en gala de boxe. Lili était terrorisée et essaya de se faufiler vers la sortie, esquivant ces mastodontes en furie tout en essayant d'éviter les coups. Elle sentit alors une main prendre la sienne et la tirer dans l'autre sens. C'était Greg qui, d'un signe de la tête, lui ordonna de le suivre. Arrivés à quelques enjambées seulement de la sortie de secours, le gros barbu, vociférant un flot d'injures, attrapa brutalement le poignet de Lili, ce qui la stoppa net dans sa fuite. Ni une ni deux, Greg bondit sur ce colosse et lui fit perdre l'équilibre. Il laissa le barbu tomber à la renverse, sonné sur le carrelage, et reprit Lili par la main en l'entraînant vers la sortie.

— Are you okay, darling ?
(*Est-ce que ça va, chérie ?*)

Elle n'eut pas le temps de répondre, car la grosse voix du barbu se rapprochait dangereusement. Visiblement, il s'était relevé et cherchait à en découdre avec eux deux. Toujours main dans la main, ils partirent en courant. Elle ne connaissait pas beaucoup de mots, mais *darling*, ça, elle comprenait. Elle allait aussi vite qu'elle le pouvait tout en affichant un immense sourire. Ils entendaient un pas lourd les suivre et, à la sortie du village, Greg les fit traverser un champ où ils trouvèrent finalement refuge derrière une énorme haie. De cette cachette, ils pouvaient observer le barbu courant sur la route, poursuivi par une horde de gens qui voulaient soit l'aider, soit lui casser la figure. Un véritable épisode de Benny Hill se déroulait grandeur nature sous leurs yeux.

Tout avait été si vite ! Lili n'avait pas encore bien réalisé ce qui venait de se produire. Elle savait juste que Greg s'était conduit comme un héros. Elle devait absolument le remercier, mais à peine eut-elle commencé à prononcer « Thank… » qu'elle fut interrompue. Il venait de poser ses lèvres sur les siennes. Un baiser intense, passionné, comme retenu depuis trop longtemps ! Leur respiration s'accélérait, leurs mains devenaient plus audacieuses, ils ne pouvaient plus s'arrêter. Mais des bruits dans la rue interrompirent ce moment d'extase : la police arrivait sur les lieux. Cette alerte leur rappela qu'il était temps pour eux de rentrer au cottage, en coupant à travers la campagne, pour éviter barbus et képis. Une fois le tumulte loin d'eux, Greg posa délicatement sa veste en jean sur les épaules nues de Lili et l'entoura de ses bras, jusqu'à leur retour.

Tandis qu'ils marchaient en silence, Lili ne cessait de repenser à ce baiser qui avait mis tous ses sens en ébullition. Elle n'avait jamais rien éprouvé de si fort, de si intense, et la fugacité de ce moment n'avait fait qu'accentuer ses envies d'encore. Mais la passion céda rapidement la place à la raison : l'idée que cette idylle semblait vouée à l'échec la rattrapa. Elle repartait le lendemain, et bien que de possibles allers-retours soient envisageables, la barrière de la langue doublée de la distance rendait l'aventure tout simplement impossible. La communication non verbale ne pouvait pas se poursuivre au-delà des frontières. Ce constat lui déchirait le cœur et la remplissait de chagrin. Greg devait penser la même chose, car il ne tenta plus de l'embrasser. Ils passèrent la nuit ensemble, lovés l'un contre l'autre, pour profiter de la douce plénitude de ce contact une dernière fois, même si un brasier intérieur les consumait. Leur dernière étreinte avant que Lili ne monte dans le taxi était chargée de regrets.

***

Les mois qui suivirent, l'un comme l'autre se plongèrent dans le travail, ce qui avait au moins l'avantage de les empêcher de penser à leurs sentiments. Cette séparation avait un goût amer, de frustration et de gâchis mêlés. La recette était prometteuse, mais il manquait trop d'ingrédients essentiels.

Pour les besoins du film, Lili se vit offrir des cours particuliers d'anglais par la production. En effet, bien que le réalisateur soit français, le rôle du grand-père était tenu par un Américain. Lili devait donc être en mesure de communiquer un minimum avec lui et d'expliquer le script. Bien sûr, une autre motivation secrète la poussait également à apprendre rapidement : l'espoir de revoir peut-être un jour son bel Anglais. Mais les jours se succédaient, le planning s'alourdissait et le souvenir s'estompait. Après tout, il n'avait cherché ni à la retenir, ni à la revoir. Il lui aurait suffi de demander à son employeur JC Besseberg ses coordonnées. Elle avait peut-être mal interprété ses regards et ses sourires. Peut-être même que ce baiser si magique avant cette nuit pleine de sensualité dans ses bras n'avait été qu'un mirage. Ce qui était certain, c'est qu'elle n'avait jamais ressenti tout cela pour personne auparavant. Elle garderait à vie une tendresse particulière pour ce doux fantasme, cette histoire inachevée.

De son côté, le beau rocker et son groupe avaient été repérés par une maison de disque. Leur album commençait à bien se vendre en Angleterre et, en préparation d'un éventuel lancement sur l'hexagone, Greg avait demandé des cours de français. Lui aussi était secrètement mu par cet espoir de recroiser le chemin de Lili un jour. Les mois s'enchaînaient, le submergeant de travail, mais finalement, leur album ne parvenait pas à traverser la Manche. Leur musique n'avait pas encore atteint le pays des porteurs de bérets avec une baguette sous le bras et un fromage qui pue dans la main. Leurs tubes rencontraient par contre un franc succès aux États-Unis, ce qui était une chance inouïe. Les groupies, qui se multipliaient au fil de leurs apparitions, laissaient pourtant Greg dans une totale indifférence. Lili prenait encore beaucoup de place dans sa tête et dans son cœur. Contrairement à lui, elle savait où le trouver, et il espérait qu'elle vienne le rejoindre. Un gentleman ne pouvait pas se permettre de poursuivre une jeune fille qui ne le souhaitait pas. Elle en aimait probablement un autre et ce baiser n'était probablement qu'un accident qu'elle regrettait. Cette idée avait fait son chemin dans sa tête, et cela l'aidait à l'oublier un peu.

Lorsque JC Besseberg appela son ami Greg pour l'inviter à dîner au cottage, deux ans s'étaient écoulés depuis le départ de Lili. Les deux hommes se connaissaient depuis leur plus jeune âge, avaient fait les 400 coups ensemble, traîné dans les mêmes pubs et joué dans les mêmes groupes. La mère de JC était anglaise et toute la tribu venait régulièrement passer ses vacances dans cette maison de famille, voisine à celle des parents de Greg. Les enfants s'étaient immédiatement bien entendus et, en vieillissant, la célébrité de JC n'avait altéré en rien leur amitié, même s'ils ne se voyaient qu'occasionnellement. C'est donc tout naturellement que deux étés plus tôt, JC n'avait pas hésité à lui demander s'il pouvait lui rendre service en accueillant une de ses relations de travail dans son cottage. Greg avait accepté avec grand plaisir et était venu s'installer pour deux semaines dans la grande maison. Mais connaissant la nature séductrice de son ami JC, tombeur né qui enchaînait les conquêtes féminines, Greg ne savait pas quel type de relation son ami entretenait avec Lili. Lorsqu'elle avait frappé à la porte un soir de pluie, le coup de foudre avait été immédiat, mais Greg avait dû retenir ses ardeurs, car trahir son ami était pour lui inenvisageable. Il avait pourtant craqué la veille de son départ, n'en pouvant plus de refouler son attirance pour cette beauté pétillante, non sans éprouver une once de culpabilité. Il avait donc retenu son désir toute la nuit, par respect pour elle qui, de son côté, semblait réfréner les mêmes pulsions. Il n'avait donc jamais osé par la suite demander des nouvelles de Lili.

Les invités étaient nombreux, ce soir-là. Des chaises avaient été installées dans le jardin face à un écran géant pour une projection en plein air et en avant-première du dernier film de JC. Malgré le temps qui s'était écoulé, Greg eut un petit pincement au cœur en se remémorant tous les merveilleux moments passés avec Lili dans cet endroit. Il ne savait pas si elle était présente à cette soirée et appréhendait une éventuelle rencontre. Il n'était donc pas certain de ne plus rien ressentir et de pouvoir cacher tout cela à son ami. Quand il se rendit compte qu'elle n'était pas là, il éprouva à la fois un immense soulagement, mais également une grande déception. Après le repas, ils furent tous conviés à s'installer dehors et, lorsque l'obscurité fut totale, ils purent enfin découvrir le nouveau film dont la sortie en salle officielle n'était prévue que dans plusieurs semaines. Greg fut tout d'abord surpris par cette love story franco-anglaise qui était, à quelques détails près, la même que celle de ses grands-parents. Comme le héros du film, le père de son père, Bradley, avait été parachuté une nuit de 1943 au-dessus de ce village breton avec son meilleur ami Greg. C'est d'ailleurs en hommage à cet ami dont il parlait tout le temps, mais qui avait choisi la France après la guerre, que son petit-fils tenait ce prénom. Son grand-père avait lui aussi trouvé refuge dans une ferme et était tombé amoureux de Lisette, la cadette de la famille qui le cachait. Après moult aventures et frayeurs, il avait réussi à regagner le pays en ramenant sa dulcinée. Ils ne s'étaient plus jamais quittés et avaient vécu une histoire d'amour passionnelle jusqu'à la fin de leur vie.

Un autre pincement au cœur vint secouer Greg à la fin du film, lorsqu'il vit apparaître le nom de Lili dans le générique. Il se dit que cela devait sûrement être un prénom courant en France, mais il était déjà tellement ému par le film que cette évocation était la goutte d'eau qui faisait déborder ses yeux. Le tout fut exacerbé par la chanson *La vie en rose* qui clôturait ce festival d'émotions, ainsi que les derniers mots sur l'écran : « To Greg... »

Il lui fallut un peu de temps pour reprendre ses esprits et trouver la force d'aller féliciter son ami pour la beauté de ce film :

— Wouah ! Je n'ai pas de mots assez forts pour exprimer tous les sentiments que m'a procurés ce moment de cinéma, JC ! Il y a de l'aventure, du suspens, du chagrin, de l'amour et une petite pointe de je ne sais quoi qui lui donne une tonalité si particulière. Tu es décidément très doué pour ça, et je te félicite.

Mais dis-moi, je ne savais pas que tu connaissais l'histoire de mes grands-parents ! Je n'ai pas souvenir de t'en avoir déjà parlé. Mais de là où ils sont, ils doivent te remercier d'avoir su faire revivre de façon aussi vibrante leur belle romance.

— Merci beaucoup, Greg, ça me touche énormément que ce film te plaise autant. Mais je ne vois pas pourquoi tu me parles de tes grands-parents ; ça ressemble à ce qu'ils ont vécu ?

— Tu plaisantes ?! Même le nom du village où ils se sont rencontrés est identique. La seule différence, c'est qu'en réalité, ils sont venus s'installer en Angleterre après la guerre.

— C'est incroyable ce que tu racontes. Ne te serais-tu plutôt pas confié à Lili pendant son séjour ici ? Car c'est elle qui a écrit ce scénario, en souvenir de ses grands-parents maternels. Tu lui as peut-être inspiré un ou deux éléments du film ?

La respiration de Greg se coupa et son cœur se mit à battre soudainement à toute allure. C'était SA Lili qui lui avait fait prendre encore une fois un ascenseur émotionnel ce soir dans ce cinéma de plein air. Cette musique, cette dédicace, était-il possible que cela lui soit destiné ? Lili/Lisette, se pouvait-il qu'elle soit la petite fille de Greg, le meilleur ami de son grand-père Bradley ? Ce flot de questions et de doutes le rendait fou. Il devait savoir !

— Impossible, JC, avec son niveau d'anglais, elle nommait le canapé « parapluie ». Nous ne pouvions hélas pas beaucoup communiquer, ce qui était très regrettable pour la suite, d'ailleurs...

— De toute façon, elle m'avait parlé de cette histoire bien avant de venir ici, donc c'est bien la sienne. Mais en quoi cela fut regrettable ? La charmante petite Française aurait-elle réussi à toucher le cœur de mon meilleur ami ?

Greg mesura immédiatement la boulette qu'il venait de faire et tenta de se rattraper autant que possible.

— Ah non, pas du tout ! Je voulais dire « pour la suite du séjour ». Ce n'est pas facile de faire découvrir une région à quelqu'un qui ne parle pas la même langue que toi. Tu aurais pu te trouver une amoureuse bilingue.

Un rire maladroit qui sonnait faux vint ponctuer la fin de sa phrase.

— Lili ? Mon amoureuse ? Mais de quoi parles-tu ? Je ne l'ai rencontrée qu'à son retour de vacances pour signer les contrats, je ne l'avais jamais vue avant. C'est vrai qu'elle est à croquer, mais j'ai vite compris que je n'avais aucune chance.

— Mais alors ? Elle et toi ? Ça n'a jamais existé ??

— Non, jamais… Mais pourquoi, Greg ? Tu fais une drôle de tête, ça va ?

— Pffff ! Je fais une drôle de tête d'imbécile, oui ! Même le prince Charles n'aurait pas merdé autant en amour ! Quoique… bref… Il faut que tu m'aides à la retrouver, JC !

— Je comprends mieux pourquoi elle me demandait tout le temps si tu allais bien, si j'avais des nouvelles. Je pensais que ce n'était que par politesse, parce que tu l'avais bien reçue. Vous êtes deux « couillons », comme on dit dans le sud de la France !

— Je ne sais pas ce que « couillon » veut dire, mais ça n'a pas l'air sympathique. Peux-tu me donner, s'il te plaît, une adresse ou un numéro de téléphone ? Je dois absolument lui parler.

— Bien sûr, mais il va falloir être un peu patient ! Elle est partie pour trois semaines à Bora-Bora et a coupé son téléphone le jour où elle a réservé ses billets d'avion. Raconte-moi, on va essayer d'arranger tout ça…

***

Son bungalow sur pilotis, au milieu des palmiers, donnait directement sur le lagon. Une palette de couleurs d'une vivacité incomparable dansait devant ses yeux : les incroyables bleus translucides de l'eau et les vert émeraude de la forêt l'émerveillaient. Le monde sous-marin de ces fonds polynésiens était d'une richesse et d'une beauté indescriptibles. Lorsque Lili ôtait son masque et son tuba, c'était pour engloutir des papayes ou des bananes au goût exceptionnel. L'endroit était idéal pour se reposer, prendre soin de soi et se vider la tête. Tout ici appelait à la contemplation, chaque regard livrait un moment d'extase. Lili avait eu besoin de couper avec la pression des deux dernières années. La création du scénario, l'adaptation permanente de certaines scènes durant le tournage, le rythme très soutenu des journées et entendre le prénom de Greg à longueur de temps, même si c'était pour parler de son grand-père, avaient été très éprouvants. Maintenant que le film était terminé, elle voulait laisser cet épisode de sa vie derrière elle. Elle maudissait Walt Disney qui l'avait endormie avec ses histoires de princesses et de princes charmants. Le prochain blond en collants qui lui adresserait la parole, elle le ferait descendre de son cheval à coup de pelle !

Depuis presque deux semaines, elle se faisait livrer ses plateaux-repas sur la terrasse, pour profiter jusqu'aux derniers rayons du soleil de ces eaux enchanteresses et de ce lieu magique. Et après toute la promiscuité du plateau de tournage, elle appréciait surtout de se retrouver seule. Mais un soir, suite à une erreur de l'hôtel, elle n'eut pas d'autre choix que de se rendre dans la salle de restaurant pour le dîner. À peine était-elle installée à sa table qu'un grand brun à la peau hâlée et au sourire « UltraBrite » vint la saluer. Il occupait le bungalow d'à côté et voulait juste partager un verre avec elle pour faire connaissance. Il était plutôt bel homme dans sa tenue légère en lin. Après tout, boire un cocktail n'engageait à rien, se dit Lili. Il était peut-être la porte vers un nouveau chemin. Samuel était drôle, sûr de lui et passionné par plein de sujets. Elle prenait plaisir à écouter ses anecdotes de voyages qu'il racontait de manière vivante et enthousiaste. Elle l'avait prévenu qu'elle était écrivain et que tout ce qu'il allait dire pourrait se retrouver un jour dans un de ses bouquins. Cela l'avait fait rire, et la fossette que cela avait dessinée sur sa joue lui avait paru bien charmante. Ils parlèrent jusqu'à tard, allongés sur la plage, en observant les étoiles.

Ils passèrent presque tous les jours qui suivirent ensemble. Samuel était chef de cuisine sur Paris, bien dans ses baskets et bien dans sa vie. Pas de traumatismes causés par une ex ou par une mère castratrice, il était une denrée rare : un homme équilibré, avec une envie de s'engager dans une véritable relation, de construire une vie de famille. Il ne faisait pas la mouette. C'est le mot qu'utilisait Lili pour nommer les mecs qu'elle avait croisés et qui ne parlaient que d'eux : Mouâ Mouâ Mouâ ! Sa photo avait sa place dans le dictionnaire pour illustrer le mot « idéal ». Alors pourquoi ne ressentait-elle pas les mêmes choses que pour Greg ? Pourquoi n'avait-elle pas le cœur qui battait de manière incontrôlable, un sourire béat et des envies peau à peau H24 ? Plus elle écoutait Samuel, plus elle pensait à Greg, et elle s'en voulait terriblement, mais elle voulait malgré tout donner une chance à cette romance d'été. Comme les chevaux chassant les mouches avec leur queue, Lili chassait Greg de sa tête avec les massages au monoï de Samuel sur une plage à l'autre bout du monde.

La dernière soirée du séjour de Lili, Samuel l'avait invitée à dîner sur la terrasse de son bungalow. La lumière des flambeaux se reflétait dans le lagon, les fleurs multicolores dansaient entre les bougies, et les cocktails, aussi beaux que délicieux, enivraient les esprits. La petite robe blanche de Lili faisait ressortir son bronzage, et la senteur sucrée de son parfum troubla Samuel qui s'aventura jusqu'à son cou pour le humer. Elle se doutait qu'il tenterait sûrement un rapprochement, mais elle ne se sentait pas prête. Elle l'aimait bien, mais elle avait besoin de plus de temps pour faire naître le désir. Elle trouva de quoi faire diversion et Samuel n'insista pas. Après l'avoir raccompagnée jusqu'à sa porte, il la prit dans ses bras et l'embrassa. Un baiser qui venait sceller leur promesse, faite juste avant, de se revoir rapidement à son retour sur Paris, prévu une semaine après celui de Lili.

Sa nuit fut courte et agitée, et pas uniquement à cause de sa peur bleue de l'avion, causée par le long vol qui l'attendait le lendemain. Tout avait été parfait avec Samuel, et pourtant ! Elle avait beau lui trouver toutes les qualités du monde, aucune étincelle ne se produisait dans son cœur. Les fantômes anglais étaient décidément pires que ceux d'Écosse, puisqu'ils parvenaient à venir hanter leurs proies à plus de 15 000 kilomètres. Il lui fallait d'urgence un exorcisme ou une lobotomisation !

De retour à Paris, elle avait une semaine pour décider de la suite qu'elle donnerait à cette aventure. Et vu le nombre de messages qui s'affichaient sur son téléphone lorsqu'elle le ralluma, ces 7 jours allaient passer à toute allure ! JC Besseberg avait presque saturé sa messagerie avec des demandes de rappel en urgence.

— Salut JC, je viens juste d'atterrir et d'allumer mon téléphone. Tu me fais peur avec tous tes messages, il y a un problème ?

— Coucou Lili, content que tu sois rentrée. C'était bien ces petites vacances ?

— Oui, c'était parfait, je te remercie. Quelle est l'urgence ?

— Absolument aucune, je te rassure, j'ai juste une nouvelle trop excitante que je ne pouvais pas retenir plus longtemps ! La ferme de tes grands-parents qui était presque en ruine et que nous avons quasiment reconstruite pour les besoins du film, eh bien, nous voudrions te la restituer. Toute la prod est d'accord pour cela, cette maison te revient de plein droit !

— Wouaaaah ! Je… je ne sais pas quoi dire… ça me touche énormément…

— Il n'y a rien à dire, c'est ce qui est juste à mes yeux et à ceux de l'ensemble des décisionnaires. Ce film est incroyable et c'est grâce à tes grands-parents, à toi. La seule urgence, c'est que je ne suis sur Paris qu'aujourd'hui, et que je risque de ne pas y revenir avant longtemps à cause de la promotion. Je voudrais que nous réglions les formalités cet après-midi même. C'est pour cela que je t'ai un peu harcelée avec le téléphone.

— Je veux bien être harcelée pour ce genre de nouvelles tous les jours, crois-moi. Je te, enfin, je vous remercie infiniment. On se retrouve tout à l'heure, envoie-moi juste un message pour me dire où et quand, s'il te plaît.

Lili était complètement jetlaguée, mais dut-elle se déplacer dans un brancard avec une perfusion de café serré pour tenir, elle ne raterait ce rendez-vous pour rien au monde.

***

Il faisait déjà nuit lorsqu'elle regagna son appartement. La signature de la paperasse avait été chronophage, mais surtout très émouvante. Et puis, tout allait si vite ! Si la ferme familiale depuis plusieurs générations était revenue dans le « clan », ce n'était pas le cas de ses clefs. En effet, après le tournage, la maison avait été confiée à un membre de l'équipe technique qui devait impérativement quitter les lieux le lendemain. Cela contraignait donc Lili d'arriver en Bretagne en début d'après-midi, sans avoir beaucoup de temps pour se préparer. Elle déchargea sa valise, échangea ses paréos contre son ciré, ses tongs contre ses bottes, son maillot de bain contre sa marinière, et la remit dans l'entrée, prête à repartir.

Elle tombait de fatigue, mais un bon bain bien chaud et parfumé lui enlèverait toutes les tensions de cette journée chargée d'émotions en tous genres. Elle alluma quelques bougies, mit la radio en marche et s'allongea dans la mousse aux senteurs de monoï en fermant les yeux de plaisir. Elle se laissait bercer par les chansons en chantonnant quelques refrains. Puis le présentateur annonça une nouveauté provenant d'outre-Manche qui « déboulait sur nos ondes comme un raz-de-marée ». Le nom du groupe ne disait rien à Lili, mais le nom du morceau lui fit boire la tasse : « To Lili ». Lili se redressa d'un bond et se retrouva droite comme un « i » dans la baignoire, les yeux grands ouverts pour être comme encore plus concentrée sur les paroles et la voix de la chanson. Elle ressemblait à un suricate dressé sur ses pattes arrière en hyper vigilance à l'entrée du terrier !

Elle ne reconnaissait pas la voix avec certitude, mais les paroles la transperçaient. Elle ne parvenait pas à traduire toutes les paroles en détail, mais en saisissait quelques bribes : « À Lili… ma Frenchy sexy… amour de ma vie… à jamais perdu…. Malentendu… j't'ai dans la peau… avec ou sans mots. »

Son cœur s'emballa, son cerveau partit à réfléchir dans tous les sens, sa bouche ne parvenait pas à rester fermée : se pouvait-il que cela soit Greg ? Non, impossible ! Il avait bien un groupe, mais comment serait-il passé du pub à la salle de bains de Lili ? Pourtant, elle-même avait bien réussi à passer de petites nouvelles légères écrites pour ses amis à un scénario de film pour JC Besseberg, après tout ! Mais était-il possible qu'il réponde par une chanson à son « To Greg » de fin de générique ? Impossible, le film n'était pas encore sur les écrans ! Il ne pouvait raisonnablement s'agir que du fruit du hasard, mais cela la troublait énormément. Le titre, les paroles… Elle avait l'impression de devenir folle ! La seule certitude qui s'imposait à elle, c'était que Samuel, malgré toutes ses qualités, ne la faisait et ne la ferait jamais vibrer de la sorte. Elle préférait ne rien vivre que se contenter d'une histoire tiède et sans saveur. Elle devait l'appeler et mettre un terme à tout espoir.

La nuit avait été très courte. Elle ne s'était pas éternisée trop longtemps avec Samuel, elle avait juste veillé à ne pas le froisser : il était génial, mais elle n'était pas celle qui correspondait à ses attentes. Ce genre de propos n'a pas pour vocation à traîner en longueur. Ce sont surtout ses recherches sur ce mystérieux groupe de musique qui l'avaient menée à errer sur Internet jusqu'à très tard dans la nuit. À son grand regret, elle n'avait pu trouver aucune photo : leurs visages n'apparaissaient nulle part, ni sur leurs albums ni dans leurs clips. Les interviews filmées étaient inexistantes et celles de la presse ne laissaient aucun indice sur les noms des musiciens. Au matin, elle n'en savait pas plus que la veille, à part qu'elle avait réussi à saboter en deux jours le précieux capital repos accumulé les trois dernières semaines et qu'elle devait écrire à Greg. Il la prendrait peut-être pour une dingue, mais tant pis ! Dès qu'elle serait arrivée en Bretagne et aurait récupéré les clefs de la ferme, elle prendrait un temps pour le faire.

Arriver dans le village releva du périple. Il lui avait été presque plus facile de se rendre à Bora-Bora que de traverser la France d'est en ouest. Le taxi la déposa finalement juste devant le portail de la ferme, et ce, pile dans les temps. Elle était très émue de revoir cet endroit et plus encore de savoir qu'il lui appartenait. Elle se sentait un peu fébrile en frappant à la porte, car c'était la dernière fois qu'elle aurait à faire cela. Lorsque la porte s'ouvrit, elle crut que son cœur allait cesser de battre. Greg était planté devant elle, un grand sourire aux lèvres et les yeux pétillants de joie. Elle sentait ses jambes trembler, son cœur s'emballer, sa respiration s'accélérer. Ils ne prononcèrent pas un mot, ils les savaient inutiles. Il lui prit la main, l'attira à l'intérieur. Ils reprirent leur baiser là où il avait été interrompu un été deux ans plus tôt, cachés derrière une haie, avec encore plus d'intensité, de désir et d'impatience. Sans que leurs bouches ne se séparent un seul instant, ils se déshabillèrent dans une urgence incontrôlable et se jetèrent sur le lit. L'Histoire pouvait reprendre son cours…

Un amour de vacances

Bella Doré

C'est un amour de vacances
Une histoire sans lendemain
Mais à laquelle on repense
Les yeux pleins de chagrin
Avec la même impuissance
Face au temps assassin
Dont l'indolence
Rend orphelin

Il n'y a pas une seconde
Où je ne pense à toi
Même quand le tonnerre gronde
J'entends le son de ta voix
Cette voix unique au monde
Qui me répète 100 fois
Je t'aime, je t'aime
Ne t'en va pas

Christophe Rippert, *Un amour de vacances*, 1993

— 1 —

— *Vacances j'oublie tout, Folie légère*
Y'a pas d'mystères, Vacances j'oublie tout [1]—

C'est enfin le grand jour ! Depuis que j'ai pris mon poste ici il y a huit mois, je n'ai pas eu une journée de repos. J'en rêvais de cette place ! « Alizée Larose, l'une des plus jeunes chefs de service », à la une du journal local, ça le fait, quand même ? J'ai pris la responsabilité de la Pédiatrie du CHU[2] d'Amiens après le départ en retraite de mon amie et mentor, le professeur Jeanne Mercier. Je savais que ce serait intense, mais pas à ce point…

Lorène a vraiment eu une chouette idée de nous réserver ces vacances, ça va nous faire du bien. Lorène est ma meilleure amie, une brune un peu rondouillette, comme elle dit. Moi, personnellement, je la trouve parfaite. Alors oui ! Elle ne correspond pas aux stéréotypes des magazines avec sa taille 42, et ? … Elle a de jolies formes, une poitrine généreuse, contrairement à moi qui affiche une silhouette filiforme et un bonnet A.

Un matin, elle est arrivée à la maison et m'a annoncé : « Je nous ai réservé deux suites dans un Club Med en Andalousie. Avec tout le travail que l'on a accompli ces derniers mois, nous avons les moyens de nous faire plaisir. » Sur le moment, j'ai un peu tiqué, et puis, comme toujours, elle a su me convaincre.

Je me lève et file sous la douche. Il ne faudrait pas que je sois en retard, car j'en connais une qui va encore m'appeler Arthur.

---

[1] Élégance, *Vacances j'oublie tout*, 1982.
[2] Centre Hospitalier Universitaire.

Un amour de vacances

Pour ne pas changer, je mets un temps considérable pour dompter ma crinière rousse ; quand je pense que les autres filles rêvent d'avoir les cheveux bouclés, moi, c'est le contraire ! J'opte pour une longue robe à fleurs dans les tons de bleu, ce qui mettra en valeur mes prunelles couleur saphir. Je pare mes yeux d'un trait de liner, de fard taupe et d'un peu de mascara. Une touche de gloss bois de rose et me voilà prête.

Il ne me reste plus qu'à ranger mon nécessaire de toilette dans la valise, vérifier que j'ai mon passeport et tout sera parfait. J'ai même encore le temps d'avaler un thé avec quelques *cracottes* au beurre.

Je termine ma vaisselle lorsque la sonnette de l'interphone retentit, j'appuie sur le bouton :

— Qui est-ce ?

— Qui veux-tu que ce soit, nunuche ! T'es prête au moins ?

Lorène a toujours un mot pour me taquiner. Une amitié de plus de vingt ans, on ne voit pas ça tous les jours.

— Oui ! Le temps d'enfiler mes chaussures et j'arrive.

Mes sandales nouées, je prends ma veste en jeans, attrape mon sac et saisis ma valise. Je vérifie une dernière fois que la porte est bien fermée à clef. J'entreprends de descendre les quatre étages sans ascenseur ; avec le poids de mon bagage, ce n'est pas une mince affaire. C'est le prix à payer pour avoir acquis un magnifique loft sur la place Gambetta, située dans le centre-ville de la capitale picarde.

Mon amie est là, devant l'immeuble, nous faisons quelques mètres à pied pour rejoindre le taxi garé dans une rue adjacente :

— T'avais pas plus court ? demandé-je au sujet de sa mini-jupe en jeans et de son crop-top en crochet blanc.

— Bah quoi, c'est les vacances !

Le petit clin d'œil coquin qui accompagne sa réponse en dit long sur ses intentions pendant notre séjour au Magna Marabella, un magnifique hôtel andalou dont elle me vante les mérites depuis des semaines. Il faut dire que contrairement à moi qui suis une célibataire endurcie, Lorène sort d'une séparation difficile.

— À quelle heure est notre avion ?
— 13 h. On devrait être à l'hôtel aux alentours de 17 h. À nous les mojitos et les beaux Andalous…

Alors que le pilote annonce le départ imminent, les battements de mon cœur s'accélèrent, c'est mon premier vol et je stresse très légèrement. Rester trois heures enfermée dans un oiseau de fer à 10 000 mètres d'altitude ne m'enchante guère, mais c'est pour la bonne cause. J'attache ma ceinture, rabats ma tablette et ferme les yeux pendant le décollage.

— C'est bon ! Tu peux les ouvrir, Alizée. Tu veux que je te montre un peu toutes les possibilités que nous offre ce club ?

Grâce à mon amie qui est la plus grande bavarde que je connaisse, je n'ai pas vu passer le temps du vol. Elle m'a expliqué en long, en large et en travers le programme qu'elle a prévu pour nos vacances. En fin de compte, je me demande si ça va vraiment être de tout repos ou si je ne vais pas rentrer encore plus fatiguée.

Nos bagages récupérés, je souris à la vue de Lorène en galère totale avec son énorme valise.

— Tu n'avais pas plus grand ?
— Bah quoi ! J'aime avoir du choix.

Je l'imagine bien avoir pris toute sa garde-robe, ce serait bien son style.

À la sortie de l'aéroport, un car aux couleurs du Club Med nous attend. Nous sommes plusieurs à faire la queue devant. Un jeune homme vêtu d'un tee-shirt jaune avec le nom du club et d'un short turquoise nous accueille.

— Bonjour, je suis Aldo, un GO[3,] je suis là pour animer le temps de trajet jusqu'à l'hôtel.

En même temps qu'il se présente à nous, il nous passe un collier de fleurs autour du cou. Nous montons dans le car et une heure plus tard, nous voici arrivées à destination de nos vacances de rêve.

Le chauffeur s'arrête devant l'établissement, je suis émerveillée par sa splendeur et sa démesure. Il fait neuf étages de haut et brille de mille feux.

— Un cocktail de bienvenue vous attend dans le hall, n'hésitez pas à aller vous servir pendant que le personnel dédié dépose vos bagages dans vos chambres, explique Aldo avant que tout le monde ne se précipite à l'extérieur du car.

Nous ne nous faisons pas prier et profitons des rafraîchissements, car la chaleur est au rendez-vous, avant de prendre nos quartiers.

Lorène a opté pour deux suites avec vue sur la grande bleue. Le spectacle que m'offre la Méditerranée est saisissant. Ma chambre est très élégante, décorée dans des tons blanc et bleu roi, elle dispose d'une salle de bains ouverte avec douche italienne, d'un immense lit deux places et d'un superbe balcon qui donne sur les piscines et la mer en toile de fond. C'est un véritable havre de paix…

Merci, Lorène, merci… pensé-je en mon for intérieur.

Je prends quelques minutes pour vider ma valise et ranger mes affaires dans le placard, afin de défroisser mes robes. Je me déshabille et m'apprête à aller prendre une bonne douche pour me refaire une beauté avant le dîner de ce soir quand Lorène entre en trombe dans ma chambre. Je me saisis de ma serviette de toilette.

Penser à fermer la porte à clef !

— Alizée, faut que tu m'aides !

---

[3] Gentil Organisateur.

— Quoi ? Qu'est-ce qu'il se passe ?

Elle est en panique totale – la dernière fois que je l'ai vue comme ça, c'était quand son chat a uriné dans ses *Louboutin* – j'ai peur qu'il ne lui arrive quelque chose de grave…

— Ma valise !

— Oui, eh bien quoi ?

— C'est pas la mienne !

— Mais qu'est-ce que tu racontes ?

— Si tu voyais ce qu'il y a dedans, tu comprendrais tout de suite. Viens, suis-moi !

Elle m'attrape violemment par le poignet et je n'ai pas d'autre choix que de lui emboîter le pas. Quand j'arrive dans sa chambre, le contenu de la valise est étalé sur le lit. Je ne peux m'empêcher d'exploser de rire en regardant la trentaine de sex-toys de différentes formes et couleurs, les gadgets et la lingerie plus qu'affriolante qui trônent sur les draps.

— Ah ! Tu trouves ça drôle ?

— Un peu quand même, non ?

— Et je fais quoi avec tout ça, moi, maintenant ?

— J'aurais bien une idée, dis-je en pouffant comme une bécasse.

— Non, mais plus sérieusement ! Tu me vois aller à l'accueil et dire : « Bonjour, j'ai récupéré cette valise par erreur ! » ?

— Dans tous les cas, tu ne vas pas avoir le choix, quelqu'un d'autre au sein de l'hôtel doit détenir la tienne.

— Mes vacances sont gâchées, pleurniche-t-elle.

Il faut savoir que mon amie a une sainte horreur d'être ridiculisée et de perdre le contrôle, c'est limite maladif.

— Tu veux pas y aller pour moi, s'il te plaît ? minaude-t-elle.

J'acquiesce sans broncher ; après tout, c'est grâce à elle si je suis ici, et de toute façon, je sais très bien qu'elle serait capable de se racheter une garde-robe plutôt que de rapporter cette valise.

— C'est bien parce que c'est toi ! Par contre, tu me laisses le temps de me rafraîchir, dis-je encore enroulée dans ma serviette de bain, et j'y vais juste après.

De retour dans ma chambre, je profite de la grande douche multijet. La chaleur est telle qu'à peine essuyée, je suis de nouveau dégoulinante de transpiration. Je choisis une robe longue dos nu noire avec des imprimés de fleurs rouge et vert, fendue sur le devant. Je chausse mes sandales beiges à talons carrés lacées sur la cheville, et parfais ma tenue avec une paire de créoles et un make-up nude associé à un gloss carmin. En m'admirant dans la glace, mes boucles rousses éparpillées sur mes épaules je suis méconnaissable, loin de mon chignon strict et de ma blouse blanche que j'arbore tous les jours.

Je rejoins Lorène pour récupérer la valise.

— Bah ! Dis donc, où est passée le Docteur Larose ?

— Elle est partie en vacances, dis-je en saisissant le bagage avec un grand sourire.

— Merci, Alizée, tu me sauves la vie.

Je quitte mon amie et m'engouffre dans l'ascenseur sans regarder devant moi…

— Excusez-moi ! lancé-je en écrasant littéralement les pieds de l'homme qui se trouve dedans.

— Excuses acceptées, Mademoiselle. À quel étage allez-vous ?

Sa voix est si chaude et suave que je ne peux m'empêcher de lever les yeux vers lui, comme attirée inexorablement. Ses iris noisette me scrutent de haut en bas. Ses cheveux brun foncé gominés et sa peau basanée mettent l'accent sur ses origines hispaniques sans aucun doute. Mon attention se porte sur ses avant-bras recouverts de tatouages tribaux et sur ses abdominaux que je devine à travers son débardeur noir. Je me demande s'il travaille ici ou si c'est un client.

— Alors, pour l'étage ? insiste-t-il.

— Rez-de-chaussée, finis-je par répondre, gênée.

Je lui tourne le dos et regarde les chiffres défiler sur le cadran de l'ascenseur. Lorsque la porte s'ouvre, je m'avance vers l'accueil et il part dans la direction opposée.

— Bonjour, Mademoiselle, que puis-je pour vous ?

— Mon amie Lorène Rivière a un petit souci de valise, et au vu du contenu, je confirme que ce n'est pas la sienne.

— Une autre cliente qui est là afin de fêter un enterrement de vie de jeune fille nous a rapporté une valise pour les mêmes raisons et elle ressemble beaucoup à la vôtre. Je vais la chercher.

Lorsque l'homme revient et me tend l'énorme bagage, je l'ouvre et reconnais de suite ses affaires.

— C'est la sienne !

— Je suis désolé pour le désagrément, Mademoiselle.

— Oh ! Ce n'est pas bien grave ! J'ai beaucoup ri de ce quiproquo.

Je me redirige vers les ascenseurs et mon regard croise de nouveau celui de mon inconnu. Un frisson me parcourt le corps. J'appuie sur le bouton et attends en triturant mes ongles. Un tic que j'ai dès que je ne contrôle pas quelque chose. Les portes s'ouvrent et je me jette à l'intérieur. Personne. Je choisis l'étage et m'adosse dans un coin, repensant à cette rencontre.

Qui peut bien être cet apollon aux airs d'Enrique Iglesias, et puis pourquoi me fascine-t-il comme cela ?

Alors que je rejoins Lorène, je décide de ne pas lui parler de mon inconnu, elle serait bien capable de tout faire pour le retrouver. Je frappe, personne ne répond. Je rentre et mon amie est au téléphone. Je lui fais signe que je dépose sa valise, et retourne dans ma suite.

À l'heure du dîner, je toque à sa porte et nous descendons dans le hall. Lorène est superbe avec sa petite robe bustier émeraude qui met en valeur ses grands yeux verts. Par contre, je me demande comment elle fait pour marcher avec ses nu-pieds à talons aiguilles de quinze centimètres de haut. Il faut dire qu'elle a besoin de compenser son mètre soixante à côté de mon mètre soixante-quinze. Elle a natté en épi sur le côté sa longue crinière brune et posé ses *Rayban* sur la tête.

Nous nous avançons dans la grande salle où un buffet façon apéro dînatoire est dressé pour les nouveaux arrivants. Le directeur du Club nous fait un discours, afin de nous expliquer le fonctionnement des lieux et les diverses activités proposées. Nous recevons ensuite un bracelet en fonction de nos réservations. Le nôtre est rouge ; si j'ai bien compris, cela signifie que nous avons accès à tout et que nos consommations sont à volonté, autant dire qu'en partant, nous n'aurons pas de supplément à régler.

Lorène me tire vers le buffet, je crois qu'il fait les yeux doux à son estomac et surtout à son petit péché qui est la gourmandise. Après avoir pris une assiette de différentes tapas, nous nous installons sur un mange-debout. Très vite rejointes par une bande de trois jeunes coqs.

— Bonjour, Mesdames ! Vous êtes seules ? On peut se joindre à vous ?

Là où moi j'allais leur répondre un franc « NON », Lorène ne me laisse pas le temps de le faire :

— Bien sûr, avec plaisir !

Puis elle enchaîne :

— Je m'appelle Lorène et voici mon amie Alizée, minaude-t-elle à l'encontre du blondinet qui nous a accostées.

— Enchanté, moi, c'est Éthan, et eux, ce sont mes potes Barth et Lucas.

— Enchantée également, dis-je poliment.

— Vous venez d'arriver ? nous questionne celui au crâne rasé et à la barbe de trois jours qui se prénomme Lucas. Je ne vous ai jamais vues !

Ses grands yeux verts me fixent avec une telle intensité que j'ai l'impression d'être une proie prise dans les griffes d'un prédateur. Sentant ma gêne, Lorène vient à ma rescousse :

— Oui, nous sommes arrivées en fin d'après-midi, quinze jours de vacances bien mérités.

C'est fou, comment est Lorène ! Quand il s'agit de la drague, elle n'a pas froid aux yeux !

— C'est génial, lance Éthan. Nous sommes encore là pendant quinze jours, nous allons pouvoir faire connaissance, ajoute-t-il en dévisageant Lorène qui lui répond par un sourire niais.

Nous passons donc la soirée en compagnie de nos trois nouveaux « amis » pour le plus grand plaisir de Lorène, à grignoter et à siffler des mojitos et des margaritas. Ils insistent pour nous inviter à une séance de surf le lendemain ; bien sûr, elle accepte. Pourtant, ni elle ni moi n'avons jamais vu une planche de surf, mais je crois qu'elle est sous le charme d'Éthan.

Alors que nous nous apprêtons à quitter notre table, elle me prend par le bras et m'emmène à l'écart :

— Cela t'ennuie si je reste encore un peu ? Éthan m'a proposé d'aller faire un tour sur la plage.

— Penses-tu que cela soit prudent ? Tu le connais à peine, et puis vous êtes loin d'être sobres.

— T'inquiète pas pour moi, j'ai bien l'intention de ne pas être très prudente ce soir, si tu vois ce que je veux dire ! Mais j'ai ce qu'il faut dans mon sac au cas où, ajoute-t-elle avec un clin d'œil.

— OK, pas de souci. L'alcool commence à me monter à la tête, je préfère aller me coucher. Je laisse mon portable allumé, au moindre problème, tu m'appelles.

Un amour de vacances

— Bien, maman ! D'ailleurs, tu devrais faire de même. Il me semble que tu as tapé dans l'œil du jeune lieutenant Lucas, il est militaire. Enfin, c'est ce que m'a dit Éthan.

— Merci de ta proposition, mais non merci ! Ce n'est pas du tout mon style.

Sur ces bonnes paroles, je quitte mon amie. Alors que je rejoins l'ascenseur, quelqu'un m'agrippe le bras :

— Je t'offre un dernier cocktail, beauté ?

C'est le fameux Lucas.

— Non merci ! Désolée, il est tard, je suis fatiguée et j'ai déjà assez bu, je vais me coucher.

— Allez ! Please, on est là pour s'amuser ! Ne sois pas aussi coincée !

— Je t'ai dit non, et maintenant, je te prie de me lâcher, ajouté-je en haussant le ton.

C'est alors qu'il est arrivé dans mon dos avec cette même voix chaude et suave :

— Je crois que la demoiselle t'a dit non !

— De quoi tu te mêles, Diégo ?

— Je pense que tu devrais gentiment rentrer dans tes appartements et laisser la jeune femme faire de même avant que je prévienne la sécurité !

— OK, mais on va se revoir, poupée !

Alors que Lucas tourne les talons en direction des escaliers, l'ascenseur s'ouvre.

— Je peux vous raccompagner à votre chambre, si vous le souhaitez, Mademoiselle ?

— Alizée, je m'appelle Alizée, répété-je comme pour m'en convaincre. J'accepte volontiers.

Nous nous engouffrons dedans et il appuie sur le numéro de mon étage. *Il s'en souvient !* Arrivé devant la porte de ma suite, tel un gentleman, il attend que je sois bien rentrée.

— Je vous souhaite une bonne nuit, A-LI-ZÉE.

Sa façon de décomposer mon prénom me rend toute chose, j'ai l'impression de défaillir au son de sa voix.

— Bonne nuit également, articulé-je de manière quasi désordonnée avant de refermer ma porte…

Je ne sais pas ce qui me prend, mais face à cet homme, j'ai perdu tous mes moyens. Alors que je suis plutôt une femme sûre d'elle d'habitude, même si la drague n'est pas mon sport favori.

— 2 —

— *L'été sera chaud, l'été sera chaud, Dans les tee-shirts dans les maillots, L'été sera chaud l'été sera chaud, D'la Côte d'Azur à Saint-Malo*[4] —

Je me réveille avec un mal de crâne, cela m'apprendra à abuser des cocktails. Je regarde ma montre qui affiche 7 h. À la vue des rayons de soleil magnifiques qui pointent dans ma chambre, je décide d'enfiler mon maillot de bain deux pièces bleu roi, que je cache sous un paréo. Direction la piscine pour quelques longueurs matinales avant le petit-déjeuner. Je me tâte à aller réveiller Lorène et me ravise ; après tout, elle a dû se coucher tard…

Quand j'arrive à la piscine, je suis étonnée de ne rencontrer personne. Je dépose ma serviette et mon paréo sur un transat avant de me glisser dans l'eau. Alors que j'attaque ma sixième longueur, quelqu'un m'interpelle :

— Vous ne savez pas qu'elle n'ouvre au public qu'à partir de 9 h ?

Je ne reconnais pas la voix tout de suite avec le bruit de l'eau, mais quand je me retourne, il est là, debout au bord de la piscine vêtu d'un short rouge. Il a des allures de sauveteurs à la *Alerte à Malibu*. Son torse quasi imberbe et parfaitement musclé luit au soleil ; ses lunettes noires cachent ses yeux que je me souviens être de couleur verte.

— Je suis désolée, je ne savais pas. Je voulais nager un peu avant le petit-déjeuner.

— Je comprends. Elle n'ouvre qu'à partir de 9 h pour les clients ; avant, elle est réservée aux sportifs.

---

[4] Éric Charden, *L'été sera chaud*, 1979.

— Très bien, aucun souci. J'ai terminé, de toute façon, je le saurai pour la prochaine fois, conclus-je avant d'attraper la main qu'il me tend.

Il est incroyablement fort au vu de la facilité avec laquelle il me soulève pour me ramener sur la terre ferme.

— Cela ne vous ennuie pas si je me sèche quelques minutes au soleil ?

— Aucunement, Alizée, faites !

Alors que je m'installe sur le transat, je le regarde en train de plonger. Son corps d'athlète est parfaitement sculpté, il faut être honnête, cet homme est aussi séduisant de dos que de face. Je reste là quelques minutes à paresser, il fait déjà très chaud. Cachée par mes lunettes de soleil, j'observe, enfin, je mate, mon inconnu de l'ascenseur.

Je finis par me lever pour aller prendre mon petit-déjeuner. Quand j'entre dans la salle, je reconnais la voix de Lorène qui m'interpelle :

— Alizée ! On est là !

Je balaye la pièce du regard à la recherche de mon amie, elle est attablée en compagnie des trois garçons de la veille, et vu la manière dont Éthan passe son bras autour de son cou, quelque chose me dit qu'elle n'a pas perdu de temps. Alors que je m'avance vers eux, Lucas se lève pour me tirer ma chaise tel un gentleman.

— Merci ! Mais je peux le faire moi-même, ajouté-je sur un ton sec.

— Faut pas le prendre comme ça, c'est ma façon de m'excuser pour mon comportement d'hier soir. Je suis désolé, j'avais un peu bu et j'ai fait l'imbécile.

— Je ne te le fais pas dire ! répliqué-je.

— Bon ! s'exclame Lorène. Aujourd'hui est un autre jour et nous n'allons pas rester sur une mauvaise impression, dit-elle à mon intention. Éthan propose qu'on aille tous ensemble prendre un cours de surf, dis oui, s'il te plaît.

Elle insiste en décomposant le « s'il te plaît », comme une enfant qui quémande un jouet à sa mère.

— D'accord, tu as gagné ! Je viens, mais vraiment pour te faire plaisir.

Elle a raison, je ne vais pas rester fâchée pendant tout le séjour, d'autant qu'elle a l'air d'en pincer grave pour le beau Éthan.

Une fois le petit-déjeuner terminé, nous repassons par notre chambre prendre notre sac de plage.

— Alors, toi et Éthan ? C'est une affaire qui roule, dis-moi. Tu n'as pas perdu de temps !

— Disons qu'il est plutôt beau gosse et que j'avais besoin d'un peu de réconfort. Il me faut au moins ça pour oublier la trahison de Louis.

— S'il te fait du bien, profite, ma belle, tu as raison.

— Je ne vais pas m'en priver et tu devrais faire de même. Tu n'as jamais fantasmé sur l'uniforme ?

— Tu parles de ce goujat de Lucas ? Non merci. Son comportement d'hier soir m'a refroidie. Et Barth, avec ses airs efféminés, je ne suis pas sûre qu'il soit attiré par la gent féminine.

— Non, tu as raison ! Éthan m'a dit qu'il avait jeté son dévolu sur un des GO.

— Alors le sujet est clos ! Je vais passer mes vacances à profiter de tout ce qu'offre le club en célibataire et c'est aussi bien ainsi.

— Si c'est ce que tu veux ! Allons-y, les garçons vont nous attendre.

Je saisis mon sac de plage dans lequel j'ai préparé serviette et crème solaire et nous les rejoignons.

À peine arrivée dans le hall, Lorène saute au cou de son nouveau mec, *je crois qu'on peut l'appeler ainsi*, et nous partons tous ensemble en direction du club nautique.

Le soleil est haut dans le ciel en cette fin de matinée et tape déjà bien fort. Nous entrons à l'intérieur du magasin accolé au hangar à bateaux.

— Bonjour, j'ai réservé un créneau surf pour cinq personnes au nom d'Éthan Beaulieu.

La jeune femme au comptoir regarde dans son registre, baisse les yeux et répond d'une voix mielleuse :

— Bonjour, Lucas !

— Salut, Alma ! dit-il avec un large sourire assorti d'un clin d'œil.

Et Lorène voudrait que je succombe à ce Don Juan ?

— Vous pouvez y aller, il vous attend près du hangar. Un conseil, Mesdemoiselles, ajoute-t-elle, ne lésinez pas sur la crème solaire ou vous ressemblerez à deux écrevisses ce soir.

Une fois à l'extérieur, je suis le groupe en direction des planches de surf alignées les unes derrière les autres. J'entends les garçons parler entre eux de beach break, de short break et de la dernière wipe-out d'Éthan. Autant dire que je n'y comprends pas un mot, la seule chose que je connais au surf sont les films *Point Break* et *Brice de Nice*, soit rien du tout au final.

— Salut, les mecs ! Alors, vous êtes revenus vous ramasser encore une fois ? Et vous avez ramené du public, en plus ! s'exclame une voix que je reconnaîtrais entre mille.

— Pas spécialement, Diégo, lui répond Lucas. Nous sommes surtout là pour faire découvrir le sport local à nos nouvelles amies.

Je me retourne, retire mes lunettes de soleil, et mon regard s'ancre dans le sien : il est debout devant moi… encore !

— Alizée, vous ici ? Quelle belle surprise ! Il semblerait qu'on ne se quitte plus !

— Vous vous connaissez ? me questionne Lorène.

— Disons que Diégo m'a évité des ennuis hier soir, dis-je en jetant un œil vers Lucas, et que nous nous sommes croisés à la piscine ce matin.

Diégo prend la parole :

— Très bien, tout le monde. Entrez, je vais vous équiper. Tout d'abord, voici un shorty, une combinaison courte pour vous protéger.

Il sert les garçons, puis se tourne vers moi et Lorène :

— Quelle taille faites-vous, Mademoiselle ?

— 42.

Il lui tend le vêtement, puis s'adresse à moi :

— Et vous, Alizée, un 38, je suppose.

J'acquiesce d'un hochement de tête, prends la combinaison qu'il me tend et l'enfile par-dessus mon maillot de bain.

— Tenez, une leach de surf, fixez-la bien à votre cheville, elle peut vous sauver la vie.

Puis nous le suivons à l'extérieur, il nous remet à chacun une planche, nous montre comment accrocher l'espèce de laisse à la planche, puis à notre cheville, et nous voilà en train de descendre vers la plage. Après quelques consignes de sécurité et exercices sur le sable, le temps est venu pour nous de nous jeter à l'eau. Barth, qui a l'air d'un expert, part en avant, suivi par Lucas. Éthan, quant à lui, s'improvise prof de surf avec mon amie.

J'observe discrètement Diégo en train d'étaler de la wax sur sa planche de surf, je pensais qu'on ne voyait ça que dans les films. Et je me prends à fantasmer sur ses grandes mains se baladant sur mon corps.

— Hum, hum ! m'interpelle-t-il. Je crois qu'il y a assez de wax sur la vôtre.

Je me sens si bête à cause de sa remarque que je saisis ma planche et m'avance vers l'eau sans relever. Je commence par me mouiller le corps avant de m'aventurer plus loin. Lorsque l'eau arrive à hauteur de mes hanches, je tente de m'asseoir sur ma planche qui flotte à la surface. Ce n'est pas gagné, cela a tellement l'air facile quand on regarde les autres faire.

— Un coup de main ? me propose Diégo.

— Je veux bien, sinon, je crois que demain, j'y suis encore.

Il s'approche de moi, met ses mains autour de mes hanches, et je sens comme des centaines de papillons virevolter dans mon ventre. Je suis sur le point de lui dire de me lâcher quand il me soulève avec une facilité déconcertante et je me retrouve assise à califourchon sur ma planche de surf. Il s'installe sur la sienne et me montre comment je dois ramer avec mes bras pour avancer vers le large. J'avoue que je ne suis pas très à l'aise au milieu de la grande bleue, je suis loin d'être comme un poisson dans l'eau. Le savoir à mes côtés me rassure énormément. Au loin, j'observe Lorène qui passe plus de temps à se bécoter avec Éthan qu'à essayer d'apprendre le surf, on dirait qu'elle est retombée dans l'adolescence et j'ai l'impression que cela lui fait du bien. Nous avançons de quelques mètres et le rivage me semble loin derrière moi.

— On peut se tutoyer ? Cela ne te dérange pas ?

— Non, pas du tout, au contraire !

Mais qu'est-ce qu'il me prend !

— Tu tentes le backside ?

— Le quoi ?

— Tu essayes de te mettre debout sur la planche. Il n'y a pas encore réellement de vague, c'est surtout pour trouver ton équilibre.

— OK.

La mer est animée d'une légère houle et je me demande vraiment comment je vais bien pouvoir faire pour tenir à la verticale. Après un moment de réflexion, je finis par me lancer, et suis ses mouvements. Tout d'abord, je me mets sur les genoux, ensuite accroupie, et après de nombreux efforts, je finis par être debout.

— Bravo ! me félicite-t-il. Maintenant, tu écartes un peu les pieds et tu te mets de profil, jambes fléchies, face à moi. Regarde ! Il y a un set qui s'approche, ne t'inquiète pas, sur ce spot, les vagues sont très light.

Effectivement, j'aperçois une série de petites vagues en face de moi, je prends la position qu'il m'a indiquée. La première se rapproche dangereusement, et là… arriva ce qui devait arriver : ma planche se retourne et je termine sous l'eau en moins de temps qu'il ne faut pour le dire. Je tente de remonter à la surface, mais je m'emmêle les pieds dans la corde. Les secondes me paraissent durer une éternité, je commence à paniquer, je manque d'air. Quand soudain, je sens qu'on me saisit le bras et qu'on me ramène vers la surface. Je m'accroche à la planche et il m'aide à monter dessus.

— Bah ! Alors, qu'est-ce qu'il s'est passé ? Tu m'as fait une peur bleue !

— Je ne sais pas, je me suis prise dans la corde. Ensuite, il m'était impossible de remonter.

— Bon, allez ! Je te ramène sur la terre ferme, je crois que c'est assez pour aujourd'hui.

Une fois sur le sable, je tente en vain de retirer ma combinaison, *quelle idée d'avoir mis la fermeture dans le dos !* Alors que Diégo s'éloigne avec nos planches sous le bras, je l'interpelle :

— Veux-tu bien me donner un petit coup de main, s'il te plaît ?

— Avec plaisir ! répond-il en plantant les planches dans le sol.

Je me tourne, et sens son souffle chaud dans mon cou quand il s'approche pour descendre ma fermeture éclair. Alors que je sens le tissu s'écarter, ses doigts effleurent ma peau, et un frisson m'envahit le bas des reins.

— Voilà, c'est fait !

Je retire le haut de ma combinaison et je sens son regard insistant sur moi. Bizarrement, cela ne me déplaît pas qu'il soit en train de me mater. Mais, nous sommes vite rejoints par Lorène et toute la clique.

— Alors, comment s'est passée ta séance ? me demande mon amie.

— Je dirais plutôt bien, avant que je ne termine sous l'eau et que je boive la tasse. Je crois que le surf n'est pas fait pour moi.

— Tu viens manger un morceau avec nous ? me demande Lucas.

— Non merci, je vais rentrer profiter d'une bonne douche et me remettre de mes émotions.

Alors que tout le monde s'éloigne, Diégo reprend ses planches, puis se retourne :

— Passe au bar La Paillotte ce soir, je t'offrirai un verre ! Enfin, si cela te dit ?

— J'accepte volontiers.

— 18 h, c'est bon pour toi ?

— C'est parfait, à ce soir, dis-je en m'éloignant à mon tour en direction de l'hôtel.

— 3 —

> — *C'est l'amour à la plage, Et mes yeux dans tes yeux*
> *Baisers et coquillages, Entre toi et l'eau bleue* [5] —

Après une douche qui m'a rafraîchie et remis les idées en place, je me demande si c'est une bonne idée d'avoir accepté l'invitation de Diégo. Après tout, je ne connais rien de cet homme extrêmement séduisant qui ne me laisse pas indifférente... *Et si, pour une fois, je faisais comme Lorène, si je fonçais tête baissée ne profitant que de l'instant présent ?*

Il est 17 h quand Lorène entre en trombe dans ma chambre :
— C'est vrai que tu te fais draguer par le prof de surf ?
— Hein, quoi ?
— C'est Lucas qui l'a dit à Éthan, qui me l'a raconté, apparemment il en pince pour toi ?
— Lucas ? J'avais remarqué.
— Non, le prof au corps de dieu grec !
— Tu parles de Diégo ?
— C'est ça ! Fais l'innocente !
— Je ne sais pas s'il me drague, mais il m'a débarrassée de Lucas hier soir qui devenait lourd et je suis tombée sur lui à la piscine ce matin très tôt ; je ne savais pas que c'était interdit au public avant 9 h. Apparemment, il venait s'entraîner.

Pendant que mon amie me fait vivre un véritable interrogatoire, je continue de vider mon dressing à la recherche de la petite robe pour ce soir.

— Tu m'expliques ce que tu fais ? me questionne-t-elle. Non, parce que je suppose que ce n'est pas pour manger avec moi que tu vides ton placard ?

---

[5] Niagara, *L'amour à la plage*, 1986.

— Non ! Tu as raison, Diégo m'a invitée à prendre un verre et je cherche quelque chose à me mettre.

— Voyons voir ! Tout dépend le message que tu veux faire passer ? Cette petite robe noire hyper sexy dit « je suis chaude comme la braise », alors que cette robe dos nu rouge fleurie dit « je suis libre pour faire connaissance ».

— Dans ce cas, j'opte pour la rouge sans aucune hésitation. Merci, Lorène.

— Tu es sûre de ton coup ?

— Tout à fait !

— Un conseil : détache tes boucles rousses, ça fait plus sensuel, ajoute-t-elle avec un clin d'œil. Et surtout, tu me raconteras tout dans les moindres détails…

Une fois seule, je termine de me préparer. Je suis l'avis de Lorène et détache mes cheveux. Je me pare d'un joli make-up pour avoir bonne mine et me voilà prête. J'entre dans l'ascenseur, et pendant que je m'admire devant le miroir de celui-ci, je me demande si je ne suis pas en train de faire une grosse bêtise.

Je sors et me dirige vers La Paillotte au bord de la plage. Personne. Je m'installe sur un des sièges du bar en attendant. Quand il se pointe derrière le comptoir, un plateau à la main :

— Tu es barman aussi ? dis-je d'un ton surpris.

— Eh oui ! Prof de surf le jour et barman le soir.

Donc quand il disait vouloir m'inviter pour prendre un verre, ce n'était pas un rencard, mais qu'est-ce que tu t'es imaginée, ma pauvre fille ?

— Qu'est-ce que je te sers ? Je suis le roi des cocktails !

— Je ne sais pas, surprends-moi !

— Alors je te propose un cocktail qui m'a tout de suite fait penser à toi : *une tempête tropicale.*

— Je ne connais pas du tout.

— C'est un subtil mélange de saveurs sucrées et acides, pour un cocktail fruité et épicé, onctueux en bouche.

Je l'observe mettre les ingrédients dans un shaker qu'il additionne de glace. Il se la joue Tom Cruise dans *Cocktail*, en le secouant et en le jetant de façon artistique. Puis il verse le tout dans un verre devant moi qu'il décore d'une rondelle de citron, d'un petit parasol et d'une paille.

— Je te laisse déguster, je sers mes clients et je reviens de suite.

Je porte la boisson à mes lèvres et dois l'avouer, c'est un pur délice. J'essaye de me concentrer en fermant les yeux pour deviner ce qu'il y a dedans.

— Alors, comment le trouves-tu ?

— Inattendu, doux et épicé. Il y a du rhum, du fruit de la passion, je sens aussi une pointe de vanille, mais je ne sais pas d'où vient le côté piquant.

— Approche ! C'est un secret, je vais te le dire à l'oreille.

Je me redresse sur le barreau de mon tabouret et m'avance vers lui. Il passe sa main dans mes cheveux et me murmure :

— Du piment. Ce cocktail est comme toi, doux et inattendu.

Je reprends ma place en sentant le feu me monter aux joues et je ne suis pas sûre que ce soit à cause de l'alcool.

— Je termine mon service à 20 h ce soir, est-ce que ça te dit que je t'emmène manger un morceau en ville ensuite ?

Je baisse les yeux, et ne réponds pas tout de suite ; pourtant, j'en ai très envie.

— Je comprendrais si tu ne veux pas, après tout, on ne se connaît pas.

— J'accepte, lâché-je avant de finir d'une traite ma boisson, et je reprendrais bien la même chose, s'il te plaît.

Alors que j'entame mon second verre, je vois Lorène et sa nouvelle clique débarquer au bar ; ils me font signent de les rejoindre, je m'exécute.

— Tu ne devais pas boire un verre en charmante compagnie avec le prof de surf ? m'interroge Lorène.

— Si si, c'est ce que je fais depuis tout à l'heure entre deux clients.

— Diégo ! Une charmante compagnie, vous êtes sérieuses ? s'exclame Lucas sur un ton dédaigneux. Mais il a au moins 40 ans !

— Et alors, c'est quoi le problème ? m'énervé-je. C'est un homme mûr et un gentleman, comparé à certains plus jeunes !

— Bon OK, j'ai merdé hier soir, pas la peine de me le balancer dans les dents à chaque fois.

— Calmez-vous, tous les deux, s'écrie Éthan, vous n'allez pas vous disputer tout au long du séjour, quand même ?

— Non, tu as raison, de toute façon, je ne reste pas longtemps.

— Tu ne dînes pas avec nous ? me demande Lorène.

— Non ! Diégo m'a proposé de m'emmener manger en ville.

Quelques minutes plus tard, je prends congé de tous et alors que je quitte la table, Diégo vient à ma rencontre.

— Je t'enlève pour la soirée, dit-il en me prenant la main. Mais d'abord, allons chercher notre moyen de locomotion.

Il me conduit près du club nautique devant lequel est garée une très grosse moto sportive.

— Ne bouge pas un instant, je reviens.

À ce moment précis, je me sens idiote avec ma robe et mes sandales. Heureusement que j'ai pris mon sac bandoulière et non une petite pochette ! Je ne sais pas pourquoi je pense à cela… Peut-être pour me convaincre que je ne serai pas ridicule sur son engin…

Il est de retour quelques minutes plus tard avec des blousons et des casques. J'enfile le cuir qu'il m'aide à ajuster, puis le casque qu'il resserre sous mon menton. Il grimpe sur sa *Honda*, puis m'intime l'ordre de monter à l'arrière. Je m'exécute tant bien que mal, une robe n'étant pas le vêtement idéal pour faire de la moto. Il attrape mes mains qu'il passe autour de sa taille me faisant signe de bien m'accrocher, puis démarre. À la première accélération, les vibrations du moteur me procurent des frémissements dans le creux des reins. Quelle sensation délicieuse ! Je le soupçonne de faire monter ma pression artérielle volontairement en faisant vrombir son moteur à chaque feu rouge. *S'il continue comme ça, je ne réponds plus de moi au prochain feu !*

Après quelques kilomètres sur le bitume, il finit par s'arrêter sur le front de mer. Je descends aussi élégamment que possible, puis il fait de même.

— Je peux savoir où nous allons ?

— Je t'emmène déguster la meilleure paëlla de toute l'Espagne.

Il nous suffit de traverser la route pour tomber nez à nez avec une dizaine de restaurants dont les terrasses sont illuminées par le coucher de soleil.

— Nous y sommes, « Platos de Mamà », cela veut dire « Les petits plats de maman », c'est l'établissement de ma tante Mercédès.

— Mi amor, qui est cette belle plante avec toi ? s'exclame une femme d'une soixantaine d'années vêtue d'un tablier blanc qui s'avance vers nous.

— C'est une cliente de l'hôtel et une amie, dit-il en me lançant un clin d'œil, elle souhaitait manger la meilleure paëlla du pays, alors je n'ai pas eu d'autre choix que de l'emmener chez toi.

— Installe-toi, mi hijo, il reste une table en terrasse, je vais vous chercher un verre de sangria.

— Le cadre est magnifique et ta tante a l'air très gentille.

— Très gentille et très intrusive, aussi. C'est elle qui m'a élevé, mais parlons de choses plus gaies. Qu'est-ce que tu fais dans la vie ?

— Je suis pédiatre en milieu hospitalier, je viens du nord de la France. Et toi, tu es GO au Club Med, c'est bien ça ?

— Pas exactement ! Je suis le gérant du club nautique et de La Paillotte et j'ai des contrats à l'année avec la direction du Magna Marabella.

— Et le surf, c'est un passe-temps ?

— Je faisais des compétitions plus jeune, j'ai gagné de très belles coupes, et puis, il y a quelques années, j'ai dû arrêter : une blessure au genou.

— Tu n'es pourtant pas bien vieux ?

Mais pourquoi je lui ai balancé cette question ? Certainement à cause de Lucas tout à l'heure.

— Non, je viens d'avoir 36 ans ! À moins qu'une fois passés 35 ans, tu me ranges chez les vieux.

J'éclate de rire.

— Je vais bientôt t'y rejoindre dans ce cas, du haut de mes 32 printemps.

Nous trinquons à la sangria et je me régale avec la paëlla. Il a raison, c'est la meilleure que j'ai jamais mangée. Si bien que je fais même l'impasse sur le dessert.

Une fois le repas terminé, Diégo me propose une balade le long de la jetée. À la nuit tombée, des musiciens et des danseurs se rejoignent sur l'esplanade pour un spectacle improvisé sous les yeux émerveillés des badauds. La musique est entraînante au son des castagnettes et des guitares. Des danseuses de flamenco font tournoyer leur robe et claquer leurs talons en suivant le rythme endiablé de la musique. Diégo me saisit par la main pour aller retrouver les couples qui dansent au milieu de la place et m'entraîne dans un tango. J'essaye de suivre ses pas assurés comme je le peux, car c'est une première pour moi.

Notre danse finie, nous nous éloignons en direction de la plage. La lune est haute dans le ciel étoilé et se reflète sur la mer calme. C'est un spectacle magnifique, le son lointain de la musique se mêle au clapotis des vagues, c'est apaisant.

— Merci, Diégo, pour cette soirée, j'ai passé un merveilleux moment.

— Je te retourne le compliment. Cela fait si longtemps que je n'avais pas profité d'une sortie en aussi charmante compagnie.

Nous sommes là, assis sur le sable, côte à côte, ma main dans la sienne, nos regards accrochés l'un à l'autre, comme si nous voulions la même chose et qu'aucun de nous ne souhaitait faire le premier pas. Bien que ce soit plutôt inhabituel chez moi, je me jette à l'eau. J'approche mes lèvres des siennes et il me rend mon baiser. Puis il me bascule sur le sable et sa langue s'insinue dans ma bouche, cherchant la mienne avec ardeur. Nous restons là un long moment, enlacés dans les bras l'un de l'autre, à échanger des baisers plus passionnés les uns que les autres.

Puis, il se lève et me tend la main pour m'aider à me relever.

— Il se fait tard, je vais te ramener à l'hôtel.

Arrivés devant l'établissement, je descends de la moto. Nous retirons nos casques et il passe un bras autour de ma taille, m'attirant à lui pour m'embrasser langoureusement une dernière fois. Je lui tends son casque et dans un vrombissement de moteur, il me laisse là, seule et frustrée.

Une fois au fond de mon lit, je repense à cette soirée, j'aurais tellement voulu qu'elle ne se finisse jamais, ou peut-être que si, mais différemment. Elle a un goût de trop peu et de pas assez…

— 4 —

*— On va s'aimer, dans un avion, sur le pont d'un bateau,
On va s'aimer, à se brûler la peau, à s'envoler, toujours, toujours plus
haut, où l'amour est beau* [6] *—*

Lorsque mon réveil sonne, je me dépêche d'enfiler mon maillot de bain et de filer droit à la piscine, espérant ainsi tomber sur Diégo. Il n'est pas là ce matin, ni les deux suivants, d'ailleurs.

Je me demande si c'est à cause de moi, je ne l'ai vu ni au club nautique ni au bar. Alors je passe mes journées à errer sans but en compagnie de Lorène, d'Éthan, de Barth et de Lucas, qui n'a toujours pas compris qu'il ne m'intéressait pas et qui continue sa drague lourde. Ce soir, nous sommes allés nous promener sur la plage tous les quatre, Barth ayant décroché un rendez-vous galant. Éthan et Lorène finissent par prendre congé, pour se retrouver un peu seuls tous les deux. Quant à moi, je décide de prolonger ma promenade le long de la jetée et Lucas choisit de m'accompagner, ce qui ne m'enchante guère.

Nous marchons comme ça un bon moment sur le sable quand le son des guitares arrive à nous. Sans m'en rendre compte, j'ai marché jusqu'à l'esplanade, avec dans l'espoir inconscient d'apercevoir Diégo.

— On n'est pas bien là, tous les deux ? me lance Lucas en me prenant par la taille.

Je le repousse. Il revient à la charge.

— Vas-y ! Laisse-toi faire, beauté, je sais que tu en meurs d'envie.

---

[6] Gilbert Montagné, *On va s'aimer*, 1983.

Il me plaque contre la digue et tente de m'embrasser de force. J'essaye de m'extirper de son emprise, mais c'est peine perdue, ce gaillard bâti en force me tient fermement. Alors que la musique se fait silencieuse, je crie aussi fort que je peux.

— À l'aide ! Aidez-moi…

— Lâche-la, hurle une voix qui surgit du haut de la digue.

Je tourne ma tête et vois une silhouette descendre quatre à quatre les marches qui menent sur la plage. Lucas me tient toujours fermement plaquée contre la roche.

— Je t'ai dit de la lâcher !

Cette voix, c'est Diégo. Il s'avance vers nous d'un pas décidé. Lucas relâche son étreinte et tente de lui donner un coup de poing dans la figure, Diégo lui décoche un crochet du droit, le mettant KO.

— Viens ! dit-il en me prenant dans ses bras. Tout va bien, je suis là. Il ne t'a pas touchée, au moins ?

— Non !

J'ai encore un peu de mal à réaliser ce qu'il vient de se passer, ou plutôt ce qu'il se serait passé s'il n'était pas arrivé.

— Tu trembles ! Tu as froid ?

— Non ! Mais j'ai eu très peur.

— Je te ramène avec moi, un café te fera le plus grand bien. Je ne vis pas très loin d'ici.

Alors que nous continuons sur la plage dans la nuit noire, nous arrivons vers une petite crique, où se dresse une cabane en bois.

— Tu vis ici ? le questionné-je d'un air étonné.

— Cela a l'air sommaire comme ça, mais il y a tout le confort, et je n'y habite que l'été, sois rassurée. Le reste de l'année, j'ai un loft à Malaga.

Je le suis sans réfléchir, comme si j'étais attirée par cet endroit, ou plutôt par son propriétaire.

— Installe-toi sur la balancelle, je vais nous faire du café.

Je m'assieds face à l'océan, seul le bruit des vagues venant s'échouer sur le rivage trouble le calme paisible qui règne ici.

— Le café de Madame est servi !

Je prends la tasse qu'il me tend et c'est dans un silence quasi religieux que chacun déguste le breuvage. Puis il retourne à l'intérieur avec les mugs vides, je lui emboîte le pas.

— Je vais te ramener à l'hôtel, il se fait tard…

— Non ! Je veux rester ici avec toi, ordonné-je en me rapprochant de lui.

— Je ne suis pas sûr que cela soit une bonne idée.

— Au contraire, je pense que si.

Alors que je prononce ces mots, je ne suis plus qu'à quelques centimètres de lui et je commence à retirer les boutons de ma chemise. Il m'attire à lui et m'embrasse, d'abord avec tendresse, puis avec fougue. Nos bouches se désirent, nos corps s'appellent. Il pose ses mains sous mes fesses et me soulève du sol. Je passe mes bras autour de son cou et l'encercle de mes jambes, mes lèvres ne quittant plus les siennes. Il m'emmène vers le fond de la cabane, il fait noir. Je sens qu'il me dépose sur quelque chose de ferme et de doux. Il termine de me retirer ma chemise, alors que je tente d'enlever mes baskets. Ses caresses se font plus entreprenantes quand il défait le lacet de mon haut de maillot de bain, dévoilant ma poitrine. Il lèche un sein, puis l'autre, caressant et pinçant mes tétons tendus par l'excitation de ses avances. À mon tour, je lui retire son tee-shirt, collant ma poitrine contre son torse viril. Il me bascule sur le dos, faisant sauter le bouton de mon short en jean, qu'il fait glisser le long de mes jambes. Puis il remonte vers mon visage, sa bouche cherchant la mienne avec passion. Je tente de le débarrasser de son bermuda, mais il repousse ma main, essayant désespérément de retirer les lacets de ma culotte. Puis il m'embrasse dans le cou et entreprend sa descente vers mon mont de Vénus que je sens humide de désir. Sa langue imprime des cercles autour de mon clitoris, qu'elle torture de ses caresses pendant qu'un doigt s'insinue en moi. Mon corps se cambre et se raidit sous cette délicieuse caresse. Puis il se redresse, retire son pantalon et son boxer avant de me retourner sur le ventre, il se place à l'intérieur de mes cuisses, s'allonge sur moi et me pénètre avec fougue. Ses baisers ont le goût de mon plaisir, ses va-et-vient sont forts et profonds. Je sens des vagues de chaleur monter en moi, et je ne peux taire un gémissement de jouissance qui me submerge quand l'orgasme me terrasse. Alors que des spasmes envahissent mon corps, son souffle s'accélère dans mon cou et il pousse un râle de plaisir lorsqu'il se déverse en moi. Avec délicatesse, il se retire et s'allonge près de moi, déposant de doux baisers sur mes lèvres. Je reste là, allongée contre lui, baignant dans l'euphorie du moment, les jambes cotonneuses.

Je finis par me lever et, après un rapide tour par la salle de bains, je le rejoins et me couche dans ses bras, la tête posée contre son torse.

— Merci, murmuré-je avant de me laisser envelopper par ceux de Morphée.

Je me réveille et m'aperçois que je suis seule dans le lit. Je prends un instant de réflexion pour me rappeler où je suis et ce qu'il s'est passé la nuit dernière. Diégo n'est pas là. Je me redresse à la recherche de quelque chose à me mettre sur le dos, une douce odeur de café et de pain grillé vient me chatouiller les narines. Je revêts son tee-shirt et pars à la recherche de ma petite culotte avant de le rejoindre sur la terrasse.

— La belle au bois dormant a bien dormi ?
— Comme un bébé !

Je m'approche pour m'asseoir près de lui et il m'attrape par la taille pour m'attirer à lui. Je pose mes fesses sur ses genoux et il m'embrasse tendrement dans le cou, avant de déposer un doux baiser sur mes lèvres.

— Veux-tu un peu de café ?
— Avec plaisir.

Je me délecte de ce petit-déjeuner qu'il a préparé pour moi.

— Tu as quelque chose de prévu, aujourd'hui ?

— Non, pourquoi ?

— Je suis de repos, on peut passer la journée ensemble, si tu veux.

— J'en serai heureuse ! Il faut juste que je retourne à l'hôtel prendre une douche et me changer…

— Je t'y dépose et reviens te chercher pour midi.

— C'est parfait. Je peux te demander quelque chose ?

— Tu veux savoir pourquoi je ne t'ai pas donné de nouvelle ces trois derniers jours ?

— Oui !

— Je n'en suis pas très fier. J'ai passé trois jours à faire des travaux d'intérêt général, à la suite d'une altercation avec un client il y a quelques mois. Il s'est mal comporté avec Alma, la jeune femme qui travaille avec moi, et je l'ai un peu trop, disons, secoué. Il m'arrive parfois de m'emporter quand on touche à des gens que j'aime…

— Comme hier, avec Lucas !

— Tu as tout compris.

— Merci, en tout cas, d'avoir été là, je n'ose imaginer ce qu'il se serait passé si tu n'étais pas intervenu…

— 5 —

— Seul sur le sable, Les yeux dans l'eau, Mon rêve était trop beau. L'été qui s'achève, tu partiras à cent mille lieux de moi. Comment t'aimer si tu t'en vas, Dans ton pays loin là-bas ? [7] *—*

Alors que j'entre dans ma chambre, Lorène surgit comme une furie :

— Tu étais où ? Je me suis fait un sang d'encre ! Depuis quand tu ne réponds plus au téléphone ?

— Euh ?!

— Ouh ouh ! Ça va ?

— Oui, très bien ! Je suis désolée, mon portable n'avait plus de batterie.

— Tu étais où, bon sang ?

— C'est une longue histoire, mais pour faire court, disons que j'ai passé la nuit chez Diégo.

— Ta ta ta ! Tu vas pas t'en tirer comme ça ! Je veux en savoir plus !

— Lucas m'a agressée, enfin, il a tenté de m'embrasser de force sur la plage. Diégo est arrivé, ils se sont battus et il m'a ramenée chez lui.

— Ah ! Je comprends mieux d'où lui vient son coquard à l'œil, je ne croyais pas trop à son histoire de s'être pris la porte de l'ascenseur. Et donc, toi et Diégo ?

— On a passé la nuit ensemble et c'était merveilleux ! Voilà, tu es contente ? Et là, je prends une douche rapide et je me change, car je passe l'après-midi avec lui, enfin, si cela ne t'ennuie pas ?

---

[7] Roch Voisine, *Hélène*, 1989.

— Pas le moins du monde, Éthan m'a proposé une sortie et j'allais te demander la même chose. Par contre, on dîne ensemble ce soir ?

— Tu veux dire tous ensemble ? Je ne sais pas si c'est une bonne idée.

— Tu n'as qu'à inviter ton garde du corps.

— Ah ah ! Très drôle… Je file sous la douche.

Je termine de me préparer quand quelqu'un frappe à ma porte :

— Coucou ?

— Tu es en avance !

— J'étais trop impatient de te revoir ! Tu es prête ?

— Le temps de prendre mon sac à dos.

Arrivés au club nautique, Diégo m'aide à endosser un gilet de sauvetage :

— Tu m'expliques ?

— Je te propose une sortie en jet-ski avec une surprise à la clef.

Nous descendons sur le ponton situé un peu plus loin, où les machines sont amarrées. Il range nos affaires dans le coffre sous le siège et nous nous installons sur l'engin.

— Accroche-toi bien, princesse !

Puis il démarre. Quelle sensation ! J'ai l'impression de voler sur l'eau. Nous longeons la côte pendant un moment, avant qu'il ne s'engouffre dans une petite crique.

— Nous allons devoir escalader ces rochers et nous y serons.

Je le suis dans cette ascension. Arrivés au sommet, la vue est magnifique, il nous faut redescendre un peu en contrebas pour tomber sur un lac, dissimulé de tous : un petit coin de paradis. Diégo récupère une glacière cachée derrière les rochers – *il a dû tout préparer après m'avoir déposée à l'hôtel* – et déplie une grande nappe.

— Mets-toi à l'aise et installe-toi.

Je retire mon short et mon débardeur et m'assieds sur la nappe. Il sort une bouteille de blanc et deux coupes, ainsi qu'un assortiment de tapas.

— C'est adorable, merci, mais ce n'était pas nécessaire.

— J'en avais très envie, cela fait longtemps que je ne me suis pas senti aussi bien avec une femme. Tu es la première que j'amène ici, dans mon petit havre de paix.

Une fois rassasiés, nous nous allongeons un moment, contemplant le ciel et profitant du calme de la crique.

— Le soleil tape vraiment fort, tu veux bien ? demandé-je en lui tendant le tube de crème solaire.

Il commence par étaler la crème sur mes épaules, puis dénoue le haut de mon maillot de bain et continue sa descente vers le bas de mon dos, mes cuisses et mes mollets. En remontant, il dépose de doux baisers sur le haut de mes fesses. Je me retourne, la poitrine dénudée, il embrasse un sein, puis l'autre, avant de me masser avec la crème solaire.

— Ça va mal finir !

— Pourquoi mal finir ? Je suis sûr que tu en as autant envie que moi, ajoute-t-il en posant sa main entre mes cuisses brûlantes de désir.

Et tels deux adolescents, nous nous adonnons au plaisir de la chair en pleine nature, comme si nous étions seuls au monde.

Je ne sais pas à quel jeu nous jouons tous les deux, et je m'en moque, je suis bien, je suis heureuse. Je profite de la vie, tout simplement.

Nous passons mes vacances l'un avec l'autre chaque fois qu'il est disponible, c'est-à-dire toutes les nuits et certaines journées. Le reste du temps, je suis avec Lorène et les garçons. Lucas se tient à l'écart de moi, et tout se passe pour le mieux. Il s'est déjà trouvé une nouvelle proie, une jeune Anglaise, si j'ai bien compris, qui n'a pas froid aux yeux, d'après Lorène.

J'ai l'impression de ne vivre mes journées que pour retrouver Diégo chaque soir. Je ne dors plus à l'hôtel, j'ai élu domicile avec lui dans sa cabane. Quand il a une pause entre deux activités nautiques, nous nous éclipsons dans ma chambre pour une partie de jambes en l'air. Mes vacances ont pris une tournure des plus inattendues.

Le jour de mon départ est arrivé bien plus vite que je ne l'aurais imaginé. J'appréhende le moment où il faudra se dire au revoir, je ne le connais que depuis deux semaines, et pourtant, je n'ai plus envie de le quitter. Jusqu'à maintenant, les hommes ne m'intéressaient pas vraiment, j'ai eu des histoires, bien sûr, mais rien de comparable à ce qui nous lie Diégo et moi.

Lorène me dit de ne pas m'en faire, que c'est comme elle et Éthan : « un amour de vacances, une histoire sans lendemain », mais je n'en suis pas aussi certaine qu'elle. Je le sens au fond de moi, notre aventure estivale, c'est bien plus que cela. J'ai l'impression d'être tombée amoureuse sans le vouloir…

Pourtant, demain matin, il faudra que je lui fasse mes adieux. Ma vie m'attend en Picardie et je n'ai pas d'avenir ici, en Andalousie. J'essaye de me convaincre qu'une relation à distance, ça ne peut pas marcher, que je dois profiter de nos derniers moments et tourner la page de ce beau chapitre écrit cet été.

Notre ultime soirée est merveilleuse, mémorable même. Après avoir dégusté une paëlla dans le restaurant de sa tante, nous nous sommes promenés sur la plage. Nous avons fini par succomber au bain de minuit, nageant nus dans l'eau claire, avec la lune pour seule témoin, nos corps se cherchant dans un ballet sensuel avant de ne faire plus qu'un. Puis nous nous sommes allongés dans le hamac accroché entre deux palmiers près de la cabane, et nous nous sommes endormis l'un contre l'autre, recouverts d'un simple drap.

Le soleil se lève à peine, et sans un mot, Diégo me conduit au car garé devant l'hôtel, celui-là même qui m'a amenée ici il y a quinze jours pour y vivre les plus merveilleux moments de mon existence. Celui-là même qui va me déchirer le cœur en m'emmenant loin de l'homme que j'aime. Nous nous enlaçons pendant de longues minutes, bien trop courtes à mon goût.

— Je ne t'oublierai jamais, Alizée. Je t'aime, princesse.

— Moi non plus, je ne t'oublierai jamais. Je t'aime, Diégo. Adieu.

C'est le cœur lourd et les larmes qui roulent le long de mes joues que je monte les marches du car. Je m'installe à côté de Lorène. Elle passe son bras autour de mon cou et je laisse exploser mon chagrin.

— Je sais que cela fait mal, ma belle, mais ça va aller, je te le promets…

— Je l'aime, Lorène. Je ne pensais pas vivre une histoire d'amour si intense en venant ici, dis-je entre deux sanglots. Je n'aurais jamais imaginé que cela puisse être si douloureux.

Le chauffeur démarre le moteur, et doucement, nous quittons l'hôtel en direction de l'aéroport.

Mon cœur est brisé. Une partie de lui restera en Andalousie à jamais…

— ÉPILOGUE —

— Nos doigts se sont frôlés, nos mains se sont touchées, Sans que l'on sache vraiment pourquoi. Et quand tu m'as souri, sans rien dire, j'ai compris, qu'il n'y aurait plus jamais que toi. Parce que c'est toi, parce que c'est moi, parce que c'était écrit comme ça [8] —

Un an plus tard :

— Tu es sûre que tu veux partir en congé à Magna Marabella ? me demande Lorène.

— Oui, j'y ai passé les plus belles vacances de toute ma vie, et puis je pense qu'il est temps que je le retrouve.

— Tu ne sais même pas s'il vit encore là-bas.

— Non, mais j'en suis presque certaine.

— Je n'ai jamais compris pourquoi tu n'as pas cherché à reprendre contact avec lui.

Certainement parce que je suis une idiote ! Notre séparation a été un déchirement et nous n'avions aucun avenir ensemble, il fallait être lucide. C'est ce que j'ai fait. Mon travail m'a accaparée, tu en sais quelque chose, et puis… enfin, tu sais quoi !

— Les voyageurs à destination de Malaga sont attendus pour le départ. Merci de vous présenter à la porte d'embarquement numéro 4, appelle une voix métallique dans les haut-parleurs de l'aéroport.

— Allez, il faut que j'y aille, sinon je vais rater l'avion.

— Tu me téléphones quand tu arrives, surtout ?

— Mais oui ! Ne t'inquiète pas, tout va bien se passer.

---

[8] Manuela Lopez, *Parce que c'était écrit comme ça*, 1994.

Le voyage me paraît durer une éternité. Quand le car me dépose devant l'entrée de l'hôtel, j'ai l'impression de l'avoir quitté la veille, tout est comme dans mon souvenir. Un cocktail de bienvenue attend les nouveaux arrivants ; cette fois-ci, je fais l'impasse dessus. J'ai envie de me poser, le voyage a été épuisant. L'agent de l'accueil me donne le pass de ma chambre, la même que l'année dernière, je voulais que tout soit exactement pareil. Je me dirige vers l'ascenseur, celui-là même où je l'ai rencontré pour la première fois. Il me dépose à mon étage, et lorsque j'entre dans ma suite, rien n'a changé… Je laisse ma valise au pied de mon lit et je m'installe un peu, puis regarde ma montre, il est presque 18 h. Je décide d'aller prendre un verre à La Paillote en espérant qu'il y soit. Lorsque j'aperçois au loin les tables alignées sur la plage, ma gorge se noue. Une boule fait son apparition dans mon estomac.

Et s'il n'était pas là ? Et s'il ne me reconnaissait pas ? Et s'il avait refait sa vie ? Après tout, nous ne nous sommes rien promis.

Je commence à hésiter et avance, le pas mal assuré, quand je le vois derrière le bar. Lui non plus n'a pas changé. Il est toujours aussi séduisant et charismatique. Je m'arrête un instant et l'observe de loin préparer ses cocktails de façon spectaculaire, sous les yeux ébahis des midinettes agglutinées au comptoir. Je continue de m'avancer le long des planches, quand tout à coup, il s'arrête. Son regard accroche le mien, il laisse en plan tout ce qu'il était en train de faire et accourt vers moi.

— Alizée, c'est toi ? C'est bien toi ! J'ai rêvé de ce jour tant de fois !

Il marque un temps d'arrêt.

— Mais tu n'es pas…

— Seule ? dis-je en terminant sa phrase. Non ! Comme tu le vois, je suis venue accompagnée…

Cette fois, c'est moi qui marque un temps d'arrêt.

— Je souhaitais te présenter quelqu'un, continué-je en découvrant le petit être que je porte en écharpe tout contre moi. Voici ta fille, Lola, elle vient d'avoir trois mois.

Il se saisit de la première chaise près de lui et se laisse tomber dessus.

— Mais comment est-ce possible ?

— Tu es sûr que tu veux que je t'explique ? plaisanté-je pour essayer de détendre l'atmosphère.

— Non, c'est pas ce que je veux dire ! Mais pourquoi ne m'as-tu rien dit ?

— Parce que, tout comme toi, je l'ai su il y a quelques mois. J'ai fait un déni de grossesse et j'étais à six mois quand je l'ai appris. J'ai mis du temps à l'accepter, je me suis longtemps demandé si je n'allais pas accoucher sous X. Un bébé n'était pas prévu dans le programme de mes vacances l'année dernière, tomber amoureuse non plus, d'ailleurs. Je n'ai pas eu de tes nouvelles après mon départ.

— Toi non plus, tu ne m'en as pas donné, rétorque-t-il sur un ton légèrement agressif.

— Je sais. Ça a été tellement difficile de te quitter que j'ai préféré couper tous les ponts ; pour moi, avec mon métier, une relation à distance n'avait aucun avenir. Je me suis lancée à corps perdu dans le travail pour tenter de t'oublier… J'ai eu tort. Je le sais. Je n'ai jamais cessé de penser à toi. Un jour, prise de malaise au boulot, j'ai fait un examen sanguin. L'annonce est tombée, j'étais enceinte. À l'échographie, le médecin m'a expliqué que j'étais au début du troisième trimestre, je n'ai pas réalisé tout de suite…

— Tu n'as eu aucun soupçon ?

— Non, aucun, il paraît que c'est bien plus courant qu'on ne le croit. Un jour, je ne suis plus rentrée dans mes jeans taille 38 et mon ventre a commencé à s'arrondir de jour en jour, comme si elle acceptait enfin de me monter qu'elle était là, en moi. Je me suis mise à la sentir bouger et m'en suis beaucoup voulue qu'elle soit passée inaperçue pendant tant de mois. Puis elle est arrivée et je n'ai pas eu le cœur de l'abandonner. Lola était le fruit d'un amour sincère et passionné et n'avait rien demandé à personne. J'ai beaucoup réfléchi ces derniers mois, et je me suis dit qu'il fallait que je tente de te retrouver pour elle, et pour moi aussi.

Je le sens perdu par toutes ces révélations, mais qui ne le serait pas à sa place !

— Et maintenant, que veux-tu faire ? Qu'est-ce que tu attends de moi ?

— J'aimerais que Lola ne grandisse pas sans son papa, je souhaiterais que tu fasses partie de sa vie. Je sais que tu ne quitteras jamais ton Andalousie, alors j'ai décidé de venir m'installer ici. Enfin, si tu es d'accord, bien sûr. J'ai postulé pour une place à l'Hôpital de Malaga et j'ai un entretien dans la semaine.

— Si je suis d'accord ? Mais si j'avais pu, je ne t'aurais jamais laissé partir il y a un an. Moi aussi, j'ai merdé… J'ai essayé de me convaincre que tu n'étais qu'une passade, et puis, sans nouvelles de toi, je me suis dit que tu avais tourné la page.

— En fin de compte, nous sommes deux imbéciles, dis-je en posant ma main sur sa joue.

— J'ai l'impression de ne faire que survivre depuis que tu es partie, et cette petite Lola est le plus beau cadeau que la vie pouvait me donner. Bien sûr que je veux que tu t'installes ici, que nous formions une vraie famille.

En prononçant ces mots, il s'est rapproché de moi et a passé ses bras autour de mon cou.

— Je suis fou de toi, princesse. Je t'aime. Et toi aussi, petite puce, je t'aime, ajoute-t-il posant un regard plein de tendresse sur notre fille… Plus jamais je ne te laisserai partir, tu peux en être sûre.

— Plus jamais je ne partirai. Je t'aime, Diégo, de tout mon cœur…

— Areuh areuh ! nous sourit Lola, acquiesçant à sa manière à nos promesses d'amour…
— Mon Dieu, m'exclamé-je.
— Qu'y a-t-il ?
— Lorène ! Elle va me tuer ! J'ai oublié de l'appeler pour lui dire que nous étions bien arrivées…

FIN

Cœurs en rade

Mickaële Eloy

LUNDI

Juliette hâta encore le pas. Le taxi l'avait déposée quelques minutes plus tôt sur le quai d'embarquement et il s'en fallut de peu pour qu'elle manque le départ. Le téléphone vissé sur l'oreille, traînant derrière elle une énorme valise à roulettes rouge et or, elle marchait à toute vitesse le long des bateaux. Des hommes s'activaient auprès de certains, lançant bouts et amarres. Devant d'autres, une file de passagers ressemblait à un serpent entrant dans la fissure d'un mur géant.

— Oui, Sophie, je suis presque arrivée. Dix jours à profiter du soleil et du sable, le rêve ! Sans parler de la petite croisière avant. J'ai toujours rêvé de faire ça. Vous êtes fous de m'avoir fait ce cadeau !

— …

— C'est sûr que j'en avais besoin.

Son interlocutrice répondit et Juliette éclata de rire avant de raccrocher. Un coup d'œil autour d'elle lui indiqua qu'une centaine de mètres la séparait encore de sa destination. L'Acapulco étendait sa coque blanche à l'extrémité du quai. Son nom, inscrit en arabesques, invitait à lui seul au voyage. En y regardant de plus près, Juliette eut l'impression d'une forte activité. La passerelle semblait sur le point d'être retirée.

— Attendez-moi ! cria-t-elle.

Courant aussi vite que le lui permettaient ses talons vertigineux, elle franchit les derniers mètres. Lorsqu'elle arriva à proximité de la passerelle d'embarquement, elle avait le visage rougi par l'effort, le souffle court et une mèche brune était collée sur son visage par la transpiration. C'est alors que l'homme qui accueillait les passagers se retourna brusquement. Subjuguée par son regard bleu acier et déséquilibrée par les pavés, Juliette le percuta de plein fouet. Laissant échapper un juron, il tomba à la renverse. Les billets qu'il tenait dans ses mains volèrent autour de lui.

— Sacrebleu ! Vous ne pouvez pas faire un peu attention ?

Juliette était penaude. L'homme se releva et retrouva immédiatement contenance. Un sourire commercial apparut sur son visage, mais l'éclat de ses yeux était toujours aussi cassant.

— Vous devez embarquer sur l'Acapulco ? Où est votre billet ?

— Euh… Oui… murmura Juliette en pointant du doigt le tas de billets qui se trouvait à leurs pieds.

— Bien, ajouta-t-il d'un ton sec en serrant les lèvres. Montez à bord, nous verrons ça plus tard.

La jeune femme ne se fit pas prier. Elle posa son pied sur la passerelle, hissa derrière elle l'énorme valise et rejoignit le bateau. Le personnel l'accueillit avec un sourire, l'invita au traditionnel cocktail de bienvenue et rangea sa valise dans la conciergerie. Juliette, soulagée, se dirigea vers le pont supérieur, comme bon nombre de passagers, pour saluer la ville qui s'éloignait doucement, avant de rejoindre la salle de spectacle, comme on le lui avait indiqué.

L'après-midi touchait à sa fin. Juliette avait découvert avec plaisir les quelques boutiques et les animations du bateau. La croisière s'annonçait prometteuse. Les restaurants étaient magnifiques. La piscine s'étendait sur l'arrière, au-dessus des flots. Le spa avait fait briller ses yeux. Elle avait flâné avec bonheur sous les verrières du jardin intérieur. Seule la salle de sport n'avait pas retenu son attention.

La foule était à présent moins nombreuse. Les voyageurs avaient dû retrouver le confort de leur cabine et il était temps pour la jeune institutrice de faire de même. Alors qu'elle se dirigeait vers le comptoir d'accueil pour retirer la clé de sa chambre, les haut-parleurs grésillèrent.

— Madame Serra est attendue sans délai sur le pont numéro 6, hall du restaurant Aqua. Madame Serra est attendue sur le pont numéro 6, hall du restaurant Aqua.

Juliette sursauta. Que diable se passait-il encore ?

Arrivée devant le restaurant, deux hommes étaient en grande conversation. L'un, vêtu du traditionnel uniforme de bord, semblait proposer au second, en jean et marinière, diverses solutions à un problème qui les inquiétait. Aucune ne semblait cependant convenir. L'exaspération se lisait sur le visage de l'homme à la marinière qui n'était autre que celui qui avait accueilli Juliette à son arrivée. Remarquant sa présence, il soupira et, levant les yeux au ciel, marmonna un « j'aurais dû le savoir » à peine voilé.

Juliette sentait un léger malaise s'installer en elle lorsque l'homme s'avança vers elle.

— Madame Serra, je suppose. John Cartier, second de bord. Nous avons un léger problème.

Son ton presque cordial tranchait avec son regard glacial. Monsieur Cartier n'était pas de ceux avec qui on plaisante. La jeune femme le laissa poursuivre.

— Vous n'êtes pas sans savoir qu'à cause d'un fâcheux contretemps, nous n'avons pas été en mesure de contrôler votre titre de transport lors de votre arrivée à bord. Or, après vérification, il est apparu clairement que votre trajet devait se faire à bord du Veracruz et non de l'Acapulco.

Il marqua un temps d'arrêt, comme pour laisser à Juliette le temps de comprendre ce qu'il disait. Elle s'imagina un instant à la place de ses petits élèves lorsqu'elle ménageait le suspens au moment d'annoncer la destination du voyage de fin d'année.

— Comme l'erreur est en partie de mon fait, nous organiserons votre transfert vers votre destination à nos frais dès notre arrivée à Saint-Pierre, ce qui sera le cas dans 11 jours.

En attendant, nous avons pu vous réserver une cabine sur le pont supérieur. Elle ne correspond pas aux standards de la suite que vous aviez réservée, mais la compagnie et moi espérons qu'elle vous sera agréable. Vous voyagerez en qualité d'invitée de bord. Hector va vous accompagner, si vous êtes d'accord. Vos bagages y ont été déposés. Voici ma carte, appelez-moi si vous avez besoin de quelque chose.

Juliette suivit le groom à travers un dédale de couloirs et de coursives, mais son esprit était ailleurs. 11 jours de croisière vers Saint-Pierre… Tout un monde s'offrait soudain à elle ! Elle allait pouvoir découvrir les joies de La Réunion, le volcan, la culture de la vanille. Sans doute y aurait-il aussi quelques escales sur la côte africaine. Dakar, Le Cap, Madagascar… Autant de villes qui invitaient elles aussi au voyage…

La chambre était spacieuse et bien éclairée, malgré la pénombre qui tombait doucement sur la mer. Juliette se laissa tomber sur le lit et s'endormit presque aussitôt.

MARDI

La journée commençait et le bateau semblait sortir de sa léthargie. Les passagers se dirigeaient par groupes vers le restaurant, Juliette les entendait passer dans le couloir. Les accents et les langues se mélangeaient. S'étirant, la jeune femme ouvrit les yeux. La nuit avait été plaisante. Le roulis était très léger, juste suffisant pour la bercer. La literie moelleuse à souhait invitait au repos et à la détente. Juliette décida d'en profiter encore un peu et de commander un petit-déjeuner au room service. Son statut d'invitée lui permettait de savourer quelques privilèges et celui-ci en faisait partie.

Une télécommande posée sur la table de chevet permettait d'ouvrir les volets de la chambre sans avoir à se déplacer. Bien au chaud sous sa couette, Juliette profita du spectacle du soleil qui se reflétait sur la mer. La journée s'annonçait belle. Dehors, la température devait être un peu plus chaude que la veille et ne cesserait d'augmenter à mesure qu'ils se rapprocheraient de l'Équateur. Elle réfléchissait à la tenue qu'elle allait mettre. Il faudrait aussi qu'elle prenne le temps de vider sa valise. Sa robe de soirée serait plus à sa place sur un cintre que pliée dans une housse. Elle nota mentalement qu'elle devrait également demander à la réception qu'on lui fournisse le détail des escales. Elle était impatiente de savoir quelles villes d'Afrique la compagnie avait choisies pour y jeter l'ancre.

Deux coups brefs tapés contre sa porte la ramenèrent à la réalité. Un serveur en livrée, d'un autre temps, fit son apparition, tenant devant lui un plateau chargé. La délicieuse odeur de viennoiseries et de pain chaud qui s'en dégageait aurait donné faim à n'importe qui.

— Madame souhaite-t-elle déjeuner au lit ?

Juliette avait toujours eu horreur de cet air pompeux et du ton mièvre qu'emploient certaines personnes, et ce serveur ne faisait pas exception. Mais après tout, sans doute était-ce une des exigences du métier… Elle hocha la tête et lissa du plat de la main la couette devant elle.

Le petit-déjeuner était pantagruélique pour une seule personne : deux croissants, dont un fourré à la framboise, un petit pain au sésame, un autre au maïs, un jus d'orange fraîchement pressé, de minuscules coupelles contenant des confitures. Du beurre doux et du beurre salé. Une pâte à tartiner aux noisettes et chocolat noir. Le café était digne de ceux qu'elle avait bus en Italie l'été précédent. Le sucre était servi dans un joli sucrier en porcelaine décorée de fleurs des champs. Juliette le dévora à pleines dents. La gourmandise avait toujours été l'un de ses principaux défauts, elle ne s'en cachait pas, et son ventre criait famine de n'avoir pas dîné la veille.

Repue, Juliette se dirigea vers la salle de bains. La douche était immense, le marbre couleur crème donnait à la pièce un aspect chaleureux, bien loin de l'univers aseptisé et totalement impersonnel des hôtels dans lesquels elle descendait habituellement. La jeune enseignante laissa tomber sa nuisette et se glissa avec bonheur sous une douche cascade chaude à souhait. Même les serviettes étaient moelleuses, songea-t-elle en s'essuyant. Elle enfila rapidement une tenue confortable et sortit prendre l'air.

Les écrans répartis à divers points du navire indiquaient que la journée serait consacrée à la navigation. Le programme proposait dans l'heure à venir au choix un cours de danse de salon, une séance d'aquagym à la piscine intérieure et de yoga dans la salle de sport. Les croisiéristes pouvaient également assister à un atelier de préparation de cocktails sans alcool. Délaissant ces activités collectives, Juliette préférait profiter de la piscine, ou plus exactement des transats au soleil. La fin de matinée était le moment parfait pour cela. Les familles ne s'y aventureraient pas avant la fin d'après-midi. Les mannequins aux corps parfaits y trouveraient refuge durant les heures chaudes pour parfaire leur bronzage, faisant pâlir d'envie les femmes comme Juliette, aux courbes généreuses.

Alors qu'elle se tortillait dans des positions peu flatteuses pour étaler de la crème solaire sur l'ensemble de sa peau exposée au soleil, une ombre la fit frissonner. Elle releva la tête pour prier ce malotru d'aller voir ailleurs lorsque son regard croisa les yeux bleus de John Cartier, la faisant rougir jusqu'à la pointe des cheveux.

— Bonjour, Madame Serra, lui dit-il d'une voix neutre.

— Mademoiselle, le reprit Juliette.

L'homme la fixa un moment sans comprendre.

— C'est mademoiselle. Madame Serra est ma mère, précisa-t-elle avec la même patience qu'elle employait avec ses petits élèves pour leur expliquer les leçons.

— Oh, pardon, Mademoiselle. Je voulais juste m'assurer que votre installation s'était bien passée et que la cabine vous convenait.

— Oh oui, répondit Juliette avec enthousiasme. Tout est parfait.

John Cartier la salua et prit congé aussi discrètement qu'il était arrivé. Juliette le regarda partir, admirant malgré elle sa carrure imposante et la musculature avantageuse que le polo bleu ne parvenait pas à cacher. Le léger trouble qu'elle avait ressenti en sa présence s'estompa peu à peu. Le regard glacial du second de bord contrastait avec la douce chaleur qui émanait de son corps bronzé. Il aurait pu être le fils d'un Suédois et d'une Égyptienne, tenant de son père sa taille haute et son regard clair, et de sa mère une peau dorée et une chevelure sombre. Un mélange parfaitement équilibré, à la fois doux et piquant.

Dommage qu'il soit si cassant dans ses manières, remarqua intérieurement Juliette.

MERCREDI

Lorsque Juliette se réveilla, quelque chose avait changé. L'ambiance n'était plus la même. La jeune femme regarda autour d'elle. Malgré la pénombre, tout semblait à sa place. Elle était toujours dans sa cabine, seule dans son grand lit. Mais il y avait quelque chose de différent. Et ce n'était certainement pas la soirée ciné et pop-corn qui avait pu la perturber. Alors quoi ? Juliette décida de se lever pour en avoir le cœur net.

Elle posa un pied par terre. Le sol était tiède, comme le soir, lorsque le soleil s'y était reflété une partie de la journée. Indice troublant. Un coup d'œil à sa montre lui indiqua qu'il était à peine huit heures. Elle appuya sur le bouton d'ouverture des volets et les laissa s'ouvrir tranquillement pendant qu'elle se douchait. Lorsqu'elle franchit le pas de la porte, son regard fut happé par la baie vitrée. Au lieu des flots qu'elle s'attendait à voir, une ville étendait ses maisons et ses immeubles à ses pieds. Juliette sursauta et comprit soudain l'origine de son trouble : il n'y avait plus ni roulis ni vibrations des moteurs. Le bateau était à quai. L'accostage avait dû avoir lieu dans la nuit.

Trop tard pour le petit-déjeuner au lit, se dit-elle. Elle enfila à la hâte un jean et un chemisier rose pâle et se dirigea vers le restaurant où était servi le petit-déjeuner. Alors qu'elle était attablée devant un café brûlant, un serveur passait de table en table annoncer le départ prochain d'une excursion. À la table voisine, un couple sans âge se leva comme un seul homme et l'homme bouscula la jeune institutrice au moment où elle portait à ses lèvres la tasse chaude, renversant du même mouvement le liquide sombre sur le chemisier clair. L'homme s'excusa en des termes que Juliette ne comprit pas et lui tendit une serviette en papier avant de disparaitre dans le sillage de sa femme. Juliette, elle, entreprit de rejoindre sa cabine. Alors qu'elle montait dans l'ascenseur, une voix derrière elle la fit sursauter.

— Attendez-moi, je vous prie.

John Cartier. Le marin la salua d'un air professionnel, mais ses yeux marquaient à la fois l'étonnement et l'amusement. Juliette sentait sa peau frissonner derrière la fine étoffe, son trouble devenant soudain bien visible.

— Belle journée, Mademoiselle Serra, n'est-ce pas ? Descendez-vous à terre, aujourd'hui ?

Juliette allait répondre quand un bruit métallique la coupa dans son élan. Et l'instant suivant, l'ascenseur s'arrêta brusquement. John Cartier se tourna vers elle :

— Ne vous en faites pas, la machine va repartir d'une seconde à l'autre.

Les secondes devinrent rapidement des minutes. John avait passé quelques appels, mais l'équipage était très affairé avec l'escale et ne pourrait intervenir qu'une demi-heure plus tard.

— Je suis navré de ce contretemps, Mademoiselle Serra. C'est un évènement assez rare, laissez-moi vous en assurer.

Juliette, elle, n'avait pas la sérénité du second de bord. Sa claustrophobie menaçait de prendre les commandes. Déjà, elle sentait la panique prendre le dessus.

— Dis-moi qu'on va s'en sortir, le supplia-t-elle d'une voix blanche.

John Cartier éclata de rire avant de se reprendre devant l'air vexé de la jeune femme qui lui tenait compagnie.

— Vous savez, Mademoiselle Serra, les accidents d'ascenseur ne font pas partie du voyage. Ce n'est certainement qu'une petite coupure de courant.

Juliette n'était pas rassurée pour autant. Elle agrippa le bras du marin, dans un geste désespéré pour se calmer. L'homme se tourna vers elle avec un sourire délicieux et lui proposa qu'ils s'assoient, pour attendre plus à leur aise.

Sentant son inquiétude, il la prit dans ses bras et commença à lui caresser doucement les cheveux. Ce geste intime surprit Juliette autant qu'il la troubla. Mais il fit son effet, puisque l'inquiétude refluait comme la marée.

Lorsqu'enfin, ils furent délivrés de leur boîte de métal, le soulagement de Juliette fut tel qu'elle vacilla sur ses jambes. John Cartier la rattrapa de justesse et, d'une voix qui n'acceptait aucun refus, lui annonça qu'il la raccompagnait à sa cabine.

Le chemin fut rapide, au grand soulagement de Juliette. Parvenant devant sa porte, elle se demandait si elle devait lui proposer d'entrer quand il se saisit de sa clé, ouvrit et l'accompagna à l'intérieur.

— Je vous laisse vous remettre de vos émotions. Je suppose que vous n'irez pas en balade aujourd'hui…

— Euh… Non, effectivement.

— Alors, profitez du bateau, vous verrez, il n'y aura que peu de monde, je pense. Vous aurez les équipements et le personnel de bord rien que pour vous, ajouta-t-il avec un demi-sourire. Et au nom de la compagnie, je souhaiterais vous inviter à dîner lors de notre prochaine escale, si vous en êtes d'accord.

Rouge des pieds à la tête, Juliette accepta en bredouillant. John Cartier tourna les talons et sortit, sans un mot de plus. L'institutrice, elle, s'installa devant son ordinateur pour envoyer un email à sa meilleure amie.

Chère Sophia,

Je tenais encore à vous remercier, Alban et toi, pour ce magnifique cadeau que vous m'avez fait, même si, comme tu t'en doutes, tout ne se déroule pas comme je l'avais imaginé. La poisse qui me colle à la peau fait encore des siennes. Me voilà sur un bateau en partance pour Saint-Pierre de La Réunion. Et après avoir renversé ma tasse de café (pour une fois, ce n'était pas ma faute) et m'être retrouvée coincée dans l'ascenseur, je viens de me faire inviter à dîner lors de notre prochaine escale par le commandant en second. C'est un homme froid, distant, terriblement professionnel, mais tellement craquant ! Quand je le croise, j'ai l'impression qu'il ne se passe que des catastrophes et il me fusille de ses yeux bleus à chaque fois.

Ne te réjouis pas trop vite, c'est une manière qu'a la compagnie de s'excuser « pour les désagréments occasionnés » plutôt qu'un rendez-vous...

Je te laisse, je dois passer – encore – à la douche pour me débarrasser de cette odeur de café et j'irai certainement lézarder au spa pour me remettre de mes émotions.

A très vite, ma Sophia, je t'embrasse.

JEUDI

Juliette s'était levée tôt. Le bateau avait fait une nouvelle escale. Un port immense s'étalait sous ses yeux. La journée de la veille avait été des plus calmes. John Cartier avait raison, le bateau avait été déserté de ses touristes le temps d'une journée. Le brouhaha des heures précédentes avait cédé la place à une ambiance apaisée. Elle avait ainsi pu profiter du spa, de la piscine et des différents loisirs. En début d'après-midi, déjà les passagers regagnaient leur cabine, la fatigue ayant raison d'eux. Et le bateau reprendrait la mer peu après le dîner.

Lorsqu'elle s'était renseignée quant à leur escale du jour, Juliette avait d'abord été surprise que le bateau se soit aventuré au nord. La ville qui s'étalait après le port était celle de Belfast. Mais sans doute cela faisait-il partie du périple, pour permettre aux voyageurs de découvrir celle qui fut le fleuron de l'industrie du transport maritime de passagers, connue pour avoir vu partir le Titanic.

Juliette s'était préparée rapidement. Elle avait opté pour une tenue plutôt passe-partout. Un pull fin et un foulard avaient trouvé refuge dans son sac. Le ciel était dégagé, la journée s'annonçait belle.

Alors que Juliette s'apprêtait à partir visiter la ville, un serveur s'approcha d'elle en toussotant.

— Mademoiselle Serra ? Monsieur Cartier m'a remis ceci pour vous.

Et il lui tendit un papier ivoire légèrement cartonné, plié en deux et scellé d'une pastille.

On dirait une des gommettes que j'utilise avec ma classe, remarqua intérieurement Juliette dans un sourire. La lettre disait ceci :

« Retrouvez-moi à 15 h au Jardin botanique, à l'entrée de la Tropical Ravine. John C. »

Au moins, le message était clair et ne laissait pas de place à la contestation.

— Si je peux me permettre, Mademoiselle, monsieur Cartier suggère que vous soyez bien couverte. La température baisse rapidement en fin d'après-midi.

— Merci. Et soyez aimable de dire à monsieur Cartier que je n'ai rien d'une enfant que l'on doit protéger.

La balade avait eu quelque chose de romantique. Juliette avait imaginé les femmes élégantes qui embarquaient le siècle précédent dans de gros bateaux à charbon, préférant passer sous silence les trop nombreux passagers de troisième classe pour qui cette traversée de l'Atlantique représentait tout. Après avoir arpenté le très dynamique quartier de la cathédrale Sainte-Anne, ses pas l'avaient entraînée vers la Queen's University. L'ambiance y était à la fois studieuse et très mélancolique, avait trouvé la jeune femme. Le romantisme des vieilles pierres tranchait avec la présence de mobilier plus moderne. Juliette n'aurait pas été surprise de voir surgir au détour d'un couloir un professeur en costume traditionnel du siècle dernier. Mais l'heure avançait et elle ne voulait pas être en retard à son rendez-vous.

John l'attendait devant la grande grille. Après un salut plutôt froid, qui contrastait totalement avec la chaleur de son sourire, il lui proposa de visiter la serre. Se frayant un passage à travers la végétation luxuriante, John entraîna Juliette vers un escalier menant à la passerelle en hauteur. De là, ils purent admirer la fontaine de vieilles pierres. La jeune institutrice ne perdait pas une miette du spectacle. Accoudée à la rambarde, elle admirait en silence les plantes, les feuilles, l'eau qui s'écoulait presque sous ses pieds. Une légère brume les enveloppait. John, lui, observait le visage de Juliette sans mot dire. Elle leva bientôt les yeux vers lui, croisant son regard. Une légère rougeur passa sur ses joues et elle se détourna, murmurant du bout des lèvres un « merci » à peine audible.

— Merci à toi, sourit John. Je te devais au moins ça pour tout ce qu'il s'est passé depuis lundi, non ?

Juliette ne pouvait dire s'il s'agissait du ton de sa voix, du tutoiement ou du romantisme de la situation, mais son cœur battit soudain imperceptiblement plus fort. Un léger trouble s'était emparé d'elle.

— Puis-je vous poser une question, John ?

Il acquiesça en silence.

— Je… euh… est-ce que… vous… tu… proposes ce genre de visite à toutes tes passagères ?

John posa doucement sa main à côté de celle de Juliette et lui sourit, plongeant son regard bleu glacier dans les yeux de Juliette, comme pour lire au plus profond de son âme.

— Non, douce Juliette, tu es la seule. La seule que j'aie jamais invitée, la seule que j'aie pu faire rêver devant cette cascade, la seule qui me plaise assez pour l'emmener à la découverte de Miquelon-Langlade, quand nous arriverons. C'est là où j'ai grandi, mon joyau secret, en quelque sorte…

Juliette rougit un peu plus, souriant au compliment que venait de lui faire le marin.

La balade continua à travers le Jardin botanique. À plusieurs reprises, leurs mains se frôlèrent, augmentant encore le trouble que ressentait Juliette. Elle sentait au fond d'elle comme de toutes petites décharges électriques à chacune de leurs caresses involontaires. Leurs doigts finirent par s'enlacer, comme aimantés. La luminosité diminuait doucement. Ils continuaient à marcher, d'un pas lent, sans un mot. Bientôt, John se fit plus aventureux et posa son bras sur la taille frêle de Juliette. Elle sourit dans le secret de la pénombre. Elle faisait semblant d'admirer les parterres sans même les regarder. Les papillons qui flottaient dans son ventre faisaient maintenant une java de tous les diables. John ralentit le pas, puis, délicatement, posa le bout de ses doigts sur le menton de la jeune femme pour lever son visage vers le sien. Alors leurs lèvres se rejoignirent dans une étreinte délicate, comme si John venait cueillir une goutte de rosée posée sur une fleur un matin de printemps. L'institutrice ne put retenir un frisson. Ce fut le signal du départ. John avait réservé une table dans un pub à l'écart des lieux touristiques.

— Tu m'as parlé de là où tu as grandi… C'est de quel côté de l'île ?

John la regarda étrangement, surpris par la question.

— Comment ça, quel côté de l'île ?

— Ben… par rapport à Saint-Pierre, ça se situe où, Miqu…

Juliette s'arrêta brusquement, semblant comprendre le quiproquo de la situation.

— Quand tu m'as dit que le bateau était en direction de Saint-Pierre, rassure-moi, tu disais bien Saint-Pierre, comme dans La Réunion, la vanille, le piton de la Fournaise, hein ?

John éclata d'un rire sonore et franc.

— Juliette, on part pour Saint-Pierre-et-Miquelon ! On est bien trop loin au nord pour rejoindre les côtes africaines !

L'institutrice blêmit. Ses émotions se mélangèrent à toute vitesse, puis, en proie à une colère froide, elle explosa.

— Comment as-tu pu me mentir à ce point ? J'avais prévu une magnifique croisière vers les Antilles pour profiter du soleil et je me retrouve embarquée dans un bateau miteux vers le froid ?

— Juliette, respire, calme-toi. Je ne t'ai jamais menti, quand on s'est retrouvés devant le restaurant, je t'ai dit clairement que nous étions en partance pour Saint-Pierre. C'est toi qui as extrapolé ! Tu prends ça trop à cœur, je pense…

Juliette n'en pouvait plus. Sentant les larmes monter, elle se détourna du marin, se leva et partit sans un regard en direction du port. John, hébété, ne tenta rien pour la retenir.

VENDREDI

La mer était mauvaise. Associée à la soirée désastreuse de la veille, Juliette n'avait pas eu le courage de se lever, si ce n'était pour aller à la salle de bains. Elle avait commandé un simple bouillon et espérait que le mal de tête et les nausées allaient enfin s'estomper.

Elle était rentrée s'enfermer dans sa cabine dès qu'elle avait quitté le marin. La douce flamme qui s'était allumée entre eux avait été douchée par la révélation de John. Juliette avait pleuré une bonne partie de la soirée, avant que le désespoir et la fatigue n'aient raison d'elle. Elle avait alors dormi d'un sommeil lourd, sans autre rêve que quelques cauchemars.

Vêtue d'un simple paréo, dont sa valise regorgeait, les cheveux en bataille, la jeune femme avait espéré toute la journée que le vent et les vagues allaient bientôt se calmer.

En milieu d'après-midi, John avait tenté de lui rendre visite. Il était venu frapper doucement à la porte de Juliette. Devant l'absence de réponse, il s'était cependant résigné à la laisser tranquille, se promettant de revenir plus tard. Mais les caprices de la mer ne lui avaient pas laissé de temps libre et ce ne fut que tard dans la nuit qu'il put rejoindre son carré pour quelques heures de repos.

SAMEDI

Lorsque Juliette ouvrit les yeux, les mouvements de roulis semblaient s'être atténués. Seul un léger balancement animait encore le navire. Le soleil semblait être déjà haut dans le ciel. Quelques mouettes criaient. Sans doute se trouvaient-ils, une fois de plus, à quai, pour une des escales de la croisière. Juliette n'avait toujours pas pu obtenir la liste des étapes de leur voyage. Elle n'avait pas mis un pied hors de sa cabine la veille, de peur de se confronter au second de bord.

Elle appela le room service pour se faire apporter son petit-déjeuner, qu'elle espérait prendre au soleil sur le petit balcon. Lorsqu'elle ouvrit la baie vitrée qui la séparait de l'extérieur, un air frais vint la saisir. Elle prit alors conscience que le contenu de sa valise ne serait absolument pas adapté au séjour qu'elle était contrainte de faire. Une fois de plus, la mélancolie s'abattit sur ses épaules. Elle se souviendrait longtemps de ses trente ans. Une larme coula sur sa joue. La chassant du revers de la main, Juliette se dit qu'il était temps de prendre son courage à deux mains.

La première des choses à faire était de compléter sa garde-robe. Le shopping lui ferait du bien, il lui changerait les idées. S'adressant à la réception, elle se fit indiquer quelques adresses.

Reykjavik était une petite ville très charmante. La langue en elle-même était déjà un dépaysement. Tout le monde regardait avec curiosité la jeune femme légèrement vêtue, qui avançait dans les rues pavées. Juliette, saisie par le froid, avançait, s'efforçant de ne pas trembler. Elle avait espéré des vacances sur une plage blanche proche de l'Équateur, et la voilà qui déambulait dans les rues d'une des îles les plus au nord du continent européen.

Ce fut une jeune femme les bras chargés de paquets qui rejoignit le bateau un peu plus tard. Les lèvres presque bleues, elle ne sentait presque plus ses doigts. Elle n'avait qu'une hâte, se blottir au chaud sous sa couette ou dans un spa brûlant. Ou peut-être dans les bras d'un certain marin… Sa pensée la fit rougir comme une adolescente. Elle déposa à la va-vite les sacs sur son lit, en sortit un pull large en mailles douces et un jean fuseau qu'elle enfila au-dessus de son maillot de bain. Elle avait choisi un deux pièces noir qui mettait en valeur sa peau diaphane.

La douce chaleur de sa cabine lui avait fait du bien et elle avait opté pour un long moment au hammam pour achever de se réchauffer. *Vu notre escale, j'aurais peut-être dû choisir plutôt le sauna, plus couleur locale…* songea-t-elle en fermant derrière elle la porte de sa cabine. Perdue dans ses pensées, elle n'entendit pas le pas vif qui arrivait dans le couloir sombre. Soudain, une main se posa sur son épaule.

Juliette sursauta, alors que ses lèvres laissèrent échapper un hurlement de peur. Bientôt, une voix grave, qu'elle aurait reconnue entre mille, l'enveloppa.

— Juliette, ce n'est que moi, John.

Juliette vacilla, se rattrapant de justesse contre la porte de sa cabine.

— Je voulais juste te souhaiter un bon anniversaire, rien de plus, continua-t-il doucement.

Devant l'air surpris de la jeune femme, il ajouta à demi-mot, presque navré :

— Je n'ai aucun mérite, c'est aussi mon job de savoir ces choses-là, tu sais. Je… Non, rien.

— Euh, merci. Tu voulais dire quoi ?

Le marin regarda à droite et à gauche, comme pour être certain de ne pas se faire surprendre.

— J'aurais aimé faire de ce jour un moment inoubliable, mais je pense que ce n'est plus d'actualité, si ?

Juliette le regarda un moment, s'imprégnant de ce qu'il venait de lui avouer. Les paroles du second coulaient lentement dans ses veines comme un sirop se répandant dans chaque cellule de son corps. Lorsqu'il fut enfin arrivé dans son cœur, elle sentit un feu se rallumer. Puis son cerveau analysa la phrase. Hors de question de se laisser embobiner de nouveau par de belles paroles ! Pourtant, il aurait été si facile de céder, de le laisser entrer dans sa cabine, de profiter de cet instant de grâce pour… pour quoi, au juste ? Reprenant ses esprits, elle tourna les talons et se dirigea vers le spa, comme elle l'avait prévu.

À l'abri dans une des petites salles chaudes, Juliette laissa la tristesse et la colère se fondre dans ses larmes. Les mots du marin étaient empreints de douceur et de tendresse. Quelque chose s'était passé entre eux, quelque chose qui aurait pu être une belle histoire, quoi qu'il arrive, pour quelques jours, quelques semaines ou pour la vie entière. Après tout, personne ne sait jamais ce que le destin peut réserver… Mais il était trop tard, elle avait tourné le dos à John. Il ne lui pardonnerait certainement jamais cet affront…

DIMANCHE

Le bateau n'avait pas encore quitté le port de Reykjavik. Le départ n'était prévu qu'à l'heure du déjeuner. Il était encore temps pour Juliette de découvrir la ville dans laquelle elle n'avait fait que passer rapidement, frigorifiée, la veille.

Une légère bruine tombait sur les maisons, mouillant les pavés. Malgré la pluie, la ville était charmante. Les rues étaient animées. Les passants s'invectivaient d'un trottoir à l'autre avec bienveillance. Les éclats de rire et les sourires étaient nombreux. Les habitants semblaient si chaleureux qu'il était impossible de ne pas sourire également. Juliette ne comprenait pas un mot de ce qui se disait, mais se laissa entraîner par la bonne humeur ambiante. Elle avait l'impression d'être de retour dans un village dans lequel les gens se connaissaient tous et se retrouvaient avec plaisir.

La jeune femme s'arrêta dans un des nombreux cafés qui bordaient la rue. Elle choisit un cappuccino à emporter et un de ces biscuits qui semblaient si appétissants. Au bout de la rue, un bâtiment tout en béton lui faisait face. D'une hauteur impressionnante, surtout étant donné les autres constructions alentour, il dominait la ville par son imposante stature. S'approchant un peu plus, Juliette découvrit une église pas comme les autres. Résolument moderne, s'élançant de toute sa taille, elle semblait relier la terre et le ciel comme d'un trait de crayon.

Poussant la porte, la jeune institutrice se laissa gagner par la sérénité du lieu. Elle n'était pas croyante, mais était toujours impressionnée par la quiétude que les églises conservaient en leur sein. Accessibles à tous, coupées du monde extérieur, elles permettaient de trouver un havre de paix.

Là, sous les immenses plafonds blancs, Juliette réfléchit à la situation. Bien sûr, ses vacances ne se déroulaient pas comme elle l'avait souhaité, mais la rencontre avec John Carter était un signe du destin. Il lui avait été envoyé dès les premiers instants de son voyage. Juliette eut alors comme une révélation : John n'était pas arrivé pour rien dans sa vie trop tranquille. Marin au long court, il était aux antipodes de ce qui animait chaque jour la jeune femme. Peut-être était-ce le signe qu'elle attendait depuis longtemps. Celui qui vous dit qu'il est temps de changer. D'aller voir du pays. De quitter sa zone de confort pour mettre un peu de magie dans son quotidien. Oui, c'était sûrement cela. John était son phare, celui qui éclaire la nuit du quotidien d'une lumière nouvelle.

— Mais bien sûr ! C'est logique ! s'écria Juliette sans plus de retenue.

Une vieille dame lui jeta un regard noir, à elle qui avait osé troubler ses prières. Puis, devant le sourire frais de la jeune femme, elle s'adoucit. Juliette lui tendit le paquet de biscuits et sortit d'un pas rapide de l'église. Il restait encore une petite poignée d'heures avant le départ, John n'était peut-être pas encore totalement occupé par les préparatifs du trajet. Il était temps pour Juliette de lui parler, de s'excuser et de souffler sur les braises de leur belle histoire, celles qui s'étaient allumées à Belfast et qui avaient fini aussi rapidement sous les cendres. Mais peut-être en restait-il quelque chose…

Elle accéléra le pas dans les ruelles mouillées. Le port était encore loin, mais qu'importe, elle ne devait pas perdre la moindre minute, la moindre seconde avant de retrouver son marin. Elle deviendrait son port, son attache. Lui serait sa bouée, son gouvernail, sa voile. Il saurait la guider, lui montrer la voie, l'aider à changer de cap.

Courant presque sur la passerelle, elle se précipita vers les quartiers réservés à l'équipage. Elle déambula dans les couloirs, sans trop savoir où aller. Que lui avait dit son amant ? Rien, en fait. Elle n'avait pas la moindre indication du lieu où pouvait être le second de bord lorsqu'il n'était pas aux commandes. Juliette suivit des coursives sans fin et monta quelques escaliers, espérant parvenir à la passerelle de commandement.

Mais à défaut de cela, elle se retrouva, à bout de souffle, dans un cul-de-sac. Face à elle, les toilettes de l'équipage et rien d'autre. Juliette s'assit un instant pour reprendre sa respiration et ses esprits. Elle n'avait aucune idée de là où elle se trouvait. Pas la moindre indication n'aurait pu l'aider. Elle songea un instant à faire demi-tour et à suivre une nouvelle coursive, mais la crainte de se perdre à nouveau fut la plus forte. Aussi resta-t-elle assise là, sur la dernière marche de l'escalier d'acier froid. Le bateau était grand, mais un homme d'équipage passerait sûrement ici dans quelques instants.

Après d'interminables minutes qui semblèrent à la jeune femme durer des heures, elle sentit les vibrations du bateau. Le cœur du navire se remettait à battre, la mer n'attendait que lui. Le son d'une sirène lui parvint presque distinctement. Tout l'équipage devait être sur le pont, à s'occuper du départ. Ensuite, ils retrouveraient leurs quartiers et viendraient délivrer Juliette des entrailles de métal.

Mais les heures passaient et toujours rien. Juliette avait épuisé sa petite réserve de biscuits, celle qu'elle réservait à Sophia… Le temps lui paraissait interminable. Par la minuscule lucarne des toilettes, Juliette vit le ciel s'assombrir. La nuit tombait sur le navire et personne n'était encore venu à son secours.

— Mais quelle cruche ! Comment ai-je pu croire que j'allais retrouver John, qu'il allait me prendre dans ses bras et tout oublier !

La fatigue et les émotions fortes eurent bientôt raison de la détermination de la jeune femme à rester éveillée. Morphée la prit délicatement dans ses bras et l'entraîna loin du navire, loin de cet endroit si cliniquement froid, loin de ses rêves de douceur et de tendresse dans les bras d'un marin brun aux yeux clairs.

LUNDI

Un bruit réveilla Juliette en sursaut. Quelqu'un gravissait le petit escalier sur lequel elle s'était endormie.

— Mademoiselle Serra ! Ah, vous voilà enfin ! Tout le monde vous cherche depuis hier soir !

Juliette ne comprenait pas. Le jeune matelot poursuivit :

— Le capitaine Cartier vous attend dans votre cabine. Vous voulez bien me suivre, s'il vous plaît ?

Juliette ne se fit pas prier. Elle ne posa pas la moindre question et se leva. Ses jambes ankylosées la firent souffrir lorsqu'elle les déplia, elle était fatiguée comme si elle n'avait pas dormi et avait le dos raide. Lorsqu'elle se mit debout, elle sentit le sol se dérober sous ses pieds. Le matelot n'eut que le temps de la rattraper avant qu'elle ne chute dans les escaliers. Il la prit délicatement dans ses bras avant qu'elle ne perde conscience.

Juliette ne se rendit pas compte du trajet qu'avait fait le jeune mousse. Elle revint à elle quelques instants plus tard, allongée dans des draps blancs. Regardant autour d'elle, la jeune femme ne reconnut rien de sa cabine. Elle était dans un lieu calme, blanc, à la lumière tamisée. Un homme entre deux âges lui faisait face.

— Bon retour parmi nous. Vous êtes à l'infirmerie. Je crois que vous êtes quitte pour une bonne frayeur, Mademoiselle.

Juliette refit le film de sa soirée. Elle avait attendu des heures qu'on vienne la chercher en vain.

— Olivier vous a ramené il y a une demi-heure. Que s'est-il passé ? Vous accepteriez de m'expliquer ?

L'institutrice rougit et bégaya.

— Je… euh… Je voulais discuter avec John Cartier et je me suis perdue dans les couloirs.

Le médecin sourit.

— Le beau John aurait-il encore fait des ravages dans un petit cœur ?

Juliette se figea instantanément et le fixa, soudain blême. Elle n'eut pas le loisir d'interroger davantage l'homme de science, une ombre se profilait déjà à l'entrée de la minuscule chambre. Le second de bord venait prendre de ses nouvelles. Après un clin d'œil des moins discrets, le médecin prit congé.

— Bonjour, Juliette, ça va mieux ?

— Parce que ça t'intéresse ? Tu n'as pas d'autres cœurs à aller consoler ? Je suis sûre qu'il doit bien y avoir à bord des jeunes femmes éprises du beau second, non ?

Surpris par cet accueil, John encaissa le coup avant de rétorquer :

— Et toi, tu n'as pas trouvé mieux pour tomber que les bras d'un de mes marins ? C'est une habitude, décidément, chez toi…

Juliette sentit les larmes monter. Elle se retourna dans un sanglot. Les attaques de John avaient achevé de lui briser le cœur. Il ne restait que quelques morceaux brisés de ce qui aurait pu être une belle histoire d'été. Les ruines de leur amourette gisaient sur un lit d'infirmerie. Le second fit un pas vers la jeune femme, replaçant du bout des doigts une des mèches de ses cheveux. Puis, dans un soupir, quitta la chambre. Le médecin refit alors son apparition, comme un ballet bien orchestré.

— Pas facile, avec John. Il est bourru, même s'il a un bon fond. Bon, ce n'est pas tout ça, mais j'aimerais comprendre ce qui vous est arrivé ce matin. Est-ce que vous aviez mangé ?

De fil en aiguille, les questions s'enchaînèrent. Rien ne semblait expliquer ce malaise soudain, si ce n'était le stress et la position inconfortable dans laquelle la jeune femme avait passé la nuit. Le médecin soumit l'idée qu'il devait s'agir d'une petite baisse de tension.

— Vous vous êtes sûrement levée d'un coup, ni plus ni moins. Mais est-ce que je peux cependant vous faire passer un bilan sanguin rapide ? Il y a quelques éléments que j'aimerais vérifier. Nous transmettrons les échantillons au laboratoire à Saint-Jean-de-Terre-Neuve quand nous y arriverons. Je les en informerai. Ça vous va comme ça ?

Juliette acquiesça. Le prélèvement fut rapidement fait et le médecin plaça les tubes dans un réfrigérateur, en attendant leur transfert à terre.

— Vous pouvez rester encore un peu ici, mais je pense que pour les deux prochains jours, vous serez mieux dans votre cabine. Reposez-vous, profitez de la croisière sans faire de folies et on se revoit dès que nous aurons quitté Saint-Jean.

La jeune femme soupira, soulagée que le docteur de bord prenne les choses en main. Elle était trop à fleur de peau pour digérer tout ce qu'elle venait d'apprendre sur le marin de son cœur. Son état de santé ne l'inquiétait pas. Elle avait déjà fait quelques malaises par le passé, tous qualifiés de bénins par son médecin traitant. Elle se redressa dans son lit. Les images semblaient tourner autour d'elle, l'espace d'un instant. Puis sa vision revint à la normale et elle put enfin se mettre debout. Le médecin la soutint et la confia aux bons soins du mousse qui l'avait amenée à l'infirmerie. Le retour vers sa cabine se fit sans encombre, cette fois-ci. Juliette se passa un peu d'eau sur le visage, changea de tenue et se coucha. Les émotions des dernières heures avaient été intenses. La colère qu'elle ressentait à l'égard de John pour les horreurs qu'il lui avait dites laissa peu à peu place à une tristesse profonde. De grosses larmes coulèrent sur ses joues, mouillant la taie de l'oreiller qu'elle serrait contre elle.

Elle n'entendit même pas le marin qui venait déposer un repas froid sur le petit bureau. L'homme s'approcha d'elle, la regarda dormir quelques instants, tendit la main pour replacer une mèche avant de suspendre son geste et de quitter la cabine sans un bruit.

MARDI

Encore une journée en mer, prisonnière de ce monstre de métal. Telle fut la première pensée de Juliette à son réveil. Dans quarante-huit heures, ils feraient enfin escale à Saint-Pierre-et-Miquelon et elle pourrait embarquer pour les Antilles. Quitter le froid et la grisaille pour les plages de sable doré, tel était maintenant son rêve.

Un serveur était venu lui apporter le petit-déjeuner et débarrasser le plateau qu'elle n'avait pas demandé. Juliette l'avait questionné sur la personne qui en avait donné l'ordre, imaginant un instant qu'il s'agissait sûrement du médecin de bord.

— Je ne peux pas vous dire, on m'a demandé de tenir ma langue, Mademoiselle. Mais ça vient de haut.

Ainsi donc, malgré l'accrochage de la veille, John se souciait un minimum d'elle. *Ne sois pas stupide, tu es une cliente, il prend soin de toi comme de toutes les autres !*

Juliette déjeuna du bout des lèvres. Son estomac, baladé de droite à gauche par les mouvements de balancier du navire, n'accepta que peu de nourriture. La jeune femme espérait de tout son être que cela cesserait bientôt, que le temps ou la mer se calmerait enfin, apaisant par là même les tourments de son corps. Pour éviter de s'apitoyer sur son sort, elle se dit qu'il était temps d'écrire à Sophia. Juliette décida cependant de passer sous silence les évènements des derniers jours. Lorsqu'elle ouvrit sa boîte mail, un message l'attendait.

Salut, ma Juliette !

J'ai lu ton mail à Alban et il nous a bien fait rire. Je suis heureuse que tu ailles bien. Saint-Pierre-de-La-Réunion, quelle chance ! C'est une jolie surprise que de s'être trompée, tu pourras découvrir d'autres magnifiques plages.

Chez nous, rien de neuf sous les nuages. J'ai croisé Damien hier au supermarché. Il m'a saluée de loin et est venu me demander de tes nouvelles. Comme à son habitude, il a glissé un « je ne lui manque pas trop ? ». Je me suis retenue de ne pas lui en coller une ! Comment as-tu pu passer autant de mois avec un homme aussi imbu de lui-même ? Vraiment, je t'admire. Ça a dû être ton chemin de croix, tu es une sainte !

Reviens vite me raconter la suite de tes aventures et surtout ce dîner !

Je t'embrasse.

Juliette ferma les yeux. Elle espérait que ce voyage serait le meilleur moyen de gommer de sa vie cet homme, mais voilà que son amie lui en reparlait…

Ma Sophia,

Le rendez-vous s'est révélé désastreux ! Le fameux beau marin en a profité pour casser mes illusions : nous ne partons pas à La Réunion, mais à Saint-Pierre-et-Miquelon, pays du froid et des plats uniquement à base de patates. Tu imagines ma déception ! Je vis comme recluse dans ma cabine depuis deux jours, en attendant que nous puissions poser le pied au Canada. Je n'en peux plus. Je n'ai pas franchement le pied marin et je suis malade à chaque fois que la mer est mauvaise. C'est une torture. Mais je me réjouis de bientôt sauter dans un avion en direction du soleil et de la chaleur.

À très vite, ma Sophia, je t'embrasse.

Juliette referma son ordinateur, saisit un des romans qu'elle avait emportés avec elle et se plongea dans la lecture. Les histoires d'Elizabeth Bennet étaient parfaitement ce dont elle avait besoin pour se changer les idées.

En fin d'après-midi, elle décida d'aller prendre l'air. Une balade sur le pont supérieur lui ferait le plus grand bien. Le temps était toujours aussi gris, peu de touristes osaient s'aventurer à l'extérieur. L'air était frais et vivifiant. Les quelques embruns qui vinrent se déposer sur son visage lui mirent le rouge aux joues. Son teint n'était plus si blafard que la veille. Juliette respira à pleins poumons l'air du large. Elle enferma en son cœur les souvenirs de cet instant précis, seule au milieu des flots. Partout où se posait son regard, la mer à perte de vue. L'institutrice avait l'impression d'être comme un minuscule confetti au milieu de l'océan. Elle était insignifiante et en même temps se sentait tellement vivante et forte qu'elle aurait pu déplacer des montagnes !

Les cheveux chargés de sel, les yeux brillants et les joues roses, elle continua la promenade dans les boutiques et acheva sa soirée par la projection d'un film dans la salle des fêtes. Fatiguée, mais un peu moins triste, elle retrouva le confort de sa cabine alors que le soleil s'enfonçait dans les flots. Elle se délassa dans un bain parfumé avant de s'endormir, au chaud sous sa couette. Ses rêves se firent plus doux, cette nuit-là…

MERCREDI

L'escale à Saint-Jean n'était prévue qu'à treize heures. Aussi Juliette s'autorisa-t-elle à faire une grasse matinée, ce qui ne lui arrivait pas si souvent. La mer semblait plus calme. Son ventre la faisait moins souffrir. Elle profita de la matinée pour nager un peu avant de s'installer dans un fauteuil confortable, face à la mer, bien à l'abri derrière une grande verrière.

Un serveur était venu lui porter un jus de fruits pressés « de la part d'un admirateur », accompagné d'un carton ivoire plié en deux. Juliette avait accepté le verre et avait déposé le billet sur le fauteuil proche du sien, résistant à l'envie de l'ouvrir. Pas question de laisser John la manipuler encore.

Bientôt, la côte se profila à l'horizon. On ne distinguait tout d'abord qu'un mince trait et, à mesure qu'ils s'en rapprochaient, Juliette put bientôt distinguer des bâtiments, puis les véhicules qui circulaient et enfin des personnages semblables à de toutes petites fourmis. Les mouvements étaient tous parfaitement coordonnés. Bientôt, elle aperçut les enfants qui couraient le long du port, saluant de la main les bateaux qui entraient et partaient. Son âme de maîtresse d'école fut touchée par ce spectacle.

Regagnant sa cabine rapidement pour se préparer à descendre, Juliette trouva sur la table le mot qu'elle avait abandonné plus tôt. Elle le chiffonna d'une main et s'apprêtait à le jeter à la poubelle quand elle s'arrêta. Après tout, peut-être que John lui donnait une explication. La voix de l'entendement qui lui dictait de ne pas jeter le papier lui donna raison. Le mot n'émanait pas de John, mais du médecin de bord qui lui fixait rendez-vous pour seize heures trente. La jeune femme avait failli oublier cette entrevue. Elle régla sa montre à l'heure locale avant de quitter le navire. Ses premiers pas sur la terre ferme furent surprenants. Elle retrouva cependant vite l'habitude de ne pas vivre avec un balancement permanent.

Une visite avait été organisée à Quidi Vidi, un quartier de Saint-Jean proche du lac du même nom. Les maisons y étaient colorées, les gens accueillants. Le temps passa comme un courant d'air et déjà il était temps de remonter à bord. La prochaine escale serait la dernière : Saint-Pierre. Dire que Juliette était impatiente était un euphémisme… Sa valise était bouclée depuis le matin. Ne restaient que le rendez-vous chez le médecin et la soirée du commandant et c'en serait fini de cette croisière de malheur.

Alors qu'elle se laissait guider par un membre d'équipage vers la petite infirmerie, Juliette se sentit moins légère. Sans expliquer pourquoi. La suite fut comme irréelle.

— Asseyez-vous, Mademoiselle. J'ai reçu vos résultats, mais je n'ai pas encore eu le temps d'y jeter un œil. Nous allons regarder ça ensemble.

Le médecin se saisit d'une enveloppe posée à côté de lui. Il la décacheta d'un geste rapide et en sortit deux feuillets bleutés. Ses yeux parcoururent les lignes les unes après les autres. Parfois, il murmurait un mot ou hochait la tête. Puis il reposa les pages, croisa les mains devant son visage et leva le regard à la rencontre de celui de Juliette.

— C'est bien ce que je pensais.
— Et c'est un problème ?
— Problème, ce n'est pas vraiment le mot. Mais c'est important, oui. Et, de vous à moi, ça n'ira pas en s'arrangeant.

Le médecin avait l'air grave. Juliette se recroquevilla sur sa chaise. Elle attendait la suite, le cœur battant à tout rompre.

— Souhaitez-vous que je vous montre les résultats ou préférez-vous que je vous explique ?
— J'aime autant les explications.
— Eh bien, je ne vais pas y aller par quatre chemins.

Le médecin laissa planer un court silence avant de reprendre.

— Mademoiselle, vous êtes enceinte. Je dirais de quatre à cinq semaines.

Juliette le regarda sans comprendre avant de fondre en larmes…

JEUDI

La soirée touchait à sa fin. Ou plutôt la dernière journée de la croisière avait commencé. Juliette avait assisté au bal du commandant dans un état second, sous le choc de la nouvelle qu'elle avait apprise plus tôt. Elle n'avait presque pas touché à son assiette. Un bébé, cela changeait tout. Elle avait essayé d'imaginer ce qu'il pourrait advenir d'elle. Devait-elle retourner avec Damien et s'efforcer de former un couple pas trop malheureux ? Ou pouvait-elle prendre la décision d'élever cet enfant seule ? Car elle sentait au fond d'elle-même qu'il n'était pas question de ne pas donner sa chance à ce petit être qui l'avait choisie pour maman...

Et, alors qu'elle était perdue dans ses pensées, elle accepta sans trop s'en rendre compte l'invitation à danser d'un certain commandant en second.

— Juliette, je tenais à m'excuser pour ce que je t'ai dit à l'infirmerie. J'ai eu peur pour toi. L'équipage m'avait signalé qu'on ne t'avait pas vue de la soirée alors qu'on te savait à bord.

L'orchestre jouait une nouvelle valse. John continuait de parler d'une voix douce, apaisée, mais Juliette ne l'écoutait pas. Elle se laissait bercer par la musique et la présence rassurante du marin. Son parfum légèrement épicé lui allait parfaitement. Ce ne fut que lorsqu'il posa doucement les lèvres sur sa joue que Juliette sortit de sa rêverie dans un sursaut.

— John... Veux-tu bien qu'on discute dans un lieu plus calme ?

S'écartant d'elle, John lui fit une légère révérence et lui indiqua galamment la sortie la plus proche. Puis, lui prenant la main, il l'entraîna à sa suite vers son carré privé, sans un mot. Il referma à toute hâte la porte derrière eux et pencha ses lèvres vers celles de la jeune femme, qui l'arrêta immédiatement.

— Ne te méprends pas, je voudrais juste discuter.

Il s'écarta, décontenancé.

— Je ne cherche pas une aventure sans lendemain, John. Je n'ai pas besoin d'une histoire facile et je n'ai jamais été douée pour être le coup d'un soir.

Il allait protester, mais Juliette était lancée. Elle devait aller au bout de sa tirade.

— Je ne veux pas être une conquête de plus sur ton carnet de bal. Je ne suis pas de celles-là. Cette croisière a changé ma vie, plus encore que je ne pourrais te le dire. J'ai entrepris de faire ce voyage pour mes trente ans et pour tirer un trait sur le passé. J'avais besoin de me retrouver. J'avais envie de vivre pour moi, l'espace de quelques jours.

Juliette plongea son regard au fond de celui du marin. Elle y chercha un signe, quelque chose qui lui ferait comprendre qu'elle pouvait continuer. Puis, satisfaite, elle termina :

— Je suis enceinte, John. D'un homme que je n'aime plus. Que je n'ai peut-être même jamais aimé. Et même si je t'apprécie et que tu me plais, je ne peux plus me permettre une aventure sans espoir, j'espère que tu comprendras.

Elle se détourna de lui, les yeux pleins de larmes. Les émotions qu'elle ressentait depuis l'après-midi eurent raison d'elle et les sanglots la secouèrent violemment. Son corps entier était parcouru de soubresauts. On aurait dit qu'elle était prise dans un séisme. Un séisme qui venait du plus profond de son cœur. Un séisme qui allait changer sa vie à jamais.

Le bruit de la porte derrière elle la fit fermer les yeux. Son cœur se serra l'espace d'un instant… Ainsi donc, le médecin avait vu juste… Le marin n'était qu'un coureur de jupons prêt à faire chavirer le cœur des passagères. La jeune femme se laissa glisser sur le sol froid. Le contact avec le carrelage lui faisait du bien. Le froid l'aidait à se sentir vivante. Elle ne serait plus jamais seule, à présent.

— Adieu, John… Tu resteras malgré tout un beau souvenir…

Le parfum de John était encore présent dans l'air. Juliette avait presque l'impression de sentir encore sa présence à côté d'elle. Soudain, une voix sombre s'éleva.

— Parce que tu crois que je suis homme à quitter le navire ? Je garde toujours le cap, Juliette, et ce n'est pas un mousse qui me fera changer d'avis.

Le marin la fixait d'un regard pénétrant. Juliette retint son souffle. Le temps était comme suspendu. Aucun d'entre eux n'osa esquisser un geste, ni prononcer un mot. Ils avaient l'un comme l'autre peur de rompre cette bulle fragile qui les enveloppait.

Puis, soudain, reprenant ses esprits, John se jeta à l'eau. Il se pencha doucement vers la jeune femme, prit son visage entre ses mains immenses et posa son front contre le sien. Alors la distance qui les séparait se rétrécit et le commandant en second vint poser avec une infinie douceur ses lèvres sur celles de Juliette.

Transsat 21

Marie-Claude Catuogno

Ah ! Quel bonheur ! La mer est toute plate, contrairement à cette nuit. Elle me berce de ses vagues qui viennent doucement s'allonger sur le sable de la plage comme on bercerait un enfant pour le calmer après une grosse colère.

Tout le monde fait sa toilette.

La balayeuse a fait des allers-retours sur la plage pour la nettoyer. Heureusement qu'elle fait bien son travail, parce que les déchets… Avec son râteau, elle a dessiné un jardin japonais zen dans le sable.

Là-bas, sur l'horizon, le soleil commence à sortir de son bain de tous les matins.

Moi aussi, je suis tout propre. Le plagiste m'a aligné à ma place habituelle en jetant sur moi mon beau matelas bleu azur rayé de blanc. À ma droite, le transat 20, et à ma gauche, le 22. Le numéro 21 me va bien, car il n'est pas au bord de l'allée qui mène à la mer. Je suis plus tranquille.

Ah ! Voilà, le plagiste a planté dans le sable humide mon parasol bleu rayé de blanc lui aussi. On est beaux, tous les deux assortis ! Pour l'instant, il est encore tout maigre avec sa ficelle qui lui serre le cou, mais tout à l'heure, il va prendre de l'ampleur et s'arrondir au-dessus de moi. Je ne sais pas comment il fait !

Derrière moi, la paillote a mis de la musique en sourdine pour commencer joyeusement la journée. C'est pas comme hier au soir, quel raffut !

Et là, entre elle et la mer, tous mes transats frères numérotés sont bien alignés en rangs avec nos parasols au garde-à-vous.

Bon, inutile de vous dire qu'avec mon matelas, on en a vu de toutes les couleurs ! Les fesses blafardes des nouveaux arrivants, des écrevisses coups de soleil, des enfin bronzées, des flapies, des vieilles ridées, avec et sans cellulite, des jeunes bien rondes, bien dodues…

Avec les commentaires assortis aux couleurs qui évoluent, et ça dans toutes les langues.

Bon, assez parlé, vous l'avez compris, je suis le transat 21, et en ce mois d'août, la journée commence.

Le soleil a entamé son ascension et ça y est, nos parasols ont fait éclore leur belle corole bleue rayée de blanc comme les fleurs d'un bouquet.

À l'entrée de la paillote, le patron remet le ticket de caisse à la cliente qui vient de payer pour avoir un transat, non… deux transats.

— Marion, accompagnez mademoiselle, s'il vous plaît !

— Mais pas du tout ! Je vous loue ces deux transats, le 20 et le 21 depuis plus d'une semaine ! Je connais le chemin, merci !

Marion reste plantée là. Elle n'aura aucun pourboire de la part de cette élégante qui se dirige sur la plage en balançant négligemment son cabas de raphia. Elle ne peut s'empêcher de sourire. Le vent, qui est pourtant bien tranquille ce matin, vient de soulever son grand chapeau de paille jaune assorti au cabas. La jeune femme le retient avec un petit cri aigu.

Moi, le 21, je sais ce qu'elle va faire. J'ai repéré son manège depuis une semaine. Là, elle va installer une de ses fesses sur le bord de mon voisin, le 20, soit dit en passant très ravi, car c'est une belle jeune femme, déjà bronzée. Elle va étaler sa grande serviette, s'allonger doucement en étirant ses longues jambes fuselées, vérifier que son petit maillot de bain deux pièces adorable, au prix faramineux, est bien en place et finalement mettre ses lunettes de soleil en posant son chapeau sur son cabas. Elle laisse sa superbe chevelure châtain léger s'étaler autour de sa tête.

Le premier jour, elle avait mis son chapeau sur moi, le 21. Prise de possession.

De la journée, personne n'est venu la saluer. Ah ! Si, un vieux renifleur de chair fraîche qu'elle a ignoré superbement en faisant semblant de dormir. Pas de réponse.

— Bêcheuse, va !

Dépité.

Ah ! Et puis, un ballon a roulé jusqu'à elle. Un petit gamin est venu le récupérer. Elle ne lui a fait qu'une grimace. File, voyou !

Les autres jours de cette semaine, plus rien sur moi. Ça repose !

Tous les jours, tous les rangs de transats sont pris d'assaut. Ça court dans tous les sens et ça crie dans toutes les oreilles.

Elle en a assez de regarder les jeunes qui se courent après, qui s'embrassent en riant, qui se jettent à l'eau en s'éclaboussant, qui se tiennent la main, qui… qui… sont heureux, tout simplement. Et elle ? Pourquoi pas elle ?

Et puis, pourquoi son copain l'a plaquée au dernier moment ? Des vacances avec ses parents ? Non, mais ! Pour qui la prend-il ? Menteur ! Va au diable !

Et puis ses copines ? Toutes prises avec leur propre petit ami ! Pas de place pour elle dans leurs bagages. Pourquoi sont-elles heureuses, elles ?

Dans sa tête, ses idées sont aussi noires que ses lunettes de soleil derrière lesquelles elle se cache.

Mais… là, il y a deux jours…

Étant donné mon immense expérience en la matière, je vois tout de suite à qui l'on a affaire.

Un monsieur, la trentaine, athlétique, polo rouge avec inscription, assez classe, qui demande poliment :

— Bonjour ! Je peux m'installer ?

— Pas du tout ! Le 21 est à moi ! On a dû vous le dire à la caisse !

— Plus rien de libre et de loin je vous ai aperçue !

— Vous voulez dire que vous avez aperçu mon transat !

— Si vous voulez ! Bon, je vous offre l'apéro si vous me laissez ce transat inoccupé ! Seulement deux petites heures pendant ma pause déjeuner !

— J'attends quelqu'un ! Laissez-moi tranquille !

— Ah bon ! Alors, dans ce cas…

Le monsieur s'en va. Agacée, elle lève la main bien haut pour que la serveuse la voie.

— Madame ?

— Un mojito bien frais !

Marion repart vers le bar de la paillote. Elle peut pas dire s'il vous plaît, celle-là ? Tous les jours un mojito !

Marion patine un peu dans le sable. Elle a trop chaud dans ce tee-shirt imposé par le patron. « Le Tahiti » écrit en gros, devant, dans le dos. Et pourquoi pas sur son front, pendant qu'on y est ! Elle est pourtant bien contente de l'avoir, ce job, pour pouvoir vivre encore en étant étudiante. C'est sa dernière année de médecine. Ouf ! Cette année encore, à la rentrée, ses copines la trouveront bien bronzée ! Comme elles sont toutes dans des familles aisées, elles rentrent de destinations lointaines qui font rêver. Alors elle cache ses soucis, montre une rangée de belles dents blanches qui ressortent sur son visage bronzé et affirme : je rentre de Tahiti !

Finalement, ce n'est qu'une moitié de mensonge !

Mais l'année prochaine, avec la paie de son emploi permanent, elle pourra aller justement… à Tahiti.

Elle est sortie de sa rêverie par la voix de la cliente du 20 qui s'élève, très énervée :

— Alors, il arrive ce mojito ?

Elle dépose le verre bien frais sur la petite table basse et fait demi-tour, son plateau sous le bras. La cliente saisit le verre et… le téléphone appelle du cabas.

— Oui ? Ah ! C'est toi, ma Carole adorée !

— …

— Non, penses-tu, je ne m'ennuie pas du tout ! Je n'arrête pas d'être invitée… Ça en devient agaçant ! Je n'ai plus une minute à moi !

— …

— Il fait beau à Saint-Barth ? Tu m'étonnes ! Bon, faut que je te laisse… voilà mon prince charmant ! Si, si… une photo ? Tu connais ma discrétion légendaire, non ?

Et c'est là qu'un grand gaillard tout mouillé s'affale sur mon matelas. Nous sommes surpris dans notre petite sieste tranquille.

Notre cliente commençait à se demander si elle n'allait pas déménager sur un transat au bord de l'eau. Plus repérable. Parce qu'enfin, les rencontres ne se bousculent pas à ses pieds !

Mais là ?

Elle jette son portable dans le cabas jaune, se redresse :

— Non, mais vous gênez pas surtout !

Le grand gaillard bien bronzé secoue ses cheveux en éclatant d'un grand rire.

— Désolé ! J'ai glissé pour pouvoir vous dire bonjour !

— Non, mais sortez de là tout de suite ! J'appelle le patron !

— Ah bon ! Ce transat n'est pas libre ?

— Non, pas libre du tout, j'attends…

Les mots restent en suspens.

Il est beau, oui, il est beau ! Grand, bien bâti, bien bronzé, bien moulé dans son maillot de bain. Un sourire à faire pâlir le soleil, une voix…

Bon, il faut qu'elle arrête de le détailler comme ça. Il va s'en apercevoir !

Elle est belle, oui très belle ! Longue, mince, bien bronzée, avec un petit maillot de bain à craquer. Il faut impérativement qu'il voie ses dents, et pour ça, vite, un stratagème pour la faire sourire.

Il penche le parasol un peu plus à droite, un peu plus à gauche.

— Si mademoiselle veut bien me dire si l'ombrage lui convient ? Je suis à son service !

Elle éclate de rire.

— Eh bien, si vous saviez dans quelle galère vous vous mettez ! À mon service, vous avez dit ?

Gagné ! pense-t-il

Gagné ! pense-t-elle.

Le poisson a pris à l'hameçon. Bien sûr, elle n'attendait personne, bien sûr, elle est seule, bien sûr qu'elle ne veut pas perdre son été sans une rencontre. Alors elle loue un transat, mon copain le 20 et moi à côté le 21 vide... qui sert d'appât.

Ça a pris du temps, mais son stratagème a bien fonctionné. Un beau mâle pris au piège. Enfin !

Et voilà le résultat !

Oui, mais ne dit-on pas qu'un seul grain de sable peut enrayer la machine si bien partie de nos projets ? Sur la plage, il y a des tonnes de sable, n'est-ce pas ? Alors, quel grain la providence va-t-elle choisir ?

Il a hélé Marion :

— Comme mademoiselle, s'il vous plaît !

Marion fait OK de la tête en souriant largement. Quel beau gosse !

Nos deux jeunes se retrouvent en tête-à-tête.

— Mademoiselle comment ?

— Victoria, dit-elle avec une moue qui se veut enjôleuse.

— Moi, c'est Alexis...

Et ils disent en chœur : « pour vous servir ! »

Ils cognent leurs verres de mojito en se souhaitant une bonne santé. Les yeux dans les yeux, cherchant à connaître l'autre le plus profondément possible. Leur premier regard. Ils se jaugent.

Il est content. Comme tous les étés, une fois encore, le coup du parasol a marché.

Elle est contente. Comme tous les étés, une fois encore, le coup du transat libre a marché.

Deux petits malins.

Ils sont allongés tous les deux. Ils sirotent. Puis brusquement, le gaillard se lève, prend la main de la jeune femme, la tire à lui et l'entraîne, malgré ses cris, jusqu'à la mer.

Dans les éclaboussures d'eau salée, ses longs cheveux vont trouver ça pas cool du tout.

Comme à son habitude, elle allait râler, mais il part dans un crawl impeccable jusqu'au ponton où il se hisse dans un bel élan de mâle qui sait qu'on le regarde.

Tranquillement, elle le rejoint en nageant comme une grenouille. Jamais elle n'avouera ne pas savoir faire du crawl. Il lui tend la main et la hisse sans effort sur la plateforme qui se dandine au gré de la mer.

Elle essore ses cheveux, les met sur le côté et prend la pose en s'allongeant, le buste s'appuyant sur les coudes, le regard au loin de celle qui sait qu'on la regarde.

— J'aime prendre mon temps pour nager…

— J'ai vu ! J'ai rendez-vous cet après-midi pour faire une partie de volley avec des amis…

— Bon, ben, salut !

Il éclate de rire et propose :

— Et je voulais vous inviter à dîner ce soir sur la plage… mais vous partez toujours comme ça au quart de tour ?

Si elle n'était pas si bronzée, il verrait qu'elle a soudain rougi.

— Vous m'aviez dit être à mon service 24 h sur 24 et vous prenez déjà des congés !

— Et vous, vous m'aviez dit que je m'engageais dans une galère, je vois que vous ne prenez pas de congés !

Ils éclatent de rire tous les deux.

Super ! Elle a vraiment du caractère et ça me plaît ! Les petites mijaurées qui se pâment à mes pieds, ça suffit !

Super ! Il a du caractère et ça me plaît ! Voilà un homme, un vrai !

— Alors, à ce soir à la paillote ? demande-t-il en se mettant debout, écartant les bras pour garder son équilibre.

— Entendu... euh... Alexis...

Il n'a pas entendu. Dans un plongeon digne des Jeux olympiques, il se faufile sur l'eau et nage jusqu'à la plage.

Victoria s'allonge sur le plancher du ponton, le bras sur le visage pour le cacher un peu du soleil. Elle rêvasse à ce qu'il vient de se passer. Enfin quelque chose pour elle. Elle en avait marre quand même de regarder tous ces couples heureux se balader le long de la mer main dans la main. En plus, elles sont toutes moches, ces filles !

Et puis, tout à coup, elle se relève, s'assoit au bord du ponton, se laisse glisser dans l'eau et nage en bonne grenouille vers la plage.

Il faut qu'elle aille prendre une douche pour enlever tout ce sel. Nourrir ses longs cheveux pour qu'ils ne deviennent pas des crins, se maquiller et surtout avoir du temps pour choisir sa tenue pour ce soir. Vaste programme !

De loin, en nageant, elle nous a repérés, nous, ses transats sur la plage privée. Pour faire les derniers mètres dans l'eau, elle s'est relevée et marche sur le sable où veille le fameux grain de sable de la providence.

Aïe, aïe, aïe !

Une violente piqûre sous son pied gauche la fait hurler de surprise et de douleur !

Elle sort de l'eau en sautillant et vient s'affaler sur moi, le 21. N'importe lequel, elle s'en fout ! Ce n'est plus l'heure de minauder.

Elle prend son pied à deux mains, le serre fort. La douleur est infernale. Elle est toute rouge, prête à défaillir.

Marion, qui revient de servir un plateau de boissons pour les transats 35 et 36, deux vieux copains, se précipite :

— Qu'est-ce qui vous arrive ?

— Ouch, ouch, ouch, j'ai mal !

— Bon ! J'appelle le poste de secours… Surtout, ne bougez pas !

Mais ça, tous les transats qui connaissent cette scène par cœur vous le diront, ça risque pas qu'elle bouge, la pauvre petite !

Une trousse de secours à la main, un jeune homme en polo rouge, la trentaine, arrive en courant.

— C'est la dame là ! Elle s'est fait piquer !

Victoria est furieuse. Elle voit une lueur amusée dans les yeux du médecin qui examine son pied. À travers ses larmes, elle le reconnaît dans un vague brouillard.

— Toujours occupé, votre transat ?
— Aïe, aïe, aïe !
— Voilà une jolie réponse !
— J'ai mal ! Très mal !
— Ça va passer… Vous avez mis le pied sur l'épine dorsale d'une vive, et apparemment, elle n'a pas apprécié !

Victoria secoue les mains en proie à cette douleur inconnue qui la met au martyr.

— Tenez, un mouchoir… votre rimmel… là !

Elle éclate en sanglots.

Il éponge un peu ses joues, se veut rassurant :

— Oui, je sais… c'est très douloureux… regardez le beau pansement que je vous ai fait… tenez, prenez ce cachet, ça va vous soulager…

Marion, prévenante, attend avec un verre d'eau. Elle le tend à la blessée. Qui pleure de nouveau.

— Vous êtes tous si gentils !

Le médecin fait de grands moulinets pour écarter tous les curieux qui les entourent.

— C'est rien ! Allez ! Laissez respirer !

Puis il s'assoit sur le 20, ben oui, Victoria est couchée sur moi en ce moment historique.

— Où logez-vous ? Il vaudrait mieux rentrer chez vous vous reposer et oublier tout ça… La personne que vous attendiez l'autre jour n'est pas là ?

Les pleurs redoublent.

Il va falloir qu'elle arrête, sinon elle va finir par remplir son verre de mojito. Enfin, simple conseil de transat !

— J'ai fini mon service, je peux vous raccompagner en voiture…

À travers ses larmes, elle le trouve pas si mal, finalement. Il a des gestes doux, des paroles rassurantes. Elle se demande pourquoi elle l'a rembarré l'autre jour.

Elle accepte et se pend à son cou pour rejoindre la voiture. Il est solide et la tient bien fort contre lui. Elle laisse dodeliner sa tête contre sa poitrine. En cet instant, elle ne pense pas du tout à le séduire, non, elle se sent comme une petite fille qui a mal. Elle a trouvé un refuge. Quelqu'un qui ne voit pas que sa beauté. En secret, elle espère quand même qu'il ne pense pas seulement à son pied !

J'ai juste le temps de voir que les gens se sont écartés sur leur passage et vite sont retournés à leurs jeux nautiques.

Bon, après, je ne peux pas dire ce qu'il se passe, moi, je reste sur ma plage.

Par contre, sur ma plage, je peux raconter ce qu'il s'est passé ce soir-là.

À la nuit tombée, le soleil se couche dans la mer en jetant des rayons à enchanter le monde. Rose, ocre, mandarine, il fait un festival de couleur pour bien signaler qu'après lui, rien n'est plus. Que du noir. Mais la nuit, qui n'a pas dit son dernier mot, prépare son spectacle féérique.

Les parasols au garde-à-vous ont, comme tous les soirs, recroquevillé leur corole et leur corde leur serre le cou pour la nuit. Une rangée de perches en bois est plantée en bordure de plage. Au fur et à mesure qu'elles sont allumées les unes après les autres, la plage est illuminée de leurs flammes qui tremblent en se reflétant dans l'eau.

Les tables sont dressées. Les salades niçoises sont prêtes, les homards ne se préparent pas du tout à griller, et pourtant, les langoustes sont déjà dans leur dernier bain, le plus bouillant de leur vie. Elles en sont rouges de fureur. Les glaces se croient hors d'atteinte dans leur congélateur et les gaufrettes qui les accompagnent papotent dans leur sachet en étant plus craquantes les unes que les autres.

Transat 21 : J'adore cette ambiance avec la musique en fond de salle et le ressac de la mer qui se répondent. Mais surtout, le ciel commence à se piqueter de diamants qui scintillent. C'est la revanche de la nuit sur le prétentieux soleil.

À proximité de mon parasol, Alexis est assis à la table qui permet presque d'avoir les pieds dans l'eau. Il est venu à son rendez-vous habillé de lin blanc, car il est sûr d'être irrésistible avec cette tenue classe et décontractée.

Il va attendre longtemps avant de commander son dîner. Il s'impatiente et demande aux différents serveurs s'ils n'ont pas vu une superbe jeune fille.

— Oui, elle s'appelle Victoria…

Personne ne peut le renseigner. Vous pensez, des belles jeunes filles, c'est un défilé permanent ici ! En effet, ça n'arrête pas. Il y en a même qui demandent si la chaise à sa table est libre !

Il commence à en avoir marre de voir défiler tous ces couples qui se promènent le long de la plage main dans la main !

Il cherche Marion des yeux, mais elle a fini son service, et moi, je ne sais pas si on peut dire « muet comme un transat », mais 21 ou pas, je suis tenu au silence ! Sauf quand un coup de pied rageur pour se venger de ce lapin me fait grincer un peu. Bien sûr, il n'a rien entendu !

Il rentre chez lui en donnant de grands coups de pied dans l'eau. Ça doit le soulager.

Il n'a pas de mal à suivre son chemin. De peur qu'on l'oublie, la mer ourle la plage de ses vaguelettes d'écume phosphorescentes.

En route, sous le grand lampadaire, il retrouve des copains. Ça fume pas mal et il se laisse tenter par une certaine cigarette qui circule de main en main.

Est-ce que la vie paraît aussi légère que la fumée, après ?

Ce matin, le plagiste remet en ligne les transats qui ont été bien bousculés cette nuit. Il vient se plaindre au comptoir de la paillote.

— Une bande de lascars qui doivent roupiller à l'heure qu'il est !

— C'est plein de fric et aucun respect pour le travail des autres !

— Bon, Marion, je te laisse, faut ramasser les parasols qu'ils ont jetés un peu partout !

— OK ! À tout à l'heure ! Bon courage !

Plus tard dans la matinée, Alexis, tout vaseux, s'approche et demande à Marion :

— Victoria vient à quelle heure, d'habitude ?

— Bonjour, Monsieur !

— Wouai, bonjour !

— Je sais pas de qui vous parlez… Y a du monde tous les jours ici…

— La personne qui loue les deux transats, là…

— Ah ! Le 20 et 21 ? Pas venue aujourd'hui…

— Ils sont encore libres… Je vous les loue…

— Oui, c'est possible, vous avez de la chance, y a pas encore trop de monde… et puis, en principe, le patron attend un peu pour les louer en dernier… parce qu'elle vient tous les jours depuis une semaine…

Il est sûr de ne pas la rater en squattant ses transats !

Et voilà ce grand gaillard d'Alexis qui vient finir sa nuit sur mon matelas !

À midi, il déjeune sous mon parasol et hop, il repique une petite sieste. Il va nager un peu pour se rafraîchir et revient en s'ébrouant sur moi et me voilà tout surpris d'être mouillé en une seconde. Ça me change de la transpiration de tout à l'heure !

Alexis sourit à la jeune femme brune qui lui demande si je suis disponible, mais réplique fermement qu'il attend quelqu'un. Elle part en haussant les épaules.

Pourquoi a-t-il dit non ? Elle était pas mal, pourtant. Non, ce qu'il espère sans se l'avouer, c'est la venue de Victoria. Cette fille qui lui a posé un lapin, cette fille rebelle, pas comme les autres. Il veut absolument la revoir. Pourquoi a-t-elle ce petit quelque chose de plus que les autres filles ?

En fin d'après-midi, de guerre lasse, il s'en va.

Transat 21 : Tiens, il ne m'a pas donné un coup de pied en partant ? Les mauvaises habitudes se perdent ? Tant mieux !

Ce matin, le pied de Victoria va mieux. On ne peut pas en dire autant de son moral.

Elle nous a encore loués tous les deux, remerciant le patron au comptoir de la paillote de nous avoir gardés pour elle encore aujourd'hui. Il lui sourit.

— Vous pensez, une bonne cliente comme vous... aussi jolie... je savais que vous alliez revenir...

Et hop ! Le moral est reparti à la hausse !

Elle a à peine le temps de s'allonger sur moi, et oui, ça change, sur moi, qui recommande à mon matelas d'être le plus douillet possible, que le docteur est déjà là. Elle a vu passer une ombre entre elle et le soleil et en ouvrant les yeux : c'est son sauveur !

— Bonjour ! Comment allez-vous, aujourd'hui ? Excusez-moi pour hier, je n'ai pas pu venir, j'étais de garde à l'hôpital...

— C'est encore tout rouge et je marche en clopinant, mais...

— Faites-moi voir ce joli pied !

De loin, Alexis, qui vient d'arriver, aperçoit Victoria sur son transat. Son cœur bondit de joie. Elle est là !

Mais un grand jeune homme est assis sur le transat d'à côté, se penche sur elle qui rit !

Non ?

Alexis passe à côté d'eux en courant pour se jeter à la mer. Ils n'ont même pas relevé la tête. Il y a sans arrêt des gens qui courent autour d'eux. Un bon crawl jusqu'au ponton pour calmer ses nerfs et sa déception. Le ponton balance doucement ses pensées qui peu à peu se calment.

Bon, celle-là ou une autre, hein ? Alors pourquoi l'a-t-il en tête sans arrêt depuis leur rencontre ? Tout n'est pas perdu… peut-être ?

Les copains le tirent de ses réflexions en l'aspergeant d'eau et d'éclats de rire bienfaisants. Il part avec eux faire une partie de volley où il va rater la balle plus d'une fois !

Tranquillement, Victoria dîne avec son beau docteur qui la dévore des yeux.

— Ce soir, je suis de service à l'hôpital, mais demain, si vous êtes toujours là, j'aimerais vous revoir…

— Sans votre blouse blanche ?

La mer a mis son costume fluorescent de nuit. Les flambeaux sont allumés et la musique joue à fond. Tenue estivale normale de la plage.

Victoria n'a pas envie de rentrer. Son rendez-vous manqué de l'autre soir la taquine. Et si c'était l'homme de sa vie ? C'est foutu ! Il a dû l'attendre et être furieux en pensant qu'elle l'avait oublié ! Oublié ? Non, elle n'arrête pas de penser à lui. Son sourire… oui, il y a aussi le sourire de Rémi, son docteur, mais…

Doucement, le ressac de la mer berce son cœur au rythme de ses pensées.

Transat 21

De loin, Alexis n'en croit pas ses yeux. C'est elle, là, assise à la table à côté du transat 21. Oui, il connaît mon numéro par cœur. Y a pas meilleur repère pour la retrouver.

Comme l'apparition d'un ange dans son beau costume blanc, Alexis s'approche nonchalamment de la table. Il s'installe sans façon sur la deuxième chaise.

Elle se redresse, se raidit. Comme elle est belle dans cette robe vaporeuse qui va si bien à son teint hâlé. Tiens ? Elle a des baskets blanches aux pieds. Pourquoi pas ! Ça change des nus pieds dorés en général. Décidément, cette fille n'est pas comme les autres.

Il sourit, elle est désarçonnée.

— Vous attendez quelqu'un ?

— Je suis navrée pour l'autre soir…

— C'est votre amoureux ?

— Mais ? Je n'ai pas d'amoureux !

— Je vous ai vue ce matin en sa compagnie… Remarquez, vous avez bien le droit de…

Elle éclate de rire en perles qui viennent s'enrouler autour de la tête du jeune homme.

— C'est mon médecin…

— Vous êtes malade ? demande Alexis, tout à coup anxieux.

Elle tend un pied en dehors de la table.

— C'est une vive pas très gentille qui m'a mise dans cet état… Je ne pouvais plus marcher… Je suis restée chez moi pour m'en remettre !

Soulagé, c'est lui maintenant qui rit de bon cœur.

Il lui prend la main.

— J'espère que tu vas mieux… On se tutoie ?

Comme cette main est douce et énergique à la fois !

— Je suis venue ce soir dans l'espoir de te…

— Moi aussi… de te revoir !

Bon, ça fait plaisir de voir deux jeunes gens qui s'apprécient, mais la nuit avance et nous aussi, mon matelas et moi, on a besoin de repos.

Alexis n'a pas lâché sa main. Il l'invite à se lever et la prend d'autorité contre lui. Ça tombe bien, la paillote vient de programmer un vieux slow des années 90 qui les fait tanguer langoureusement. Au milieu des autres danseurs, ils sont seuls au monde.

Victoria ferme les yeux, appuie sa tête contre l'épaule du jeune homme et se laisse bercer. Comme c'est délicieux ! Délicieux aussi son parfum qui se marie bien avec le sien. Elle voudrait rester là le restant de ses jours.

Alexis a mis une main à la taille de la jeune fille, il détache son autre main pour aller caresser ses cheveux. Il a fait ce geste de tombeur des tas de fois, mais là, c'est bizarre, il est tout ému. Cette fille qui se laisse aller contre lui le chavire tout entier. Alors il relève doucement le menton de Victoria et approche ses lèvres des siennes.

Bon, ce soir, il n'y a pas de feu d'artifice sur la mer, mais pour eux deux, c'est tout comme.

Le slow est terminé, mais ils sont encore en train de goûter ce premier baiser comme si toute leur vie en dépendait.

Les torches ont fini de brûler, le patron de la paillote éteint les dernières lumières, quelques couples s'en vont le long de la plage, les pieds dans l'eau. Il n'y a plus que les étoiles qui brillent comme jamais dans le ciel bleu nuit.

Transat 21 : Ah ! Un peu de calme ! Non ? Mais ? Qu'est-ce qu'ils font ? Je viens de recevoir une robe jetée sans ménagement ! Maintenant, c'est une chemise blanche ! Un pantalon aussi ? Et des baskets ! Et ça rigole et ça pousse des petits cris ! Il est minuit, les gars, l'heure d'aller se coucher !

Minuit ! Mais c'est l'heure du bain de minuit, oui !

Alexis entraîne Victoria dans l'eau. Elle n'a pas osé quitter son soutien-gorge et son slip. Et ne pense pas du tout au bandage de son pied. Oublié !

Lui a gardé son boxer qui le moule si parfaitement. Elle n'a jamais fait ça. Elle est tout exaltée. Quelle belle idée !

Ils nagent vers le ponton qu'ils aperçoivent grâce à sa bande fluorescente qui en fait le tour. Elle apprécie sa délicatesse. Il nage en grenouille à ses côtés. Le gros frimeur qu'il semblait être lui montre une autre facette de lui, cette nuit. Est-ce que demain, ce sera pareil ? Mais qu'est-ce que demain vient faire là ? Profitons de l'instant présent !

Des cris, des hurlements de sauvages déchirent soudain ce merveilleux calme. La mer bouillonne de tous côtés.

— Alexis ! Alexis !

— C'est nous ! Les dents de la mer !

— Attention au requin !

C'est la bande de copains d'Alexis qui a bien bu, fumé et qui se déchaîne autour de nos deux nageurs.

— Dégagez, bande de cons !

Alexis hurle et tente de les faire reculer. Il empoigne Victoria et la hisse sur le ponton en la poussant par les fesses. Puis il se hisse à son tour à ses côtés en donnant de grands coups de pied dans l'eau pour repousser les assaillants qui vocifèrent de plus belle.

— Tiens, prends ça, poule mouillée !

Deux slips de bain atterrissent à toute volée sur Victoria.

Elle tremble, de froid, de peur, de désespoir en voyant cette merveilleuse soirée sombrer dans l'eau noire.

— À demain, vieux ! Tu raconteras ta nuit !

— Attention, Mademoiselle, c'est un sacré…

Quelques-uns frappent encore l'eau de coups furieux du plat de la main pour faire gicler l'eau salée sur les deux rescapés.

Encore quelques cris sur la plage, puis tout retombe dans le silence. Presque… parce qu'un avion passe au-dessus d'eux dans un bruit infernal au milieu de tous ses clignotants.

Alexis serre Victoria contre lui.

— C'est pas mes copains, tout juste pour jouer au volley…

— Je veux rentrer, j'ai eu trop peur ! Et s'il y avait vraiment de gros poissons dans l'eau ?

Elle se dégage, met les bras autour de ses genoux recroquevillés contre elle. Elle dodeline de la tête :

— Non, je veux rester là jusqu'à demain pour y voir clair !

— Ça va, les jeunes, là ? Vous avez fini ce raffut ? Qu'est-ce que vous faites sur le ponton à cette heure ?

C'est le patron de la paillote qui les illumine avec sa grosse lampe torche. Alexis lui fait un grand signe du bras et de l'autre main désigne Victoria. Il crie :

— Vous pourriez nous éclairer pour qu'on revienne à la plage ? S'il vous plaît ?

Puis il chuchote :

— Viens, Victoria… n'aie pas peur… je suis là, à côté de toi… il va éclairer l'eau devant toi et même les vives dorment la nuit… si… si !

Gagné ! Elle a souri. Il se glisse à l'eau et lui tend la main. Elle se laisse glisser à son tour. Il lui fait un gros bisou sur sa belle chevelure mouillée et c'est parti pour le retour. Il lui parle tout le long et ils arrivent déjà. Il la soutient pour marcher sur le sable.

Le patron les reconnaît.

— Faudra pas faire ça toutes les nuits, hein ?

Ils éclatent de rire ensemble.

— Ah ! Ben ça risque pas !

— Promis, on va éviter !

— Bon, je retourne me coucher… Vous devriez en faire autant, salut !

— Merci, Monsieur !

— Wouai !

Bon, y a pas que le patron qui voudrait dormir. Y a aussi mon collègue le 20 et moi, nous sommes fatigués… Vivement cet hiver… Je frémis à l'idée qu'il soit jeté à la fin de la saison, parce qu'il est plus vieux que moi. C'est qu'on s'entend bien tous les deux. Je voudrais que l'on passe l'hiver bien au chaud, serrés l'un contre l'autre… Bon, pour l'instant… Mais ? Qu'est-ce qu'ils font encore ?

Ils se sèchent, ils s'embrassent, ils quittent leurs sous-vêtements mouillés, ils s'embrassent. Ils se regardent, nus, très émus. Il veut mettre sa chemise blanche sur ses épaules à elle en l'embrassant, mais elle rit et lui fait mettre, un bras après l'autre, sa chemise en caressant son torse bronzé. Elle lève ses deux bras en l'air et il lui enfile sa robe par-dessus sa tête et il l'embrasse.

Il l'embrasse ? Et elle ? Elle ? Elle répond à tous ses baisers et en redemande encore et encore et encore !

Bon, j'ai bien compris que cette nuit n'est pas ordinaire du tout ! Foi de Transat 21, j'ai encore jamais vu ça !

Le lendemain matin, c'est Marion qui découvre les deux jeunes gens enlacés, sous une couverture faite de leurs serviettes, qui dorment comme deux bienheureux sur un transat.

Euh ! Sur moi, le transat 21 ! Qu'elle s'empresse de noter sur le cahier des locations : loué avec le 20 pour la journée. Puis elle prépare en souriant un plateau.

C'est Victoria qui se réveille la première sous les effluves d'un café. Un plateau est posé là, sur la petite table basse, avec deux grands cafés, des croissants. Elle fait des petits mimis sur la bouche d'Alexis pour qu'il la relâche et qu'elle puisse, aïe, aïe, aïe, se relever. Il sourit :

— Encore…

— Tu sens pas ce bon café ?

— Encore…

Puis il ouvre les yeux et sourit. Soudain, elle porte les deux mains à son visage.

— Je dois être laide à faire peur !

— Ah ben, c'est pour ça que les pirates de cette nuit ont fui !

— Quelle aventure…

— Tu as été très courageuse…

Bien, je n'ai plus que ses fesses à elle ! Ouf ! Au tour du 20 de supporter le poids de ce grand gaillard ! Non, mais ! Entre nous, juste entre nous, ils n'ont pas fait « la chose », enfin, ce que font d'habitude deux jeunes gens en pleine forme… Il n'a pas profité de son désarroi, elle se sentait en toute confiance, je l'ai bien senti. Bref, ils se sont assoupis, collés ensemble… sur moi ! C'était lourd, mais c'était bon ! Même pour moi !

— On était bien sur ce transat, non ?

— Oui, parfait. Pour un soir ! Il faudra remercier le patron…

Un petit-déjeuner royal qu'ils n'oublieront pas de sitôt !

Ils sont partis en se tenant serrés l'un contre l'autre. Le plagiste a remis un peu d'ordre dans nos matelas de transats, ouvert nos parasols en attendant leur retour.

Ils ne sont pas venus de la journée. Qu'est-ce qu'ils ont fait ? Mais j'en sais rien, moi ! En tout cas, si je comprends bien, on se repose le jour, maintenant.

— Vous voulez un café ?

C'est Marion qui interroge le médecin Rémi qui l'a bombardée de questions sur la jeune femme Victoria qu'il a soignée d'une piqûre de vive.

Non, elle ne sait pas si elle est guérie, non, elle ne sait pas si elle reviendra ou si elle a fini ses vacances, non, non, non et non !

Devant l'air exaspéré de Marion, Rémi sourit. Mais c'est qu'elle est jolie comme ça, en colère ! C'est vrai que lors de toutes ses gardes au poste de secours, elle a été charmante avec lui. Devant son café, il l'observe. Grande, menue, brunette, alerte, sérieuse… et tout à coup, son rire enchante l'air. C'est ce grand costaud là-bas qui la fait rire. Il le reconnaît, c'est un des maîtres-nageurs du poste de secours. Pourquoi ça lui fait une pique au cœur ?

Lorsqu'elle revient, il se lance :

— Que faites-vous ce soir ?

Le cœur battant, il a décroché son plus beau sourire encourageant.

— Je m'affale dans mon lit et je dors, je dors…

— Oui, un peu comme moi ! On est toujours au boulot… Une petite soirée sympa entre amis…

Elle l'observe. Grand, brun, toujours moulé dans son tee-shirt rouge, sérieux… et tout à coup, il éclate de rire.

— Promis, je mettrai un polo blanc ce soir pour vous inviter à danser…

— Et moi, je quitterai le mien aussi…

Et elle désigne de la main le logo « Le Tahiti ».

Ce soir-là, à la paillote le « Tahiti », l'ambiance est survoltée. Marion et Rémi n'ont raté aucune danse. Tout essoufflés, ils s'écroulent sur des chaises au bord de la plage.

— Finalement, c'est pas mal ici, quand on n'y travaille pas !

— Vous êtes la reine, ce soir…

Il y a des flammes dans les deux paires d'yeux. Rémi prend la main de Marion avec un geste tendre.

— J'aimerais que cette nuit ne s'arrête jamais…

— Eh ben ! On serait jolis pour reprendre le boulot demain !

Devant l'air assombri du médecin, elle rajoute bien vite :

— Oui, profitons de cette superbe nuit ensemble…

Elle se lève, il se lève de leurs chaises, elle s'approche et l'embrasse. Elle a compris qu'il ne fera pas le premier pas, car il est trop timide. Mais elle, elle n'en peut plus d'attendre. Il est scotché, ravi, le cœur en tambour, il lui rend son baiser et l'entraîne à nouveau sur le bord de plage pour danser. De nombreux danseurs sont venus ce soir, plus que d'habitude.

Transat 21 : Parmi eux, il y en a deux que je reconnais : c'est Victoria et Alexis. Toujours aussi beaux. De loin, je les vois danser et je voudrais garder cette image pour cet été de ces deux couples qui dansent côte à côte.

Tout à coup, je fais sursauter mon matelas ! Un pétard, puis deux, puis toute une famille sautent en brillantes étincelles de toutes les couleurs dans le ciel.

C'est le feu d'artifice du samedi soir ! Je devrais avoir l'habitude, mais non, ça me fait toujours cet effet !

Est-ce que les histoires qui commencent en apothéose durent longtemps et se terminent bien ?

On verra bien aux prochaines vacances s'ils reviennent sur les lieux où ont débuté leurs amours.

En tout cas, moi le Transat 21 et mon copain le 20, on les attendra tous les étés !

On n'a qu'une vie

Clora Fontaine

—1—

— Marianne… Marianne ?

La jolie brune aux reflets cuivrés se retourne. En touriste qualifiée, elle est plus bronzée que les Amalfitains[9], un teint qui lui sied à la perfection. Étonnée autant que ravie, elle se dirige vers son interlocuteur. Son éternel look d'adolescent aux shorts en jeans délavés, tee-shirts à l'image des groupes de hard, et *Converse*® pourrait faire fuir les filles. Hormis cela, Fabian est toujours charmant : son expression rieuse demeure sur ses lèvres, de petits yeux bleu-gris clair coquins allument son visage. Le tout, additionné à son énergie positive contagieuse, désagrègerait l'entier continent arctique.

— J'étais sûr que c'était toi ! Comment vas-tu ?

Marianne le prend dans ses bras, sans retenue.

— Fabian ! Quelle coïncidence ! Je vais bien. Et toi ? Qu'est-ce que tu fais ici ?

— Eh bien… Comment dire ?

Un menu sourire aux coins des lèvres, elle ne lui laisse pas le temps de répondre et enchaîne avec assurance :

— Le travail ! C'est ça ?

Fabian acquiesce, l'air gêné, en se grattant la nuque.

— Tu es incorrigible ! continue-t-elle, moqueuse.

Au même moment, une jeune femme pressée les interrompt :

— Fab' ! C'est OK. J'ai récupéré les clés, on peut y aller !

Marianne l'observe, légèrement curieuse. La jeune blonde à la vingtaine fringante et aux cheveux courts s'approche d'eux.

---

[9] Habitants d'Amalfi : village italien (à 25 km de Salerne et 60 km de Naples) situé au pied du mont Cerreto, offrant une vue imprenable sur la mer Tyrrhénienne.

— Rose ! Je te présente Marianne ! s'empresse Fabian.
Devant son air interdit, il précise :
— Marianne ! La maman de Tom !
Cette révélation laisse émerger un éclair de lucidité dans les yeux de Rose.
— Oh ! Pardon… Je n'avais pas réalisé. C'est que ça fait bizarre. Qui aurait cru que l'on puisse tomber sur vous ici ? Je suis l'assistante de Fabian, et j'écris également les papiers pour donner le lien aux photos !
— Enchantée ! Je suis en vacances depuis lundi, pour encore une bonne semaine, reprend Marianne.
Elle se hâte de fournir quelques explications, se sentant soudain mal à l'aise d'être quinze jours en congé, sans ses enfants.
— J'avais besoin de m'éloigner de Lyon… Les derniers mois ont été chargés au niveau du boulot et… bref…
Pour finir, à l'attention de Fabian :
— Rassure-toi… Ton fils va bien. Tom est en vacances avec Nina chez mes parents. Dès que je rentre, nous partirons en camping tous les trois.
Fabian n'a pas besoin de grands discours pour comprendre. Marianne ne sait pas cacher ses émotions. Du moins pas avec lui. Une lueur brillante est passée dans ses yeux alors qu'elle fournissait tant bien que mal les raisons de sa présence seule en Italie. Ses mots ont trahi sa situation.
— Il est parti ?
Elle opine du chef, muette.
— Je suis désolé.
— Oh… Tu sais, c'est sans doute pour le mieux.
— Ça fait longtemps ?
— Deux mois.
— Vous deviez venir ensemble ?
Le visage de Marianne s'éclaire :

— Non ! C'est un plan de dernière minute, sur un coup de tête… Les enfants étaient un peu déçus, comme tu peux t'en douter.

Fabian approuve, avec complicité.

— Nina a compris. Elle m'a dit qu'elle préférait que je parte seule pour revenir avec toute ma bonne humeur, plutôt que de passer des vacances avec elle. Et Tom… lorsqu'il a appris qu'il pourrait aller à la pêche et jouer avec les chiens, il a bien vite oublié que je ne serais pas dans les parages !

— Je suis content que les enfants s'amusent. Et toi, malgré tout, tu m'as l'air en forme. Sincèrement.

— Je te remercie.

Fabian n'éprouve pas de regret quant à cette rupture. Non qu'il soit insensible. Il reste attaché à Marianne et supporte mal l'idée qu'elle souffre. Cependant, que ce mec, ce Justin, ne fasse plus partie de sa vie, « *c'est sans doute pour le mieux* », pour reprendre ses mots exacts. Il ne l'a jamais apprécié, avec ses airs supérieurs et sa façon de traiter la mère de son enfant comme si elle lui appartenait. Tom ne l'aimait pas beaucoup lui non plus, il le disait souvent à son père. Et cela ne redorait pas le blason du compagnon…

La conversation se poursuit pendant quelques minutes avant que chacun retourne vaquer à ses occupations, Rose rappelant à Fabian que s'il veut piquer une tête ce soir, ils doivent se dépêcher de déposer leurs bagages et planifier leur séjour.

Marianne reprend le chemin de la plage où elle souhaite profiter du soleil. Le sable chaud est encore plus brûlant que la veille. L'odeur de la mer parvient jusqu'à ses narines. Elle ôte son paréo, le plie délicatement pour s'installer sur l'un des transats alignés sagement au bord de la grande bleue. Elle nourrit sa peau de crème solaire et s'allonge. Ses pensées filent rapidement.

Elle se voit à nouveau cliquer sur le lien du site internet par le biais duquel elle a déniché ce séjour. Elle avait eu envie d'une évasion réelle, et non pas d'une vague promesse pour s'échapper du quotidien, en partant à l'autre bout de la France, ou dans un coin perdu. Elle voulait un lieu étranger, une culture différente, des gens inconnus. Car, en demeurant en France : un Français, qu'il soit originaire du Nord ou du Sud, resterait obstinément… un Français !

L'année écoulée avait été épuisante professionnellement et personnellement. Sa collègue de bureau avait eu une grossesse difficile, qui l'avait contrainte à s'arrêter dès le début. Le rectorat n'avait pas jugé utile de la remplacer. Elle avait donc dû occuper deux postes, à plein temps. Devant son absence de pouvoirs surhumains, son moral s'en était ressenti et le couple, déjà bien abîmé, qu'elle formait avec Justin n'avait pas survécu à cet incendie. La rupture était devenue inévitable.

Puis, cela fait environ un mois, après une journée maussade, un de ces jours où, sans que l'on sache pourquoi, on répond systématiquement « non » aux enfants. Sans raison : peut-être parce que notre responsable nous a contrarié, ou parce que nous n'avons pas trouvé notre place de parking, ou parce que cela fait une semaine pile que nous nous sommes séparé de notre ami, ou peut-être bien parce que la salade niçoise de la cantine avait le goût fade de celles du géant américain à l'effigie du clown jaune et rouge… elle s'était fortement disputée avec Nina. L'adolescente lui reprochait de ne pouvoir sortir au cinéma avec une copine. Des propos de plus en plus acerbes avaient suivi, jusqu'à : « Et en plus, t'es qu'une sale égoïste, tu ne veux même pas me dire qui est mon père ! Ça t'arrange bien, comme ça, tu fais ce que tu veux de moi ! » Les ados sont méchants, parfois. Les portes avaient claqué. Tom avait pleuré. Marianne, après avoir cliqué sur l'annonce et validé son engagement pour le séjour, avait tout expliqué à Nina, et à Tom. Les larmes avaient séché et tout le monde s'était réconcilié. Mais sa décision était prise : elle partirait en solitaire, pour le bien de l'ensemble des membres de la famille.

Elle ne le regrette pour rien au monde. Et, bizarrement, encore moins depuis qu'elle a croisé Fabian. Pour quelqu'un qui voulait de l'évasion, elle se trouve bien heureuse de retrouver le père de son petit garçon.

En sortant de l'ascenseur, Rose donne sa clé à Fabian. Son regard est presque inquisiteur, autant que sa question :

— Qu'est-ce que tu as ?
— Rien…
— Tu sembles ailleurs.

Fabian tente une esquive maladroite :

— Peut-être… C'est… enfin…
— Je vois, conclut la jeune femme en s'éloignant.

Il la rattrape, toujours aussi gauche :

— Mais non, ce n'est pas ce que tu crois…
— Ça, c'est la mauvaise réplique d'un mauvais soap !
— C'est la mère de mon fils !
— OK… se résigne-t-elle.

Rose se rend à l'évidence : Fabian et Marianne ont un enfant et ce n'est pas parce qu'ils sont séparés qu'ils doivent s'insulter dès qu'ils se rencontrent. Tous les couples ne sont pas forcément à l'image de celui de ses parents…

Elle abdique, lui vole un baiser et gagne sa chambre.

— On se retrouve dans vingt minutes pour aller se baigner ? On profite de cet après-midi, on verra le planning ce soir pendant le repas, et demain, on démarre dur !

— OK ! conclut-elle.

Fabian pose sa valise et se dirige vers le balcon. Il observe la mer à perte de vue. L'étendue bleue perdure jusqu'au ciel. Le soleil est aveuglant, et la chaleur supportable uniquement grâce à la climatisation de l'hôtel.

Il appuie sa tête contre la porte-fenêtre.

Rose n'est pas dupe. Et lui sait déjà ce qu'il ressent. Il sait aussi qu'il est très mauvais comédien. Non seulement son cœur s'est aéré en voyant Marianne, mais le supplice a été total lorsque le parfum de sa crème solaire est venu chatouiller ses poils olfactifs…

Il ne s'attendait pas à un effet si déroutant, bien plus intense qu'il y a dix ans, lors de leur rencontre. Fabian ne comprend pas. Il parvient à se convaincre qu'il ne s'agit que d'un désir passager, sans doute amené par ces retrouvailles impromptues dans un lieu inhabituel. Il se rend compte que, lorsqu'il va chercher Tom en vacances ou en week-end, ses sensations ne sont pas si bouleversées.

Un message de Rose le rappelle à l'ordre : « *Je suis en bas…* » Il se hâte de mettre son maillot de bain et file la rejoindre.

— 2 —

La chaleur est écrasante. Fabian et Rose se sont réveillés à l'aube pour travailler dans des conditions supportables pour tout être humain digne de ce nom. À présent, à 10 heures, les rayons du soleil les accablent de leurs pouvoirs caniculaires.

Ils ont enchaîné les clichés sur différentes plages, au moment où le grand astre se lève dans un fabuleux ballet de nuances rose et bleu. La mer était calme, le sable avait gardé l'humidité de la nuit. Un pull fin en laine n'était pas de trop. Et, en une demi-heure, les reporters s'étaient vus contraints d'ajuster leurs lunettes noires et d'ôter toute couche vestimentaire superflue.

Les clichés seront sublimes. Il ne manquait qu'un modèle pour les parfaire et les rendre magiques.

La *Piazza Duomo* les accueille avec son charme pittoresque. La cathédrale Saint-André est bien plus imposante que sur les images glanées sur le Net. Fabian en a le souffle coupé, contrairement à Rose :

— Qu'est-ce que tu as ? Tu n'as jamais vu une cathédrale ?

— Attends, tu rigoles ? Elle est magnifique !

— Oui… Enfin, le Sacré-Cœur…

— Arrête ! Nous ne détenons pas le monopole des monuments, en France. Avoue que celle-là est juste… Waouh !

Rose hausse les épaules et prépare le matériel pour les clichés.

Fabian parcourt la place à la recherche du meilleur angle, quand soudain, son regard se pose, non pas sur l'objet de sa convoitise photographique, mais sur une passante.

À pas de loup, il la suit pour mieux la surprendre, en lui pinçant les hanches :

— Alors, on se promène ?

Marianne se retourne, stupéfaite :

— Oh ! Tu es fou, si ça n'avait pas été moi !

— Je me serais excusé, lui lance-t-il, sans gêne.

Elle jette un œil à l'appareil qu'il tient entre ses mains :

— Vous êtes en plein boulot ?

— J'allais commencer à mitrailler la demoiselle, continue-t-il en montrant la cathédrale. Et toi, tu visites la ville ?

— Oui, je voulais faire le tour des curiosités. Les musées, le centre-ville, le cloître…

— On peut le faire ensemble, c'était notre programme.

Fabian se rattrape vite :

— Enfin, sauf si tu préfères être seule.

Sur le coup, Marianne n'a qu'une envie : refuser. Pourtant, sa bouche n'obéit pas à son cerveau :

— Au contraire, c'est sympa ! Mais je ne risque pas de vous déranger ?

— Ne t'en fais pas ! C'est plutôt nous qui risquons d'être un poids, car nous nous arrêtons souvent. Mais plus on est de fous…

— Ça marche. Merci.

Elle s'étonne elle-même des mots qui sont sortis sans son autorisation. De plus, elle baisse la tête, sentant un léger rosissement envahir ses joues. Que lui prend-elle ? Elle n'est plus adolescente !

En sept ans, elle n'avait jamais eu l'occasion de partager une journée de travail avec Fabian. Cette drôle de randonnée lui fait découvrir son ex-compagnon dans le rôle qu'il joue à longueur de journée, de semaine, d'année.

Elle admire son côté minutieux, créatif, patient et… sérieux. Son appareil en main, plus rien n'existe autour de lui. Il fait preuve d'une concentration inébranlable. Rose ne le quitte pas d'un centimètre. Elle change les objectifs, place et range les parasols quand ils en ont besoin. Tous deux agissent en spécialistes, cependant, un certain attachement est palpable, qui peut tout à fait conduire à se poser des questions sur leur relation réelle.

Dès leur arrivée dans le cloître, Rose va se rafraîchir.

Marianne prend de la distance en faisant le tour du jardin intérieur.

Fabian l'observe dans l'aile opposée. Elle se passe de la crème solaire sur les bras et le cou. Machinalement, sans savoir lequel de l'homme ou du photographe réagit, Fabian cadre, vise et shoote.

La première fois, cela le fait sourire, comme un enfant en train d'épier à travers les trous de serrure. « *Si je te surprenais… tu hurlerais !* », pense-t-il.

La deuxième fois, il est consciencieux, attentif à l'ambiance et aux jeux de lumière sur Marianne. Les battements de son cœur accélèrent. Si elle le voyait ? « *Si je te surprenais… je t'enlacerais !* »

Troisième shoot, il est absorbé par son modèle, ses courbes, son visage songeur. « *Si je te surprenais… je te caresserais…* » La photo sera parfaite. Elle sera pour lui, uniquement.

Son cœur reprend son rythme normal lorsque Rose le surprend :

— Ah super ! Tu as tout installé !

— Oui ! Oui ! On peut commencer !

— Génial, si c'est vite fait, on pourra aller manger, je meurs de faim !

Avant de débuter, elle se permet de lui voler un baiser.

Instinctivement, Fabian esquive, gêné.

— Qu'est-ce que j'ai fait ?

— Pas ici… Pas dans un cloître…

— Oh pardon… Parfois, tu es moins à cheval sur les principes…

Son regard file en direction de Marianne qui admire le panorama. Il est rassuré : elle est face à la mer.

Un chaleureux bistro les accueille pour déjeuner. Rose dévore les fruits de mer, pendant que Fabian et Marianne se délectent chacun d'une salade colorée.

La jeune fille brûle de tout connaître de leur passé commun. Elle enchaîne les questions sans relâche. Fabian lève les yeux au ciel, suppliant pour que sa torture s'arrête. Il n'aime guère être le centre d'intérêt de ce genre de conversations féminines et importunes.

Marianne apaise la soif d'indiscrétions de Rose, sans tabou :

— J'avais vingt et un ans lorsque Nina est née. Une froussardise aiguë a contaminé son papa quand il a appris ma grossesse. Je l'ai donc élevée seule. Deux ans plus tard, je rencontrais Fabian, lors de l'anniversaire de Grégory, un ami commun.

Rose se tourne vers Fabian :

— « Le » Grégory ?

Fabian acquiesce. Marianne s'étonne :

— Il va bien ?

— Oui, oui… Je suis sûr qu'il te passerait le bonjour s'il savait que nous nous trouvons ensemble ici…

— Il n'est pas au courant ?

Marianne le scrute, cherchant, au plus profond de son attitude, une bribe de mensonge.

Grégory et Fabian sont liés « à la vie, à la mort ». Leur amitié est indéfectible.

Ils partagent tout sans barrière, et parfois avec excès, dans les moindres détails : leurs exploits intimes, leurs dérives alcooliques, leurs expériences sportives… Donc que Grégory ignore qu'ils se soient retrouvés en Italie lui semble inouï.

Rose les coupe dans leur échange :
— Et puis, vous avez eu Tom…
— Oui… puis le boulot de Fabian a pris le dessus. Il était souvent absent. Il nous manquait. Je palliais avec les petits… Nina avait commencé à voir en lui l'image d'un père. C'était dur à supporter, nous nous sommes donc séparés.
— Quand j'étais là, j'étais présent ! Je m'occupais de vous.
— Je ne dis pas le contraire… Mais…
— Je sais…

Fabian baisse le visage, cherche une contenance pour ne pas engager une conversation dont Rose ne serait que spectatrice. Ce petit restaurant italien si convivial n'est pas le lieu approprié pour entamer un tel débat.

Un simple regard suffit à Marianne pour comprendre qu'il est temps de rompre la glace. Et elle se sent coupable du mal-être de Fabian :
— Allez, on y retourne ! Si vous voulez finir ce soir, on a intérêt à ne pas faire la sieste !

Rose lui emboîte le pas avec enthousiasme, suivie de Fabian qui lui murmure à l'oreille :
— Merci.

Marianne sourit.
— De rien.

Le kilomètre qui les sépare du musée de papier laisse libre cours à la créativité de Fabian. Dans la rue commerciale, qui rendrait malade n'importe quel claustrophobe, il joue avec les formes, les couleurs, les angles. Et surtout avec le mont Cerreto qui, vu d'en bas, semble un monstre prêt à avaler Amalfi.

Rose, avec son charme quasi juvénile, court sans perdre haleine. Elle a envie de tout découvrir.

— Elle est infatigable ! observe Marianne, les mains sur les hanches.

— C'est le privilège de l'âge, la taquine Fabian.

Elle lui tire la langue, puis éclate de rire.

— Comme tu as raison. Comment fais-tu pour suivre ?

— Je fais semblant, mais c'est un secret ! avoue-t-il, à peine ironique.

Il s'arrête pour avaler une gorgée d'eau. Marianne relève ses lunettes et détache ses cheveux pour mieux les laisser respirer. Le parfum de crème solaire se distille jusqu'aux narines masculines. Elle se hisse sur un plot pour regarder l'horizon et apercevoir la mer. Elle se tient en équilibre sur son support de fortune, au-dessus de Fabian. Il lève les yeux et découvre avec grâce la plus belle photo du jour : Marianne, les mains en visière, le ciel et la montagne en toile de fond. Aucune maison, aucun magasin, pas même un avion ou un oiseau n'est présent pour troubler la netteté de l'image. Seuls ces trois éléments pour un cliché digne d'un concours. Muet, il règle l'objectif. Les cliquetis sortent Marianne de son observation. Elle saute de son piédestal. Fabian continue à mitrailler.

— Tu t'amuses bien ?

— Oh que oui ! Tu veux bien me faire le plaisir d'être sur certaines photos ?

— Je ne suis pas modèle ! Ni coiffée ni maquillée…

— Je te prendrai de profil ou trois quarts. Je sais bien que tu n'aimes pas, mais promis, je ne montre pas ton visage. S'il te plaît…

Il lui fait les yeux doux, le regard enjôleur du garçonnet qui réclame un bonbon. Elle accepte en riant, d'autant que cette proposition est des plus flatteuses, pour une femme récemment célibataire.

En errant au gré des ruelles, Fabian ne se lasse pas de poser son viseur sur la belle brune. En gros plan, en fond, en flou.

Il sait déjà quels clichés il travaillera en noir et blanc. Rose, témoin silencieux, peaufine ses techniques et n'a guère le temps de se focaliser sur la connexion invisible qui se redessine entre les parents de Tom.

L'excursion touche à sa fin, mais de nouveaux horizons s'éveillent.

Le soir, Marianne n'a qu'une envie : valser avec ses rêves. Cependant, sa conscience en a décidé autrement ! Elle ne cesse de lui faire danser la polka en retraçant les évènements de la journée. Fabian est toujours aussi gentleman, agréable. Elle est certaine qu'il n'a pas changé. Elle l'a aimé pour toutes ses qualités et l'aimerait sans doute encore pour ses quelques défauts. Sauf un, le principal : son travail. Il est né avec sa passion, il l'a fait grandir, l'a nourrie, elle est son double. Il n'a jamais envisagé de se poser et de cesser les voyages. Elle ne pourrait pas recommencer.

Dans les bras de Rose, Fabian est préoccupé. Que lui arrive-t-il ? Il sait que rien de tout ce qui lui traverse l'esprit n'est concevable.

Il doute du fameux « désir passager amené par des retrouvailles impromptues ». Il s'est senti coupable quand Marianne a évoqué leur passé, il voulait qu'elle lui pardonne ses erreurs. Qu'elle lui donne... « *Ça suffit, je délire !* »

Délicatement, il enlève son bras sous la tête de Rose et retourne dans sa chambre.

Il doit appeler Grégory.

— 3 —

Marianne sirote sa limonade à la terrasse de l'hôtel. Ses lunettes noires préservent ses pupilles de la lumière éclatante. Elle s'est offert une douce journée de vacances : shopping, plage et, dans une demi-heure, elle a rendez-vous avec l'esthéticienne. Lorsqu'elle s'est décidée à partir en solitaire, elle avait la ferme intention de se faire plaisir dans tous les domaines. Jusqu'à présent, elle a pu satisfaire l'ensemble de ses désirs. Elle a bon espoir de continuer sur sa lancée.

Elle termine un message à Nina, se prélasse dans sa chaise, l'esprit vagabond, se plonge dans des pensées lointaines, imaginaires, mais n'a pas le temps d'arriver à destination :

— Je peux t'inviter à dîner ce soir ?

Elle sursaute. Fabian est derrière elle, son parfum mentholé l'enivre… Certaines choses ne changent pas.

— Tu es fou !

Il prend un air surpris.

— Encore ! Ce n'est qu'une proposition tout à fait décente.

— Pas ça ! Tu m'as fait peur ! Sinon… pourquoi pas ? Rose n'est pas avec toi ?

— Non, elle est malade depuis ce matin.

— Tu n'as pas travaillé ?

— Si, bien sûr ! J'ai visité des criques, le musée Civico et la Villa Rufolo.

— Je suis impressionnée !

— Oh ! Je peux me débrouiller seul.

— Ce n'est pas ce que je veux dire, grand malin. Je suis épatée par tout ce que tu as fait.

— Je me doute, poursuit-il en riant. Je suis plus rapide quand je suis seul. C'est plus compliqué, car personne ne m'aide à trimballer tout le matériel, mais je sais où je vais.

— Tu me montreras les photos ?

— Avec plaisir, mais franchement, la vue est encore plus sublime en version réelle.

Il lui raconte le décor depuis la Villa, le bleu profond et pur de la mer. Il lui explique la chaleur qui n'étouffe pas tant la sensation de liberté est grande. Il décrit les jardins apaisants et taillés minutieusement.

Il a pris place, naturellement, en face d'elle et la transporte avec lui dans cette balade extraordinaire. Marianne l'écoute et le dévisage. Elle ne se souvient pas l'avoir vu si passionné par ses missions, lorsqu'ils vivaient ensemble. Il ne parlait que rarement de son travail. Il était à la maison avec elle et les enfants, et plus rien d'autre ne comptait à ses yeux. Heureusement, car son boulot le volait à Marianne quatre-vingt pour cent du temps.

— On se dit vers 19 h 30 ?

— Oui, c'est parfait. Je te rejoins dans la salle ?

— Ça marche. À tout à l'heure.

Elle acquiesce et il s'éloigne. Elle le fixe. Que lui arrive-t-il ? Pourquoi le détaille-t-elle avec tant d'insistance ? Quels sont donc cette sensation et ce trouble au creux des reins ? Tout comme ce matin, lorsqu'elle l'a aperçu revenant de sa course à pied. Elle remontait dans sa chambre après son petit-déjeuner, et lui entrait, en sueur, dans l'hôtel. Une légère fièvre l'a submergée quand elle l'a vu, le soleil étincelant en toile de fond. Tout à coup, elle s'est remémoré leurs séances ensemble et a bien vite compris pourquoi elle avait abandonné : autant courir seule sur un tapis…

Le serveur, en donnant l'heure à ses voisins de table, interrompt son interlude. Elle vérifie sa montre et file afin de ne pas être en retard à son rendez-vous.

Fabian se précipite sur la plage. Il a besoin de nager, de se défouler après cette journée harassante. Certes, son métier consiste « simplement » à prendre des clichés de lieux, souvent magiques, quelquefois banals, et occasionnellement hideux, voire repoussants. Le reportage photo n'a pas que de bons côtés.

Lorsqu'il est allé voir Rose, elle dormait à moitié. Le médecin a confirmé l'indigestion aux fruits de mer. Elle devrait être sur pied après-demain. Fabian culpabilise : il se préoccupe bien plus de savoir si elle pourra l'aider plutôt que de sa guérison.

Il entre dans l'eau, tranquillement, puis plus rapidement, pour enfin se jeter dedans. Certaines personnes évoluent librement lorsqu'elles parcourent le ciel dans un avion, un planeur ou un parachute. Lui se sent libre lorsqu'il nage. Rien ne le retient. Son corps vogue au gré des vagues et des courants. Rien ne l'arrête. Il pourrait passer des heures dans la grande bleue.

Sur le dos, aveuglé par le soleil, ses yeux se ferment et il se laisse dériver.

Marianne occupe l'intégralité de ses pensées : ses magnifiques yeux marron, son visage angulaire, malgré tout si fin, ses pommettes saillantes, ses courbes gracieuses et séduisantes. Il sait qu'il succombe. Il tombe lentement dans les abîmes de la passion. Grégory le lui a confirmé. Mais il n'est pas gouverné par les opinions de son « frère », ou par sa libido – Rose lui apporte entière satisfaction, voire plus que ses désirs – il ouvre les yeux, se laisse éblouir par les rayons, pour mieux se confronter à la réalité : il est toujours amoureux de Marianne.

Devant son miroir, Marianne finit de poser son eye-liner. Elle observe le résultat : ses yeux mis en valeur par un mascara brun, un fard gris rehausse ses paupières, et un gloss rose pour gonfler ses fines lèvres. Elle n'a pas forcément envie de tomber dans les bras de Fabian – elle connaît l'impasse d'une possible relation – cependant, elle reste attentive à son apparence. Elle aime se sentir belle, voire désirable. L'absence de pratique sportive de ces derniers mois n'a pas entaché la plastique de trentenaire à laquelle elle voue une hygiène de vie soignée, sans être stricte. Elle passe sa robe, fait un tour devant la glace de l'armoire. La dentelle blanche met en valeur son bronzage récent, le décolleté en V invite à la sensualité, sans vulgarité, les manches trois-quarts évasées – un modèle qu'elle a pour habitude de détester – se révèlent des alliés pour le repas qui l'attend. Satisfaite, elle vaporise une brume de son parfum fétiche, se glisse à l'intérieur, chausse ses sandales à talons compensés et se rend au restaurant.

À l'entrée, elle cherche Fabian. Il consulte ses messages sur son téléphone. Il est élégant dans une chemise de lin bleu clair et un pantalon crème en toile. Marianne sent un pincement au cœur dès qu'elle s'approche de la table.

— Je peux m'asseoir ?

Il se lève, surpris, et lui fait signe de prendre place en face de lui :

— Je me suis permis de commander des apéritifs.

— Je ne…

— Pour toi, j'ai demandé un cocktail sans alcool à base de menthe. Je ne me suis pas trompé, j'espère ?

— Tu as bonne mémoire. Merci.

Marianne réussit à masquer son étonnement. Elle s'installe confortablement et engage la discussion sur le sujet qui les a conduits à ce rendez-vous :

— Rose va mieux ?

— Ça va… Tout à l'heure, elle comatait encore. Le médecin lui a demandé de se reposer deux à trois jours. Donc demain, je serai de nouveau seul pour mes escapades.

Par sa réponse, il aimerait que Marianne enchaîne la conversation sur sa lancée. Il imagine aisément passer à nouveau une journée en sa compagnie. Mais la jeune femme ne se laisse pas embarquer.

— C'est dommage… ce sera plus long pour toi.

— En effet, et bien moins sympa…

Marianne coupe court à toute insinuation :

— Et tu ne veux pas rester auprès de Rose ?

— Elle est fatiguée. Elle a besoin de repos. L'indigestion devait être une belle intoxication, je pense.

— Ce sont les fruits de mer ?

— Apparemment, oui.

Marianne grimace.

Aucun des deux ne sait comment changer de sujet. Fabian passe en revue les nouvelles des amis communs – Grégory, c'est déjà fait ; la famille, il n'a guère envie de parler de ses frères et sœurs ce soir et encore moins de ses parents ; et le travail, c'est fait aussi. Marianne regarde la piste de danse et se laisse bercer par les mélodies des années quatre-vingt. Elle reprend naturellement :

— Tom va bien. Tu lui manques.

— Je sais, répond-il, sans hésitation et sûr de lui.

Marianne le fixe, ébahie.

— C'est Nina qui me l'a dit… ou plutôt écrit…

Elle ne comprend toujours pas.

— Elle m'adresse des messages de temps à autre. Rien de bien méchant. Elle prend des nouvelles, je lui en donne. Mais, je te rassure…

La conversation reste en suspens lorsque la serveuse apporte les apéritifs. Sitôt qu'elle a tourné le dos, il continue :

— Elle ne me mêle pas aux querelles quotidiennes et ne cherche pas à me faire prendre parti pour une punition…

Marianne est sceptique :

— Jamais ? Tu en es sûr ?

— Peut-être une fois ou deux…

— Je me disais bien… En effet, une ou deux fois aussi, elle a subitement décidé de bien prendre les choses et de comprendre mon point de vue alors que je m'étais montrée assez fermée sur des sorties qu'elle voulait faire.
— Je me souviens d'un shopping avec des « copines »…
— Tout à fait.

Ils sourient de concert. Quoi de plus normal pour une adolescente, de tenter de gruger ses parents sur ses expéditions et expériences ? Ils dégustent leurs boissons. Marianne, pensive, caresse le pied de son verre.

— Tu récupères toujours Tom mi-août ?
— Oui, bien entendu ! Est-ce que Nina pourrait venir aussi ?

Marianne va de surprise en surprise. Fabian a sans cesse été présent pour les deux enfants, pourtant, il privilégiait Tom. Nina n'est jamais partie en vacances avec eux.

— Ça ne me pose pas de problème. Je pense qu'elle sera ravie. Elle te considère un peu comme…
— Son père. Je sais. L'autre jour, au resto, j'ai culpabilisé quand on en a parlé, je me suis trouvé nul de ne pas l'avoir plus impliquée… Bref, j'aimerais bien qu'elle vienne.
— Je ne suis pas choquée.

Fabian grimace, et ose :
— Imagine si on ne s'était pas séparés…
— Fabian…

Il la fixe, tendrement, et lui prend la main. Bien que prête à la retirer, Marianne laisse cette douce chaleur envahir ses doigts et sa paume, aussi rapidement que les battements de son cœur s'accélèrent. Un agréable frémissement parcourt son échine.

La serveuse revient noter leur commande. Sans lâcher son emprise, Fabian lui répond, suivi de Marianne.

Aussitôt éloignée, Fabian sonde son ancienne compagne. Son regard enjôleur fait fuir celui de Marianne. Elle lui renvoie la question, pour mieux se dérober :

— Que se serait-il passé selon toi ?

Fabian, bien que pris au dépourvu, rebondit, tout à fait sérieux :

— Je pense que nous serions heureux. J'aurais peut-être adopté Nina.

Marianne est soufflée, voire légèrement vexée :

— Tu exagères un peu… Tu ne serais pas en train de chercher quelque chose de plus entre nous durant ce séjour ?

— Pourquoi est-ce que cela devrait s'arrêter à ce séjour ?

Il est sincère. Elle le voit à sa mine sévère, à son ton posé, et à cette assurance dont il fait preuve uniquement en cas de questions fondamentales. Elle est déstabilisée, mais parvient à poursuivre :

— Tu oublies ton travail… Tu serais heureux, mais pas les personnes qui t'entourent.

— Je ferais sans doute autre chose.

— En serais-tu capable ? Tu aimes tant voyager, changer d'air, tu ne tiens pas en place.

— Il y a dix ans, oui. Mais je peux te dire que Rose étant clouée au lit, je me coltine tout le matos et je n'ai plus vraiment ma forme d'antan.

— À trente-cinq ans ?

— J'ai bien donné…

Leurs plats respectifs arrivent à point nommé. Fabian se voit contraint de lâcher la main de Marianne. Cette dernière se sent plus libre de riposter, laissant un léger sarcasme accompagner ses répliques.

— Moi aussi… Les câlins seule le soir, les réunions avec les instits, les maladies, les courses, les mauvaises nuits, les pipis au lit – je t'épargne les gastros – avec en plus les tâches ménagères quotidiennes… ce n'était pas vraiment des parties de jambes en l'air…

— Si tu savais à quel point je m'en veux.

Marianne secoue la tête à la négative.

— Et c'est toujours le cas.

Les yeux de la jeune femme s'embuent sans son autorisation. Fabian lâche ses couverts bruyamment et laisse tomber son visage entre ses mains.

— Quel con ! Quel con !

— Ce n'est pas toi. Les enfants, aujourd'hui, ça va, je gère, comme je peux, je crois que ça va, nous avons trouvé notre rythme de vie… Non, c'est à cause de… ma rupture…

Il relève le visage. Elle est en larmes. Il pourrait la prendre dans ses bras et l'embrasser sur-le-champ. Il n'en fait rien. Il ne veut pas gâcher cet instant s'il venait à se représenter.

Marianne lui explique l'éloignement du couple, la lassitude de Justin à s'occuper des petits quand elle rentrait tard, ses réflexions douteuses sur l'absence des pères respectifs, la culpabilité qu'elle avait ressentie lorsqu'il lui avait dit qu'il était son domestique…

Fabian contient sa colère. Justin serait en face de lui, ses jolis yeux verts et son allure d'athlète ne tiendraient pas longtemps devant sa rage. Car, au-delà d'insulter Marianne – ce qui pour lui est déjà inacceptable – il outrageait sa famille.

Il ne peut rester les bras ballants, il se déplace et vient se caler tout près d'elle, l'entoure et la console. Enfouissant son nez dans les cheveux de sa belle, il se laisse captiver par leur parfum sucré. Dans un souffle, les yeux brillants, il lui murmure :

— Je suis navré. Tellement navré…

Marianne se redresse. Leurs visages sont à quinze centimètres l'un de l'autre. Ils se dévisagent sans savoir ce que leur réservent les prochaines secondes. Leurs regards cherchent des réponses aux questions qu'ils ne se posent pas franchement. Leurs corps s'échauffent en silence, leurs gorges s'assèchent. La jeune femme reprend le dessus et sort de sa léthargie naissante :

— Je ne voulais pas pourrir ta soirée… Je suis désolée…

Au même instant, les accords de l'intemporelle *With or without you*[10] résonnent dans la pièce. Ils se sourient et, d'un geste commun, vont rejoindre la piste de danse. Pendant près de cinq minutes, leurs corps s'épousent et s'enlacent. Ils oublient le présent, retournent dix ans en arrière. Le soir où ils se sont rencontrés. Chacun de son côté imagine, à sa façon, la réponse à la question de Fabian : quelle serait leur vie si, aujourd'hui, ils étaient encore ensemble ?

Et, sans le savoir, chacune des hypothèses se révèle délicieuse.

---

[10] U2, *The Joshua Tree*, 1987.

— 4 —

— Tu es prête ?

— Oui, je descends dans trente secondes.

Marianne a accepté l'invitation de Fabian pour passer la journée dans une crique, sur un bateau. Elle en avait toujours rêvé, mais ne l'avait jamais réalisé. Elle aurait pu refuser. Elle se dit qu'elle aurait dû refuser. La veille, ils se sont quittés sans savoir exactement si chacun devait regagner sa chambre. Elle a éludé l'obstacle en embrassant gauchement Fabian sur la joue, puis en disparaissant dans ses quartiers. Même Nina doit être plus douée qu'elle pour ce genre d'exercices. Mais elle était tellement troublée que la panique a remporté la partie. Contrairement à ce qu'elle croyait en s'endormant, sa nuit fut excellente, et son sommeil réparateur. Leur conversation avait eu du bon. Elle avait enfin pu expliquer à Fabian le poids quotidien qu'elle portait lorsqu'ils vivaient ensemble et réussi à se libérer de miettes de déception de sa récente séparation.

Elle se sent plus légère. Pourtant, elle sait qu'elle doit être vigilante. En effet, des sentiments qu'elle pensait réduits à néant semblent refaire leur apparition sans son consentement. Pour aujourd'hui, en tout cas, elle a décidé de lâcher prise et couler des vacances tranquilles. Pour cela : la mer, le soleil et un compagnon adorable avec qui elle pourra être sincère et naturelle.

Il est installé dans un fauteuil du hall, comme s'il était chez lui. Elle sourit : il n'a pas changé d'attitude. Il consulte les informations sur son téléphone, la cheville droite en appui sur sa jambe gauche.

— Alors, quoi de neuf sur la toile ?

Fabian sursaute.

— Oh… Pas grand-chose, en fait. On y va ?

Il tente de se montrer nonchalant. Hier soir, il a bien compris qu'il ne devait pas forcer les choses. Il s'est résigné à laisser Marianne lui ouvrir les portes, si elle le souhaite. Il sait qu'il aura du mal à garder ses distances, mais il respecte ses choix.

Dans le taxi qui les mène à Maiori, après un long silence, Marianne prend des nouvelles de Rose :

— Demain, elle aura récupéré. Elle allait bien mieux tout à l'heure, mais je lui ai dit de se reposer. Une journée de plus ne pourra lui être que bénéfique !

— Qui est-elle pour toi ?

Une gêne envahit Fabian, une vague de chaleur – totalement étrangère au lieu, le véhicule étant doté de la climatisation – le submerge des pieds jusqu'aux racines de ses cheveux. Il donne le change :

— Comment ?

— C'est ton assistante ? Ton employée ? Ta collègue ?

Sa pression artérielle redescend subitement, il enchaîne :

— Ah... c'est ma collègue. Elle bosse dans le même service que moi depuis un an environ. Elle se fait la main avec des reporters *senior*.

— Elle aura une belle expérience avec toi, elle peut être tranquille...

Fabian sourit tout en gardant un silence de plomb quant à la relation, pour lui épisodique, qu'il entretient avec la jeune fille. Rose est peut-être plus engagée que lui, bien qu'il lui ait fait comprendre dès le départ que ses sentiments n'étaient pas aussi profonds qu'elle pourrait le souhaiter. Ils s'amusent, partagent ensemble de bons moments, voire parfois leur façon de penser. Pour Fabian, cependant, cette liaison est simplement une amourette.

Ils arrivent près du port. Le taxi les dépose et convient de les retrouver le soir même vers 17 h 30.

Ils embarquent à bord du bateau au nom prédestiné : *La Bella Vita*.

Marianne monte, Fabian discute avec le gérant de l'agence de location des voiliers. Ce dernier lui remet les gilets de sauvetage, grimpe avec lui pour lui donner les ultimes consignes de navigation, puis finit par redescendre pour détacher la haussière. Fabian s'installe à la barre après qu'ils ont enfilés leurs saillants, néanmoins obligatoires, gilets orange fluo.

— Je découvre beaucoup de choses sur toi… lui lance Marianne.

— Comment ça ?

— Depuis dix ans que je te connais, j'ignorais que tu parlais italien et que tu savais naviguer !

— J'ai continué à vivre depuis le temps que nous sommes séparés…

Marianne s'éloigne de lui pour rejoindre le balcon.

— Fais attention si tu as le mal de mer, ce n'est pas conseillé…

La jeune femme balaie sa réflexion d'un mouvement de main et avance. De son point de mire, il détaille les formes de Marianne. Il adore son short blanc en toile et dentelle qui dénude ses jambes, ses cheveux brun cuivré qui voguent à l'air iodé et sa manière de se déhancher avec toute la grâce d'une ballerine. Heureusement, le gilet cache ses épaules délicates. Sans cela, il ne répondrait plus de ses actes. Elle est à croquer.

Marianne installe un coussin au sol et tente de s'étendre. Cependant, l'exercice est aussi périlleux qu'impossible avec l'engin orange qui lui compresse le torse. Elle n'a pas envie de ressembler à une étoile de mer vulgairement étalée sur le pavillon d'un voilier, et tient à pouvoir se relever seule. Elle abandonne donc l'idée et se contente de s'adosser au mât central.

Elle se retourne et crie :

— Pourquoi va-t-on dans cette crique ? L'autre jour, tu en as déjà visité, non ?

— Oui, mais celle-ci est un trésor incontournable. Je voulais t'en faire profiter.

Après une demi-heure de navigation, ils parviennent à la plage du Cavallo Morto. Fabian échoue lentement et en douceur le voilier.

— Quel est le programme, Chef ?

— Je vais grimper sur les rochers faire des clichés. Tu viens ?

— Je préfère me baigner et t'attendre.

— D'accord, à tout à l'heure.

Fabian prend son appareil, non sans profiter du spectacle que lui offre Marianne en train d'ôter son short et son maillot, pour révéler un corps magnifique indifférent au passage du temps et des grossesses et largement mis en valeur par son bikini turquoise.

— Ça va, tu te rinces bien l'œil ?

Il sourit, et réplique sans gêne :

— Ne t'en fais pas, le manque de sport ne se voit pas.

Ils sont si près que Fabian, pour descendre, frôle Marianne et la décale en posant ses mains sur ses hanches. Des tensions espiègles s'emparent des deux corps. Ils plongent leurs regards dans celui de l'autre. Fabian serre les poings et se sauve avant de passer la barrière qu'il ne franchira pas sans le consentement de son ex-compagne.

Marianne chasse les ondes sensuelles qui la parcourent et s'empresse de rejoindre les eaux bleu-vert de ce petit coin de paradis. Ses muscles et son esprit voguent au travers des légers courants marins.

Pendant la traversée, elle a préféré s'installer derrière le mât, elle savait qu'elle ne résisterait pas à la vue de Fabian, à la barre, avec ses lunettes de soleil, son air sérieux et son sourire envoûtant. Elle doit bien reconnaître qu'il ne la laisse pas indifférente et sent peu à peu les murs de son inflexibilité se briser. À en juger par les décharges électriques qu'elle a ressenties depuis qu'elle l'a revu, elle aurait pu allumer son appartement tout entier… Elle n'arrive pas à jauger si ses sensations relèvent de la passade ou si elles cachent un sentiment plus intense.

Elle sort de l'eau et va se caler sur le sable. Elle s'installe sur le drap de bain délicatement posé par Fabian avant qu'il se rende sur le rocher. Elle ferme les yeux.

Une heure s'est écoulée lorsqu'elle les rouvre. Fabian n'est toujours pas là. Elle monte sur le voilier : il est aussi vide que la crique. Elle regarde sa montre. Une boule d'inquiétude vient encombrer son plexus. Où est-il ? Elle observe la montagne qui se dresse, fière, devant elle, et ignore la pensée qui l'interpelle. C'est bien trop abrupt : elle ne grimpera pas là-haut. Son angoisse monte d'un cran en imaginant le pire. Elle fait les cent pas sur le voilier et, comme toutes ses semblables, procrastine, se ronge les ongles et les sangs. Pendant cinq minutes – ressenties trois heures – elle s'adonne à ce rituel sadique, lorsque, tout guilleret, Fabian arrive de l'autre côté de la crique.

Elle lui fonce dessus :

— Bon sang, mais tu étais où ?

— Je suis allé faire mes photos… Quand je suis redescendu, tu dormais. Je ne t'ai pas dérangée. J'ai été là-bas. C'est magnifique ! Tu devrais voir ça !

Il lui désigne le lieu d'où il revient, un large sourire aux lèvres, fier de sa découverte.

— Je m'en fiche ! Tu aurais pu laisser un mot !

— Ah oui, et comment ? Et puis calme-toi, tu as l'air tout énervée. Il ne fallait pas t'inquiéter.

— Et j'aurais fait quoi si tu t'étais blessé, hein ? J'aurais fait quoi ? Qu'est-ce que j'aurais dit à Tom, et à Nina ?

Fabian pose son appareil et s'éloigne, en ôtant ses baskets, son maillot et son short, tout en maugréant :

— J'aurais dû deviner que ce n'était pas pour moi...

Marianne se sent idiote et le suit. Elle s'approche doucement de lui.

— Je me suis fait du souci, voilà tout. J'avais peur qu'il te soit arrivé quelque chose.

De l'eau jusqu'à la taille, elle se plante devant lui, en train de faire la planche. Il se laisse couler, remonte en caressant son corps des mollets jusqu'aux hanches. La tête hors de l'eau, il accroche ses pupilles dans celles de Marianne, et lâche :

— Oh, et puis merde, on n'a qu'une vie.

Il l'enlace pour l'embrasser fougueusement. Qu'importe si elle le gifle, si elle hurle, si elle lui en veut. Il l'aura fait. Il aura essayé. Il ne pourra pas se repentir. Il s'attend à tout. Sauf...

Marianne le laisse faire. Elle lui rend son étreinte et l'intensifie. Elle prend plaisir à ce contact chaud et naturel. Cela fait une éternité qu'elle ne l'a pas embrassé. Elle avait oublié l'effet de Fabian sur ses hormones, sur ses pensées. Il parcourt son dos, ses bras, ses cheveux, et ne l'interrompt pas. Elle se demande si elle n'attendait pas ce moment depuis leur soirée.

Voire même avant.

Après un bref pique-nique, ils se reposent, corps à corps, sans un mot. Aucun des deux n'a envie de gâcher cet instant où la moindre réflexion pourrait les renvoyer dans ce présent qui leur rappellerait leurs devoirs respectifs. Ils profitent du contact de leurs peaux pendant que leurs pensées et leurs gestes divaguent. Fabian joue avec ses doigts à parcourir le torse, les bras, la poitrine de Marianne, et à guetter les effets produits. Elle le laisse s'amuser.

— Si tu veux, tu peux aussi me passer de la crème solaire.

Aucune supplication supplémentaire n'est nécessaire pour que le prétendant s'exécute. Marianne s'assied. Il commence à appliquer, avec langueur, le baume protecteur sur le dos et les épaules de la jeune femme. Son imagination prend toute la place quand ses mains épousent les courbes féminines de Marianne. Des frissons l'envahissent, et une chaleur, bien plus intense que celle du soleil, le gagne. Marianne coupe court à toute digression et se lève pour profiter une dernière fois de la mer avant leur retour pour Maiori.

Les clichés dans la peau, Fabian s'empare de son appareil et mitraille sa belle sous toutes les postures. Elle rit de ses jeux professionnels, titille l'objectif. Tantôt, elle prend des poses sensuelles, tantôt sérieuses. Fabian est subjugué. Il découvre à quel point elle lui fait de l'effet, et surtout, les conséquences de ce lâcher-prise.

Marianne, quant à elle, contient toujours ses émotions. Même si leur flirt ne la laisse pas de marbre, loin de là, elle savoure cet après-midi d'insouciance. Les questions se poseront en temps utile. Elle ne tient pas à contrarier cet agréable moment en se torturant avec des interrogations austères.

Elle l'invite à venir se baigner. Il est réticent. Elle commence alors à l'asperger en lançant des réflexions narquoises. Il l'avertit gentiment. Elle continue, il se lève après l'avoir menacée de lui apprendre à faire le sous-marin. Elle s'en moque et court dans les vagues. En une dizaine d'enjambées, il la rattrape, la prend par la taille et la met sous l'eau, malgré ses fous rires secoués de hurlements. Elle se relève. Il l'observe, son cœur s'emballe.

Elle est encore plus belle : une véritable naïade. Et elle l'ensorcelle. Il l'enlace et l'embrasse à lui en couper le souffle. Le temps s'arrête, plus rien ne compte. Il ne veut plus la quitter.

Tendrement, il passe son bras autour de ses épaules et ils rejoignent leur place. Ils s'installent face à la mer, une serviette sur le dos, et regardent l'horizon. C'est la première fois qu'ils partagent un instant aussi fort. Et l'un comme l'autre prie pour que cela ne s'arrête pas.

Malheureusement, le temps n'est pas leur allié. Pendant le retour, sur le voilier, Marianne ne quitte pas Fabian d'une semelle. Elle s'accroche à lui et le couvre de baisers. Dans le taxi, la tension est palpable. Même si leurs mains sont scellées, ils ne savent pas l'issue de la journée. De maudites questions viennent les hanter. Par décence, Fabian prend des nouvelles de Rose qui lui affirme être de nouveau sur pied, prête pour de nouvelles aventures. Il reste aussi distant que possible dans ses réponses, lui soutenant qu'il est fatigué. Il lui donne rendez-vous le lendemain à 8 h, dans le hall, pour la visite de la réserve naturelle, et coupe son portable.

Marianne, de son côté, échange des messages avec ses enfants, en gardant toute la discrétion sur sa relation. Elle leur raconte les beautés de la côte, leur propose de revenir ensemble, l'année prochaine, ou bien plus tard. Ils lui détaillent leurs journées, à la pêche pour Tom, à la machine à coudre pour Nina. Elle reçoit des photos de leurs créations et exploits qu'elle s'empresse de partager avec Fabian. Il est très fier d'eux et regrette de ne pouvoir leur dire.

À l'hôtel, Marianne accompagne Fabian jusqu'à sa chambre. Elle reste sur le seuil, n'osant franchir une limite dangereuse. Si elle craque, soit c'est parce que l'amour s'en mêle, soit ce n'est qu'un désir passager. A-t-elle envie de le savoir ? Appuyée au chambranle, elle le remercie pour la journée :

— Tu veux entrer ?
— Je ne sais pas si cela est raisonnable…
— À toi de voir.

S'ensuit un long moment de songe, les yeux dans les yeux.
— Oh… Et puis merde, comme tu l'as dit, on n'a qu'une vie.

Ils referment la porte après avoir pris soin de tourner la plaque sur l'inscription « ne pas déranger ».

— 5 —

Le soleil est déjà levé lorsque Fabian s'assied au bord de son lit. Marianne s'est évaporée. Il n'est pas étonné. À quoi pouvait-il bien s'attendre ? Des câlins et des baisers langoureux ?

Un message finit de l'extirper de son sommeil : « *Tu es bientôt prêt ? Je suis dans le hall !* » Rose est en forme, apparemment. Il jette un coup d'œil à son réveil. Il n'a pas le temps de tergiverser ni de se délecter de sa nuit passée, et encore moins de la décision prise, sans appel, après leurs ébats. Il est 7 h 45 ! Une douche express, fraîche comme la rosée, lui permet de remettre ses idées à leur place. Il imagine déjà la suite, laisse encore libre cours à ses rêveries quelques minutes. Et il sourit. Il a envie de sourire incessamment.

« *Alors ? Tu en es où ?* » : deux phrases qui le ramènent à la réalité, et à ses obligations.

Il sort de l'ascenseur, Rose le rejoint et lui demande s'il veut déjeuner.

— Un café à emporter et un beignet feront l'affaire. Tu as mangé, toi ?

— Oui, mais léger, je ne tiens pas à te faire faux bond une nouvelle fois.

— OK. On y va ?

Rose le trouve distant. Il ne l'embrasse pas, ne sourit pas. Il ne semble pas d'humeur badin.

Il souhaite éviter certains sujets avec elle. Il se borne donc à l'essentiel lorsqu'elle lui demande ce qu'il a fait pendant qu'elle vivait une grande histoire avec son lit.

— Tu me feras voir les photos !

— Oui, oui, mais je dois faire un tri avant…

— OK.

C'est en toute innocence qu'elle aborde le point « épineux » :

— Au fait, tu as des nouvelles de Marianne ?

— Oui, oui, on s'est croisés.

— Elle va bien ?

— Apparemment, oui.

L'arrivée sur la place de la cathédrale et la rencontre avec le guide lui sauvent la mise.

Après les explications et les recommandations d'usage, ils prennent le chemin de la réserve et, si les horaires le leur permettent, celui de la Torre Dello Ziro.

Marianne émerge de son sommeil, légèrement perturbée : elle ne regrette aucune seconde de la nuit passée dans les bras de Fabian. Elle est gênée de ne pas avoir laissé de mot en partant à 3 h 30. Elle n'avait pas envie de se réveiller auprès de lui. Elle craignait sa réaction autant que celle de son amant. Pourtant, à présent, elle brûle de l'avoir à ses côtés. Elle cherche une réponse à ses sentiments en regardant la mer qui s'étale jusqu'à se confondre avec le ciel.

Elle résiste à l'idée d'être toujours éprise de Fabian. Elle se répète, en boucle, que toute relation serait vouée à l'échec. Un véritable mécanisme d'autodéfense émotionnelle s'organise dans son cœur et dans sa tête afin qu'elle ne succombe pas.

Devant l'obstination de la grande bleue à rester muette, elle se décide à commencer sa journée. Après une douche salvatrice, elle choisit de mettre une robe légère et s'installe au balcon afin de savourer le petit-déjeuner qu'elle s'est fait porter en chambre.

Elle trouve son occupation en consultant les brochures de sa table de chevet. Elle louera un vélo pour parcourir la côte jusqu'à Positano.

Pendant ce temps, Fabian essaie de ne pas se noyer dans les questions invasives, mais sans arrière-pensée, de Rose.

Il s'imprègne tant bien que mal de la beauté de la nature qui l'entoure. Il cherche en vain à éloigner l'image de Marianne qui le hante. Sa dernière volonté est de commettre un impair. Rose ne manque aucune occasion de lui envoyer des signes. Elle s'approche de lui, ôte son tee-shirt pour se retrouver en top à bretelles. Fabian reste impassible, mais n'est pas dupe. Il perçoit bien le manège discret de sa compagne. Il s'évertue à être troublé, mais rien n'y fait. Il est aussi fermé qu'une huître. Cependant, la comédie de Rose trouve un spectateur admiratif. En effet, le guide est fort sensible aux courbes juvéniles, mais féminines, de sa cliente.

Marianne se délecte de sa balade. Entre terre et mer, les villages perchés sur la colline d'un côté et l'étendue iodée de l'autre, elle s'évade totalement. Elle pédale sans relâche jusqu'à Positano. La route est bien plus rapide en vélo qu'en voiture. Elle se faufile dans les rues et les ruelles, vérifiant, de temps à autre, le chemin parcouru.

En début d'après-midi, elle s'offre la visite du musée archéologique pour finir ses flâneries au bord de la plage. Alors qu'elle se retourne, elle découvre le village perché derrière elle, prenant la forme d'une coquille au pied de l'eau.

Elle s'allonge. La fatigue et les émotions l'emportent, elle songe à ses enfants, à Fabian. Tom lui manque, ses cheveux frisés et ses yeux bleus, ses taches de rousseur et ses câlins. Nina n'est pas là pour la taquiner, ou discuter avec elle de « choses de filles », elle ne feuillette pas les magazines de mode ou de couture.

Quant à Fabian… Elle voudrait tant ses bras, son odeur mentholée, son sourire, sa façon de la rassurer. Et cette manie qui le caractérise et qu'il n'a pas perdue : voler en toute naïveté dans l'assiette de sa compagne. Qu'il s'agisse d'une tomate cerise, d'une fraise ou d'un haricot, il a conservé ce défaut auquel elle succombe irrémédiablement lorsqu'il la regarde, avec un air candide, en ponctuant son geste d'un « *Ben quoi ?* ».

Sa présence lui manque, tout simplement. Elle aimerait tant que tous les trois soient près d'elle, à observer cette mer agitée, à fouler ce sable foncé et caillouteux, à suffoquer sous cette chaleur. Elle prend son sac afin de récupérer sa bouteille d'eau, étanche sa soif et, tout en voulant immortaliser l'instant, tombe sur des photos de la veille.

Ses yeux s'embuent, son cœur est bousculé. Elle a l'impression qu'elle l'a perdu, parce que cela fait moins de vingt-quatre heures qu'elle n'a pas de nouvelles.

Elle comprend qu'il est trop tard... Le mal, ou le bien, est fait.

Parvenus à la tour, les photographes obtiennent la récompense de leur labeur : une vue imprenable sur la mer et le village. Rose se tourne vers Fabian et l'embrasse fiévreusement. S'il se laisse faire sur l'instant, il finit, trop vite, par la repousser très délicatement. Les pensées qui le traversent ne sont pas pour elle. Rose le perçoit, elle ne demande aucune explication. Et le scandale, les grandes disputes ne sont pas des scènes qui la caractérisent.

Ils font leur travail, le guide les raccompagne, dans un silence pesant.

Une fois à l'hôtel, Fabian l'interpelle :
— Écoute, Rose... Il faut que je te dise.
— Ne te donne pas cette peine. Je ne suis pas idiote, j'ai compris. Sans doute avant même que tu ne le saches toi-même. C'était tellement flagrant !
— Tu ne m'en veux pas ?
— N'exagère pas. C'est récent ?
— Depuis hier.
— Tu sais ce qui me fait le plus mal ? C'est que tu n'aies pas eu le courage de me le dire dès ce matin.

Il baisse le visage, honteux de sa lâcheté. Elle le regarde par-dessous :

— Je ne t'aurais pas laissé tomber ! Je suis plus intelligente que tu ne le penses. Tu m'avais prévenue, de toute façon, je savais que l'issue ne serait guère celle que j'espérais. C'était cool... Merci quand même d'avoir évité de me faire poireauter trop longtemps.

— Je suis désolé.

Elle s'éloigne et balayant sa dernière réplique d'un geste de la main.

Devant les ascenseurs, elle croise Marianne et ne peut s'empêcher de lui lancer crûment :

— C'est bon, il est tout à vous, maintenant. Vous avez gagné.

Marianne regarde Rose sans comprendre, puis se tourne vers Fabian. Il est désarçonné, sonné. Elle se dirige vers lui, furieuse :

— Tu t'es foutu de moi ! Tu n'as pas honte !

— Je peux t'exp...

— Je m'en fiche ! Tu m'as menti !

— Pas vraiment.

— Tu m'as menti, Fabian : je t'ai demandé qui elle était pour toi ! Et vu sa réaction, même me répondre « une simple amourette ou un coup d'un soir » aurait été plus honnête que « ma collègue » ! Je ne m'attendais pas à cela de ta part.

— J'ai eu tort...

— Oui, et c'est bien malheureux.

Elle tourne les talons et rejoint sa chambre.

Pendant les jours qui suivent, ils évitent soigneusement de se croiser. De temps à autre, au restaurant, ils s'aperçoivent. Fabian la cherche, elle le fuit. Il lui offre des fleurs pour s'excuser, elle les jette ou les donne au livreur ou aux serveuses. Il lui laisse des messages, elle les efface sans les lire.

Marianne visite Pompéi et Herculanum, sans goût. Fabian et Rose immortalisent de nouvelles criques et parcourent le chemin des Dieux à Positano. Rose fait en sorte que Fabian soit happé par son travail. Toutefois, elle se rend bien compte que le sommeil lui manque. Il a le visage creusé, et des cernes ont élu domicile sous ses yeux.

Elle se sent fautive de cette situation. Elle n'aurait pas dû balancer cette phrase à Marianne avec autant de hargne. Mais, sous le coup de l'annonce, c'est son orgueil qui avait réagi, pas son cœur. Son cœur, lui, s'en foutait allègrement. Elle avait eu la journée pour se préparer à cette déclaration, car elle s'en doutait.

Elle n'est plus amoureuse de Fabian, si tant est qu'elle ne l'ait un jour été. Mais le voir dans cet état ne la réjouit guère.

Marianne repart demain. Ils le savent tous les deux. En silence, ils prennent le temps de déguster un limoncello[11] sur la terrasse. La jeune fille rompt la glace qui fige Fabian depuis l'avant-veille :

— Tu veux que je lui parle ?

— Arrête ! On n'est pas au collège !

— OK... Tu as discuté avec Grégory ?

— Il m'a traité de con... Et il a raison.

— Toi : arrête. Tu t'apitoies sur toi, et cela ne te ressemble pas. Tu as tenté de lui parler, de lui écrire ?

— Ça ne sert à rien. Elle ne me répond pas, m'évite...

— Et c'est tout ? Tu vas te laisser dépérir ? Tu feras comment quand tu iras chercher Tom pour les vacances ? Tu vas le récupérer et le laisser à la porte, en prenant bien soin de ne pas la croiser ? Vas-y, mon grand, continue, c'est ce qu'il va se

---

[11] Liqueur de citron, spécialité italienne.

passer ! Et crois-moi : quand tu es gamin, tu rêves beaucoup, mais sûrement pas que tes parents se déchirent pour une connerie alors qu'ils s'aiment comme des fous !

— Tes parents ne s'aimaient plus.

— Je sais, je ne te parle pas d'eux ! Marianne et toi, vous vous aimez ! Alors, prends ton courage et bouge au lieu de bousiller ton temps à pleurer en regardant les photos des moments que vous avez passés ensemble ici !

Il la fixe, étonné.

— Ne me mate pas comme ça, j'ai vu les photos sur ton ordi quand j'ai transféré celles d'hier.

Fabian se lève, s'énerve, mais réagit :

— Et que veux-tu que je fasse ? Que je tambourine à sa porte jusqu'à ce que la sécurité de l'hôtel débarque ? Que je lui envoie tous les poèmes d'amour que je trouve, car je ne suis pas foutu d'en pondre moi-même ? Que je lui dise que je l'aime ? Que je fasse défiler une banderole inscrite « J'arrête mon job, je veux passer ma vie avec toi et les enfants ! Épouse-moi ! » ? C'est ça que je dois faire ?

Rose baisse les yeux au fur et à mesure du monologue de son ami. Il reprend :

— Alors, c'est ce que je dois faire ?

C'est une autre voix, derrière lui, qui réplique :

— C'est vrai ce que tu dis ?

Il se retourne, Marianne est devant lui, dans une longue robe bleu azur. Elle enlève ses lunettes et se poste à sa hauteur, déterminée à avoir sa réponse. Il ne se fait pas prier :

— Oui, c'est vrai. Après ce reportage, j'abandonne tout. Mon job, mon appartement. Mais toi et les enfants, je vous veux avec moi tous les jours !

— Tu feras quoi ? Des portraits ?

— Pourquoi pas ? Et des photos pour les écoles aussi !

— Et des photos de famille ?

— Surtout celles-là. Alors ?

— Je repars demain. Ce n'est pas en quelques belles promesses que tout s'effacera. J'ai besoin de temps pour digérer.

Son regard sombre, intense joue l'indifférence. Celui de Fabian perd ses étincelles en même temps que son visage se décompose. Derrière eux, Rose reste muette, la tête baissée, mal à l'aise pour son ami sur qui la chaleur ambiante n'a plus d'emprise tellement le vent qu'il vient de se prendre était violent.

Marianne ne sait plus quoi dire, un mot de trop enterrerait Fabian, déjà bien assommé. Elle remet ses lunettes et s'éloigne.

Dans l'avion, Marianne repasse en boucle les images de son séjour. La solitude l'envahit, elle ignore auprès de qui se confier. Consciente que cette décision lui appartient, elle aimerait, malgré tout, en parler, vider son sac, avoir un avis extérieur. Mais sa mère ne sera pas objective : cet homme a fait souffrir sa fille ; sa sœur adore Fabian ; quant à sa collègue, elle est débordée avec le bébé ! Elle s'est rarement sentie aussi seule. Devant ce dilemme infernal, la grande gagnante est la fatigue : elle s'endort.

À son arrivée à l'aéroport, elle est accueillie à bras ouverts par ses enfants et leurs grands-parents. Des sourires immenses illuminent leurs visages ! Et, à peine les valises posées dans le coffre, Nina s'empresse :

— Au fait, maman, tu ne sais pas la meilleure ? Papa est aussi en Italie.

Marianne est stupéfaite :

— Olivier ?

— Mais non ! Fabian ! Il nous a envoyé des photos géniales ! Ça a l'air trop bien où il est !

Bien que désarçonnée, Marianne fixe tendrement sa préado de fille, ainsi qu'un Tom au sourire candide. Ses enfants, ses amours, les priorités de sa vie. C'est à eux qu'elle doit penser en premier : la réponse était là, bien sûr !

Fabian récupère son sac, avec son meilleur ami depuis deux semaines : son air renfrogné. Rose, toujours gaie, l'attend quelques mètres plus loin. Du regard, elle parcourt le hall de l'aéroport. Après avoir vérifié que Fabian est occupé, elle fait un grand signe du bras. Il la rejoint :

— Bon, je vais y aller… On se revoit dans quinze jours au boulot…

— Oui, tu m'enverras les photos à retoucher. Je les montrerai à Paul avant que tu ne reviennes…

— Oui, si tu veux… Allez…

Il se penche pour lui faire la bise. Au même moment, deux petits bras enserrent sa taille brusquement, l'empêchant de faire le moindre pas.

— Papa !

Tom est dans ses jambes, aux anges. Trente secondes suffisent au père pour réaliser. Il relève son visage qui croise celui de Nina. Marianne la suit dix mètres plus loin. Tom reprend :

— C'est vrai que tu rentres avec nous, dis, c'est vrai ?

— Je suis trop contente, Papa… enchaîne naturellement Nina.

Fabian est interdit. Ces mots le bouleversent, sa gorge se serre, il sent l'émotion le gagner. Il ne comprend pas ce qui lui arrive, jusqu'à ce qu'il remarque le petit regard que Marianne adresse à Rose. Il se retourne :

— Ne dis rien. Je te devais bien ça. Ta famille t'attend. À bientôt.

Elle s'éclipse après une accolade rapide à Marianne.

Fabian baisse la tête, navré. Il voudrait partir dans des explications. Marianne dévoile un tee-shirt *Welcome Home Love Dad*. Il s'illumine à nouveau et commence à ouvrir la bouche. Elle pose son index sur les lèvres masculines :

— On n'a qu'une vie ! Elle ne se fera pas sans toi. Tu nous as manqué. Tu m'as manqué. Je t'aime.

Les yeux brillants, son sourire renaît, il lâche ses sacs pour embrasser fougueusement la femme de sa vie sous les regards malicieux des enfants qui vivent leur plus beau souvenir de vacances… sans avoir voyagé.

Pour être têtu, il faut être deux

Jessica Motron

—1—

Tiphaine

Tiphaine ouvrit difficilement les yeux. La faible lumière qui s'insinuait dans la pièce semblait vouloir lui brûler la rétine. La jeune femme tenta de se redresser dans le lit, mais une dizaine de clous plantés dans son crâne touillaient son cerveau brumeux. L'oreiller amortit sa tête alors qu'elle se laissa retomber sur les draps. Cela faisait un bon moment qu'elle ne s'était pas pris une cuite pareille.

Regrettant amèrement d'avoir enchaîné les mojitos comme on sifflerait de vulgaires menthes à l'eau, elle chercha à tâtons son téléphone sur la table de nuit, en vain. Non pas qu'elle ne trouva pas ledit smartphone, elle ne le trouva ni lui, ni la table de nuit.

Dans le but de gagner contre les rayons solaires, Tiphaine ouvrit un œil, puis l'autre et s'accoutuma peu à peu à l'éclairage de l'aube. Effectivement, aucune table de chevet ne se trouvait près du lit. Celle-ci avait été remplacée par un monceau d'habits parmi lesquels elle peina à reconnaître sa robe à fleurs, sa pochette et sa paire de sandales compensées. Elle avait dû se dévêtir à la va-vite en rentrant de la fête de bienvenue du club, du moins c'est ce qu'elle supposa. Ses souvenirs formaient un gros sac de nœuds qu'elle ne parvenait pas à démêler. L'image de son arrivée dans la salle de réception de l'hôtel était bien nette dans sa mémoire, les cinq cocktails qui ont suivi aussi (maudit *open-bar*), mais le reste de la soirée constituait une vraie purée de pois.

Tiphaine se recroquevilla sous la couette, bien décidée à passer cette première journée de vacances à cuver seule dans sa chambre. C'est alors que son bras en frôla un autre. Les poils du corps de la jeune femme se hérissèrent lorsqu'elle aperçut un homme torse nu, étendu près d'elle, la tête enfouie dans l'oreiller. « *Oh non, je n'ai pas fait ça ?* » se demanda-t-elle, encore vaseuse. Un rapide coup d'œil sous les couvertures lui apprit qu'elle était nue comme un ver, et son voisin également. « *Ah bah si, j'ai probablement fait ça.* » Un tatouage tribal se découpant sur la peau blanche de la cuisse de ce dernier attira son attention une seconde, puis elle rabattit la couette.

Tiphaine, dans un premier temps, se sentit piégée. Elle voulait que l'inconnu déguerpisse de là sans plus tarder, qu'elle puisse se remettre de sa beuverie tranquillement, sans être importunée. En revanche, s'il se réveillait en sa présence, elle serait contrainte de vivre le moment embarrassant du réveil post-galipettes de deux ivrognes amnésiques. Que faire ? Elle aurait pu s'éclipser dans la salle de bains en attendant qu'il regagne sa propre chambre ? Ou encore se cacher sous le lit ? Ou derrière le rideau ?

Au vu des suggestions plus saugrenues les unes que les autres qui apparurent dans ses pensées, Tiphaine en déduisit que le rhum faisait encore des grands huit au sein de son estomac et de sa circulation sanguine. Elle était, par conséquent, inapte à réfléchir clairement.

« *Il faut que je retrouve mon téléphone !* », se dit-elle. Se penchant pour chercher son Samsung près de ses vêtements, son oreille interne désespéra à interpréter les mouvements de son buste, si bien qu'elle glissa du matelas et se ratatina mollement sur le sol, ce qui occasionna au passage un solo de batterie dans sa boîte crânienne. Un relent piquant s'insinua dans sa bouche, lui rappelant le goût de son poison, et une forte nausée s'installa. Elle était affalée, en tenue d'Ève sur une moquette sentant le renfermé, n'arrangeant rien à son malaise.

Par réflexe, Tiphaine agrippa sa robe pour cacher son anatomie au cas où le bruit de sa chute aurait réveillé l'homme, mais un ronflement sourd lui apprit qu'il devait se trouver plus proche du coma que de la somnolence. Elle se mit debout tant bien que mal, ses jambes en coton peinant à soutenir son corps. La pièce fit un 360, mais à présent qu'elle en avait une vision globale, la jeune femme réalisa qu'elle ne se trouvait pas dans sa chambre !

Tous ses problèmes se résolurent d'un coup. Sa solution : la fuite ! Elle enfila sa robe à la hâte, puis empoigna sa pochette. Ses clés et son téléphone se trouvaient à l'intérieur de celle-ci, et son soulagement lui fit échapper un petit cri aigu qui ressuscita monsieur le nudiste : il commença doucement à bouger. Avant qu'il n'eût le temps de se tourner vers elle, Tiphaine rassembla le reste de ses affaires hormis son soutien-gorge, qui avait visiblement choisi ce moment-là pour jouer à cache-cache, et se rua dans le couloir.

Les murs ondulaient dangereusement alors qu'elle titubait en direction de l'ascenseur. Son doigt s'écrasa sur le 3 et elle se laissa transporter vers son étage, sans se rendre compte si la cabine montait ou descendait. À peine avait-elle eu le temps de regagner la salle de bains de sa chambre qu'elle vomit tripes et boyaux dans la cuvette en faïence immaculée. Les vacances commençaient bien…

18 h 30 sonnaient quand Tiphaine émergea. Les haut-le-cœur étaient passés et avaient laissé place à un énorme creux dans son abdomen. Le concert de hard rock dans sa tête avait pris fin, remplacé par une migraine carabinée qui lui grignotait le ciboulot. Elle fila prendre une douche régénératrice durant laquelle elle tenta de mettre de l'ordre dans sa caboche, faisant le point sur ses derniers souvenirs : l'avion avait atterri sans encombre à l'aéroport d'Héraklion, la navette l'avait déposée en fin d'après-midi à l'hôtel club du *Blue Seahorse* (*all inclusive*, évidemment), et après avoir été étiquetée de son bracelet membre, elle s'était rendue à la soirée d'accueil pour y découvrir que les boissons, comme les repas, étaient à volonté… Et

quelques verres de Perrier agrémenté plus tard : trou noir ! Elle ignorait même avec qui elle avait passé sa soirée pyjama (sans pyjama), mais gardait néanmoins la sensation d'avoir vécu un moment intense.

Tiphaine sortit de la salle de bains trente minutes plus tard, s'habilla d'un legging en jean et d'une tunique vermillon, agrémenta ses cheveux bruns et courts d'un bandeau assorti avant de se rendre dans le réfectoire.

Tous ses collègues de travail étaient là, dînant gaiement devant une vue panoramique de la plage à couper le souffle : la mer teintée de reflets bleutés venait caresser le sable blanc, duquel ressortaient des parasols de paille, alors que le ciel orangé recouvrait le tout d'une étreinte apaisante. L'avantage de partir en vacances avec son comité d'entreprise, c'est qu'on voyage dans des contrées paradisiaques pour une bouchée de pain (avec la contrepartie de séjourner avec les personnes que l'on côtoie quotidiennement toute l'année). Tiphaine était ingénieure en aéronautique dans une grande société, un travail atypique pour une femme, et n'avait pour ainsi dire que des hommes pour collègues. Sa seule amie dans la boîte était Justine, du standard. Avec regret, celle-ci n'avait pu accompagner Tiphaine en Crète. Il s'agissait d'une petite blondinette, bronzée comme un lavabo, qui fuyait les destinations ensoleillées comme la peste sous peine de devenir actionnaire chez Biafine.

Après s'être constitué un plateau bien garni, la jeune femme scruta la salle à la recherche d'un compagnon de repas lorsqu'une pensée la tétanisa. Et si l'inconnu était un de ses collègues de travail ? Comment n'y avait-elle pas pensé plus tôt ? « *Satanée gueule de bois !* » Qu'allait-elle faire ? Rester seule dans son coin durant tout le séjour ? Non, impossible…

L'affolement la gagna. Elle devait découvrir l'identité du nudiste, sans quoi elle ne serait jamais sereine. Soudain, son regard fut attiré par un homme isolé, attablé dans le fond de la salle. Il s'agissait de Grégory, du service informatique, avec son éternel polo bleu marine, son jean et ses Converses. Même pour des vacances à la plage, il gardait son style de garçon sage.

Tiphaine l'avait trouvé tout de suite à son goût lorsqu'elle l'avait rencontré un an auparavant, séduite par son côté innocent. C'était avant d'apprendre qu'il sortait avec Fred, des ressources humaines, et que ses cheveux bruns coupés à la garçonne ne suffiraient pas à lui faire de l'effet (sa poitrine avantageuse représentant un refroidissement indéniable). Quand bien même cette situation l'avait déçue à l'époque, l'orientation sexuelle de l'informaticien tombait à pic : il ne pouvait pas être l'homme mystère ! Une vague de réconfort la submergea alors qu'elle réalisait qu'elle avait un potentiel allié dans cette histoire. Tiphaine se précipita alors vers Grégory avec l'agilité et la discrétion d'un hippopotame en tutu dans *Fantasia*.

— Je peux m'asseoir ici ? demanda-t-elle en s'installant à côté de lui.

— J'aurais préféré rester seul, dit-il en l'observant prendre place. Mais maintenant que c'est fait, on va dire que oui.

— J'ai besoin d'aide ! déclara alors l'ingénieure.

Grégory évitait son regard. Tous les muscles de son corps paraissaient en tension. Devant l'absence de réponse, Tiphaine enchaîna :

— Crois-le ou non, toi seul peux m'aider dans cette histoire.

— J'en doute…

— J'ai couché avec un mec hier soir et je sais pas qui c'est !

Le jeune homme blêmit en laissant tomber sa fourchette, l'air véritablement choqué. Tiphaine ne lui laissa pas le temps de se remettre de cette annonce.

— Ne prends pas cet air outré ! Me connaissant, j'étais probablement consentante, dit-elle en avalant goulûment une frite. En réalité, je m'en fiche d'avoir passé la nuit avec un mec. Le truc, c'est qu'il y a, si on s'en réfère à la population ici présente, soixante-quinze pour cent de chances que ce soit avec un gars de la boîte… Et c'est cette partie-là qui est gênante.

— Euh… Comment est-ce possible que tu ne saches pas qui c'est ?

— J'étais bourrée… Ou plutôt, j'étais trois verres au-delà du niveau bourré. Je me suis réveillée ce matin dans un lit qui n'était pas le mien, avec un mec tout nu. Je me suis barrée vite fait avant de voir qui c'était.

— Il… te… suffirait de retourner dans la chambre pour trouver son identité… Non ? peina-t-il à articuler.

Grégory semblait peser chaque mot qui sortait de sa bouche. C'était pour cette raison que Tiphaine n'aimait pas discuter avec les employés de la section informatique. Ils étaient incapables de communiquer avec de vraies personnes.

— Si c'était aussi simple ! J'étais encore ivre ce matin, je n'ai rien calculé du tout. Je ne sais même pas comment j'ai été capable de regagner ma chambre. C'est pour ça que j'ai besoin d'un coup de main.

— Mais si tu le retrouves, tu veux faire quoi ?

— Honnêtement, je veux juste savoir qui c'est. Et lui dire de ne pas ébruiter l'affaire. Je n'ai pas besoin d'une réputation de Marie-couche-toi-là au bureau.

— Je ne pense pas que celui qui a fait ça le crie sur tous les toits…

— Oui, à d'autres ! s'exclama Tiphaine, appuyant ses propos d'un geste de la main. Je ne suis pas sûre que tu connaisses si bien que ça le gibier que tu chasses.

Grégory leva les yeux au ciel sous le coup de l'exaspération.

— Allez, s'il te plaît, tu veux bien m'aider ? le supplia-t-elle, arborant un air de labrador brutalisé.

Il poussa un grand soupir, passa sa main dans ses cheveux châtain, s'attardant sur l'arrière de sa tête.

— OK, je veux bien t'aider, finit-il par déclarer.

— 2 —

Grégory

Grégory vit les traits de sa collègue se relâcher. Elle paraissait visiblement soulagée qu'il ait accepté de l'aider. Mais pourquoi avait-il dit oui ? Pour lui faire plaisir ? Si seulement elle savait… Dans quelle galère s'était-il fourré ? Depuis le matin même, une crainte l'obsédait : que Tiphaine se souvienne de leur nuit et lui fasse une scène devant tout le monde, révélant à ses collègues quel goujat il était. Il se sentait mal, rongé par la culpabilité d'avoir profité ainsi d'une femme sous l'emprise de l'alcool. Pour quelles raisons avait-il accepté de lui donner un coup de main ? Il allait se trahir, c'était certain !

Il avait toujours eu un faible pour Tiphaine, et ce depuis le jour où il avait posé les yeux sur elle. Malheureusement, il était en couple à cette époque-là, il avait donc fait son maximum pour l'ignorer (plan qui avait fonctionné à la perfection).

Juste avant les vacances, Fred avait rompu, laissant Grégory triste, miné par son chagrin d'amour. Avec l'intention de se changer les idées, ce dernier avait parcouru rapidement le catalogue des destinations du CE et avait choisi un hôtel club en Crète, seul endroit au monde où il pensait passer une semaine tranquille, loin de tout, loin des déboires subis par son cœur. C'était sans compter sur la présence de Tiphaine. Il fut agréablement surpris la veille lorsqu'il l'aperçut se trémousser énergiquement sur *Gangnam Style*.

— Ouh ouh ? Tu es toujours là ?

— Hein ? Euh oui, pardon, bafouilla Grégory, violemment extirpé de ses pensées.

— Je te demandais par quoi on commence notre enquête.

L'enquête… L'informaticien sentit une bouffée de chaleur le saisir, colorant ses joues du rouge de l'embarras. Elle allait le démasquer ! Il devait battre en retraite ! D'un autre côté, prudence étant mère de sûreté, faire un état des lieux des souvenirs de la jeune femme s'avérerait ingénieux. « *Quitte à se faire prendre, autant essayer de limiter la casse.* »

— Ah oui. Euh… Commençons par le commencement. De quoi te rappelles-tu ?

— Je me souviens de mon arrivée à l'hôtel. En voyant défiler les collègues qui s'enregistraient, j'ai réalisé qu'il n'y en avait aucun que je connaissais personnellement. Ça m'a mis un petit coup au moral. Mais l'élément déclencheur a surtout été les boissons à volonté. Ils ont dû bien les charger, les mojitos… J'ai commencé la soirée avec Steph et Max. Et après, plus rien…

Un pli soucieux barra le front de Grégory pendant que Tiphaine se tapait la tête contre la table. Devrait-il lui avouer la vérité ? Il avait trop honte pour ça. À coup sûr, elle ne lui adresserait plus jamais la parole.

Alors qu'il contemplait sa collègue câliner la toile cirée avec son front, une idée vint lui chatouiller le cervelet : et s'il l'aidait vraiment à chercher l'identité de son inconnu durant le séjour ? Ils ne trouveraient forcément personne, et elle en déduirait qu'il s'agissait d'un vacancier lambda qu'elle ne recroiserait jamais. Cette idée, bien que machiavélique, lui plut, et un sourire se dessina sur son visage.

— Ce n'est pas drôle, tu sais, se lamenta Tiphaine.

— Pardon, tu as raison. Mais c'est quand même une situation atypique.

— Mouais… C'est sûr. Des coups d'un soir, j'en ai eu quelques-uns, mais jamais sans connaître leur tronche. Eh, mais j'y pense ! Tu n'y étais pas à la soirée, toi ?

Grégory avala péniblement sa salive avant de répondre :

— Non, j'avais la migraine. J'y suis allé une demi-heure et je suis monté me coucher. En tout cas, je ne t'ai pas vue.

Il demeurait on ne peut plus mal à l'aise. Pour donner le change, il enchaîna avec la question fatidique qui risquait de tout ruiner, qu'il était néanmoins obligé de poser s'il voulait rester crédible.

— Bon, et de quoi te rappelles-tu de ton réveil ?
— Pas grand-chose…

« *Ouf* » se dit-il, avant qu'elle ajoute :
— Je crois qu'il était blanc.
— OK… Quoi d'autre ?
— J'arrivais à peine à ouvrir les yeux, je ne m'en rappelle pas… Oh ! s'écria-t-elle brusquement. Il a un tatouage tribal sur la cuisse, ça vient de me revenir !

Grégory s'étouffa avec un morceau de pain. Il était cuit ! Il allait falloir qu'il troque son boxer de bain avec un short version XXL.

— Parfait ! continua l'ingénieure avec entrain. Je n'ai qu'à aller à la piscine ou à la plage et chasser les tatouages pour démasquer mon inconnu.
— Si cette personne aime se baigner… Ce n'est peut-être pas le cas…
— Merci Monsieur le rabat-joie…

La moue boudeuse de Tiphaine modifia ses traits en une frimousse attendrissante qui séduisit le jeune homme, augmentant un peu plus son incommodité.

— En tout cas, merci de m'aider. Je suis rassurée de faire cette recherche avec quelqu'un de ton bord.

Grégory souffla discrètement entre ses dents, trouvant hallucinant qu'elle le croie cent pour cent gay. Depuis le temps, personne n'a pensé à la corriger ? D'un autre côté, il remerciait le ciel pour ce quiproquo. Les soupçons de Tiphaine ne se dirigeraient pas vers lui.

Le dîner fut rapidement expédié, Tiphaine ne s'étant pas encore totalement remise de sa soirée arrosée de la veille. Grégory rapporta leurs deux plateaux, raccompagna la jeune femme devant l'ascenseur et appuya sur le bouton d'appel. Lorsque les portes s'ouvrirent, l'informaticien lui souhaita une bonne nuit, lui donnant rendez-vous le lendemain matin.

— Tu ne montes pas ? lui demanda Tiphaine.

— Non, je prends les escaliers, répondit-il en s'éclipsant rapidement.

Il redoutait que la vision de l'étage auquel il descendrait enclenche un mécanisme dans le cerveau de sa collègue et lui occasionne des *flash-back* malencontreux. Une fois dans sa chambre, Grégory se laissa tomber sur son lit à plat ventre. De ses draps s'évaporait encore le parfum de Tiphaine, ce qui le ramena à la nuit précédente, et à son erreur de conduite. Son mal-être ne pouvait être plus grand. Il avait malgré lui troqué une peine de cœur contre une culpabilité monumentale. Il enfila son pyjama et se coucha directement. Cela lui éviterait de trop penser.

— 3 —

Tiphaine

Tiphaine se réveilla paisiblement, fraîche comme un gardon. Elle attrapa son smartphone, réactiva le wifi et, par réflexe, lança Instagram avant de se raviser (les vacances ayant pour but de se déconnecter du quotidien). Une fois son lien avec la civilisation rangé dans sa table de nuit, elle revêtit une tenue légère pouvant encaisser les 35 °C, composée de son bikini doré, d'un short, d'un débardeur et d'une paire de tongs.

Tiphaine se rendit dans la salle à manger et y trouva un Grégory bougon.

— Bah alors, t'en fais une tête ! s'écria-t-elle, le faisant sursauter.

— Bonjour à toi aussi, répondit le jeune homme sur un ton monocorde.

— Qu'est-ce que t'as ? lui demanda-t-elle. Tu n'as pas dormi ?

— Non, pas très bien… J'avais l'esprit préoccupé.

— C'est à cause de Fred ? Laisse tomber, tu es mieux sans lui. Tu sais quoi ? Si on résout mon problème rapidement, on passera le reste du séjour à essayer de te trouver un remonte-moral.

— Les remonte-moral, ce n'est pas mon truc. J'ai déjà donné…

— Oh, allez. Tu n'es pas une cause perdue. Et puis, si on ne trouve personne, il y a toujours l'option « cocktails en folie » ! ajouta-t-elle d'un air narquois.

La boutade de Tiphaine, plutôt que de le faire rire, sembla plonger Grégory un peu plus dans la déprime. Une gêne se logea entre eux, durant laquelle la jeune femme ne savait pas quoi dire pour améliorer la situation. C'est donc dans le silence qu'ils entamèrent leur petit-déjeuner.

— Tu as prévu de faire quoi de ta journée ? finit par demander l'ingénieure.

— Je ne sais pas trop… Je pensais aller mettre les pieds dans l'eau salée.

— Moi, je suis plutôt bronzette-piscine.

— Piscine ? Alors que tu as la plage à vingt mètres ?

— J'ai la trouille de la mer. Il y a toujours des bestioles carnivores dedans.

— C'est vrai que les plages de Crète sont réputées pour leurs invasions de requins, ironisa Grégory.

— Te fiche pas de moi ! J'ai peur, ça ne se contrôle pas !

Après s'être mis en maillot, ils sortirent ensemble du réfectoire par la porte-fenêtre qui donnait sur la terrasse de carrelage blanc de la piscine. Le bassin, qui offrait une eau cristalline délicatement chlorée, était entouré de transats en bois et de palmiers feuillus. Ils accueillaient déjà une grande partie des clients de l'hôtel. C'est la mine réjouie que Tiphaine débarqua, sa serviette à la main, près du bassin. Le soleil sur sa peau lui procura une vraie sensation de dépaysement. Avec ses bêtises du premier jour, elle n'avait pas encore pu en profiter.

Cherchant désespérément une chaise longue non occupée, un malaise s'installa alors quand Tiphaine remarqua que de nombreuses têtes étaient tournées vers elle. Certaines affichaient des sourcils froncés, d'autres des sourires en coin. Néanmoins, elles eurent pour effet de dissiper la joie de la jeune femme.

— Quoi ? Il y a un problème ? demanda-t-elle tout haut, les lèvres pincées.

Aussitôt, tous détournèrent le regard et reprirent leurs activités. Grégory, qui se tenait encore près d'elle, lui chuchota à l'oreille :

— Viens avec moi à la plage, il y aura moins de monde.

Désabusée, Tiphaine le suivit en boudant comme l'aurait fait une petite fille à qui on aurait refusé un tour de manège. Ils longèrent la piscine, traversèrent un petit jardin jonché de pâquerettes et arrivèrent à destination.

La plage était effectivement beaucoup moins peuplée. Quelques personnes (majoritairement des enfants accompagnés de leurs parents), dont les affaires traînaient nonchalamment sous les parasols de paille, pataugeaient dans les vaguelettes. Le soleil inondait l'eau translucide de sa lumière, la sublimant de reflets turquoise.

Grégory dégota un petit coin isolé, entouré de touffes d'herbe sèche, et y installa leurs serviettes. Les fesses sur le sable, il rabattit ses genoux contre lui, prit bien soin de laisser ses mains sur ses cuisses et observa l'horizon en silence. Tiphaine hésita à l'imiter. Ce n'était pas ce qu'elle avait en tête pour sa première journée. Jetant un œil envieux à la « zone piscine bondée », elle se laissa tomber sur son postérieur.

— Tu as vu comment ils m'ont tous dévisagée ? Soit j'ai couché avec chacun d'entre eux, soit… j'en sais rien, mais j'ai dû faire un sacré truc. Ça m'étonnerait que ce soit ma beauté ravageuse qui ait capté leur attention.

— C'est sûrement pas non plus à cause de la ressemblance de ton bikini avec celui de la princesse Leïa dans *Le Retour du Jedi*, tenta-t-il pour alléger l'atmosphère.

— Alors c'est quoi ? demanda-t-elle en ignorant sa référence cinématographique.

Grégory ne répondit pas sur-le-champ. Il s'attrapa la mâchoire, l'air embarrassé, ouvrant plusieurs fois la bouche pour parler, sans toutefois produire le moindre son.

— Quoi ? Il y a quelque chose que tu ne me dis pas ?

— Je… suis allé discuter avec quelques personnes avant que tu ne me rejoignes ce matin, improvisa-t-il. Apparemment, tu te serais bien fait remarquer à la soirée. Une danse sur la chanson de Psy…

— *Gangnam Style* ? Oh non ! dit-elle en s'attrapant la tête. Ça ne pouvait pas être pire…

— Bah, en fait, ça l'est…

— Quoi ? Il y a plus que ça ?

— Tu aurais fait du lasso avec ton soutien-gorge…

— Mon soutif ! s'écria-t-elle. Ça explique pourquoi je ne l'ai pas retrouvé, ce matin-là…

Un souvenir revint frapper l'esprit de Tiphaine comme un boomerang. Elle se vit faire tournoyer son sous-vêtement au-dessus de sa tête. Pas étonnant qu'elle ait attiré tous les regards… Depuis qu'elle était arrivée dans l'entreprise, elle avait su rester discrète. À présent, elle ne pourrait plus passer inaperçue…

— Pitié, dis-moi que personne n'a filmé !

— Non, je ne crois pas. Ça n'a duré qu'un bref instant. Enfin, à ce qu'il paraît… se reprit-il en se tournant de nouveau vers l'océan.

— Tu as pu apprendre autre chose ?

— Non, pas pour le moment. Mais j'irai chiner des renseignements après le déjeuner.

— J'ai l'intime conviction que plus je vais en apprendre sur cette soirée, pire ce sera… Je vais vraiment passer pour la garce de service, se lamenta-t-elle, une fêlure dans la voix.

Tiphaine entreprit de s'enduire de crème solaire, l'esprit préoccupé par le flou colossal que représentait cette soirée.

— 4 —

Grégory

L'odeur de l'écran total perturba la concentration avec laquelle Grégory fixait l'eau remuante de la plage. Il zieuta Tiphaine discrètement et la vit se malaxer la poitrine ouvertement, comme s'il n'était pas là. Se sentant s'empourprer, il détourna les yeux.

— Tu peux me faire le derrière, s'il te plaît ? lui demanda-t-elle.

— Hein ?

— Mon dos, précisa la jeune femme.

— Euh… Tu ne peux pas le faire toute seule ? suggéra-t-il. Je n'aime pas avoir de la crème sur les mains.

— Non, je ne peux pas le faire toute seule. Et si tu ne m'aides pas, je vais cramer et il faudra que tu le fasses quand même, mais avec de la Biafine, alors…

— Bon, très bien…

Grégory s'approcha d'elle, saisit le tube de crème qu'elle lui tendait et commença à lui en étaler sur le haut du dos. La douceur de sa peau le rendit tout chose et sa fragrance naturelle associée à celle de la lotion était enivrante. Tout comme son parfum du premier soir… Le trouble le gagna, il poursuivit donc sa tâche à la va-vite.

— Attends, il faut bien faire les contours du maillot de bain. C'est toujours l'endroit qu'on oublie et ce sont les brûlures qui font le plus mal.

— Euh… Non, ça ne va pas être pratique, dit-il nerveusement. Je vais te faire mal à vouloir tirer dessus.

— T'as raison, on va faire autrement ! ajouta Tiphaine en dégrafant son maillot d'une main et en maintenant sa poitrine de l'autre. Ce sera plus simple comme ça !

Grégory leva les yeux au ciel. Il n'avait pas envisagé cet aspect du « copain gay », et se demandait pourquoi les femmes oubliaient toute pudeur lorsqu'elles se trouvaient en compagnie d'un homosexuel. Se sentant déstabilisé par ce contact, il termina de la tartiner à la hâte et prétexta une envie folle de se baigner pour s'éclipser *rapido presto*.

La fraîcheur de l'eau réfréna les ardeurs de l'informaticien. Pourquoi cette femme le mettait-elle dans un tel état ? Son attirance pour elle constituait un élément susceptible de faire capoter son plan. Ne pourrait-il pas accélérer les choses ? Prétendre avoir dès à présent trouvé l'inconnu et affirmer qu'il s'agissait d'un vacancier de passage ? Ils seraient tous deux débarrassés de l'inconfort de cette situation et pourraient passer un séjour mémorable ensemble. Il resterait néanmoins le problème de l'orientation sexuelle, mais il pourrait prétendre être à voile et à vapeur. Ce seraient deux nouveaux mensonges… Au point où il en était, ça ne faisait plus grande différence…

Après avoir fait quelques brasses, il revint vers Tiphaine, plongée dans un roman, et s'allongea près d'elle le temps de sécher. Tous deux entamèrent ensuite une grande conversation, chacun détaillant sa vie en dehors de la boîte. Grégory mentionna sa récente rupture, en prenant bien soin d'éviter toute dénomination de genre, et raconta qu'il passait depuis tout son temps chez son frère Fabrice à jouer à la PlayStation. Il apprit ensuite que l'ingénieure avait une vie bien remplie, entre cours de Zumba, compétitions de judo et club de lecture. Trois aspects qu'il n'aurait d'ailleurs pas eu l'idée d'associer.

Ils se dirigèrent vers l'hôtel juste avant le déjeuner. Passant près de la piscine, ils rencontrèrent Christophe, un cinquantenaire un peu lubrique qui avait déjà plusieurs plaintes de harcèlement sexuel à son actif. Il s'adressa à Tiphaine :

— Tu nous as fait un beau spectacle, l'autre soir. Tu as un vrai don ! Je ne pensais pas qu'on aurait le droit d'en voir plus à cause de l'intervention de l'autre, mais grâce au temps qu'il fait, tu peux nous gratifier de tes belles courbes.

— Non, mais c'est bon là ! intervint le jeune homme, indigné du commentaire de son collègue.

— Tiens ! Ton nouveau meilleur ami veut rejouer les chevaliers servants ?

« *Putain ! Il va griller ma couverture, celui-là !* », pensa Grégory.

— Oui, répondit Tiphaine. C'est trop chou ! Il ne me connaît pas encore assez pour savoir que c'est inutile.

— Quoi ? s'étonnèrent en chœur les deux hommes.

— Sache que je ne vous gratifie de rien du tout, je suis juste en maillot. Quant à toi, pas besoin d'un grand soleil pour que tu nous gratifies de ta connerie ! Ça va ? C'est pas trop dur la vie quand on est atrophié du bulbe ? À l'avenir, plutôt que d'aller emmerder une femme, qui pourrait être ta fille en plus, demande-toi à la place ce que tu as bien pu rater dans ta vie pour tomber aussi bas.

Christophe la regarda bouche bée, n'ayant pas pour habitude de se faire remettre à sa place.

— Qu'est-ce que t'as ? T'as tes règles ? aboya-t-il en s'éloignant, essayant tant bien que mal de ne pas perdre la face. Si on ne peut même plus plaisanter…

— Pas besoin d'avoir mes règles pour dire ce que je pense ! répondit Tiphaine en forçant sa voix pour être sûre qu'il entende. Et tes plaisanteries ne font rire que toi !

Grégory posa sur sa collègue des yeux pleins d'admiration.

— Quoi ? lui demanda-t-elle.

— Rien… Je suis juste en train de me demander si tu as vraiment besoin de mon aide.

— Pour rembarrer les pervers, non. Pour chercher mon inconnu, oui.

— Qu'est-ce qui te dit que c'était pas Christophe, ton inconnu ?

— Maintenant que je l'ai vu en boxer, je peux t'affirmer que ce n'était pas lui. Et puis, même ivre, je garde un esprit de conservation infaillible. Je ne me tape que des canons !

Grégory esquissa un sourire à ce compliment indirect et se tourna aussitôt. Il passait une excellente journée en compagnie de la jeune femme et allait donc mettre en place son nouveau plan pour pouvoir en passer d'autres (dans de meilleures conditions).

Grégory s'activa, cet après-midi-là. Il parla à tous les employés de la boîte : officiellement pour retracer les faits et gestes de l'ingénieure lors de la fête de bienvenue ; officieusement, il souhaita un bon séjour à tous ses collègues. Quitte à passer pour un rustre auprès de Tiphaine, il s'afficherait au moins comme le gars attentionné aux yeux de tous les autres. Il retrouva ensuite la jeune femme pour le dîner. Ils ne passèrent que quelques minutes à débriefer sur ses découvertes. Grégory lui apprit qu'elle avait effectivement discuté avec certaines personnes, qu'elle avait usé le plancher de la piste de danse durant une bonne heure et demie, et qu'ensuite, elle était repartie au bras d'un homme.

— Et alors, c'était qui ? demanda avidement Tiphaine.

— Un Autrichien qui était de passage. Il paraît qu'il faisait le tour de l'île à vélo et qu'il est reparti le lendemain.

— Un bel Autrichien… répéta-t-elle. C'est très poétique. J'aime bien !

Son visage s'illumina et réchauffa le cœur de l'informaticien. Il avait eu raison de mettre en place ce canular. C'était mieux pour tout le monde.

— Merci infiniment, Greg, dit Tiphaine en posant sa main sur celle du jeune homme. Tu m'enlèves un poids, si tu savais.

Ce contact fit frissonner Grégory, et les prunelles reconnaissantes de sa collègue le firent fondre. Ils passèrent le reste du repas à discuter joyeusement, puis partirent se promener sur la plage au clair de lune.

C'est détendu qu'il souhaita à Tiphaine une bonne nuit, en lui suggérant de se retrouver le lendemain pour passer du temps ensemble. Grégory n'appréciait toujours pas ce qui s'était produit, mais la relation ainsi engendrée l'enchantait. Tiphaine lui plaisait énormément.

—5—

Tiphaine

Tiphaine regagna sa chambre, guillerette. Soulagée d'en avoir fini avec cette histoire de sexe improvisé, elle était presque contente d'avoir abusé de l'alcool : une amitié était née dans le processus. L'aspect coincé de l'informaticien l'attendrissait, et sa tentative de la défendre fut maladroitement touchante. Son rythme cardiaque s'accéléra légèrement à la pensée de Grégory. C'était bien dommage qu'il aimât les hommes...

Une fois dans son lit, la jeune femme s'aventura sur Instagram avant d'essayer de dormir. Elle fit défiler le fil d'actualité du bout du doigt jusqu'à ce qu'elle atterrisse sur la suggestion de comptes. Une minuscule photo attira son attention, représentant une brune aux cheveux longs enlaçant un homme qu'elle commençait à bien connaître : Grégory. Elle baissa les yeux jusqu'à lire le nom du profil : Winifred Watson.

Ce nom ne lui dit absolument rien. Tiphaine entreprit donc ce que toute personne sensée ferait : elle espionna tous les réseaux sociaux qu'elle connaissait pour déterminer l'identité de cette femme. Après avoir épluché Facebook, Instagram, Twitter, elle découvrit que cette dernière était britannique et qu'elle était venue en France pour faire carrière. « *Elle a probablement un accent à faire fondre des braguettes* », pensa l'ingénieure sous le coup d'une jalousie naissante. Il s'agissait de l'assistante de direction de sa société, et si on s'en référait aux photos, elle avait côtoyé Grégory pendant plus d'un an et demi. Serait-ce Fred ? Winifred ? Et pas Frédéric de la RH ?

Tiphaine ne comprenait plus rien. « *Quel connard !* » Il lui avait menti ! À y repenser, non... Il lui avait parlé de sa rupture avec

Fred… Mais quand elle avait ouvertement laissé sous-entendre qu'il était gay, il ne l'avait pas corrigée ! Pour quelles raisons ?

La jeune femme était abasourdie, persuadée jusque-là que les hétéros n'aimaient pas être pris pour des homos… Toutefois, une once d'apaisement émergea subitement parmi le flot d'indignation qu'elle ressentait. La journée avec Grégory avait été merveilleuse, et s'il aimait les femmes, elle pourrait peut-être démarrer quelque chose avec lui.

Tiphaine alla de nouveau consulter la page Facebook de cette Winifred, qui ne contenait pratiquement que des photos de cette dernière avec Grégory : à la montagne, en promenade près d'un lac, à la plage… Les derniers clichés intriguèrent particulièrement l'ingénieure. Comme une impression de déjà-vu en observant le corps musclé de son collègue (que ses pulls et polos camouflaient à la perfection, d'ailleurs). Elle détailla toutes les images avec la même intensité que si elle jouait à « *Où est Charlie ?* ».

Enfin, il apparut devant elle ! Ce qu'elle cherchait sans le savoir : le tatouage tribal sur sa cuisse ! Elle laissa tomber son téléphone sur la moquette en même temps que sa mâchoire. « *Le salaud !* » Il savait depuis le début et il avait fait semblant d'enquêter avec elle ! Dans quel intérêt ?

Tiphaine se dressa sur ses jambes pour aller lui montrer de quel bois se chauffait une femme ceinture noire lorsqu'un homme se jouait d'elle. Comment avait-il osé la mener en bateau ? Au moment où elle ouvrit la porte comme une furie, un bip sur son téléphone la stoppa net :

Greg

Contre toute attente, j'ai passé une
super journée avec toi. Tu veux
qu'on prenne le petit-déj ensemble
demain matin ?

Il lui proposait de manger tous les deux ? Parfait ! Ce sera donc un plat froid saupoudré de vengeance qu'il dégustera !

Le lendemain, Tiphaine descendit comme une fleur retrouver Grégory, qui était de nouveau installé seul devant ses tartines beurrées. Elle le rejoignit, avec la ferme intention de le faire payer.

— Salut ! s'exclama-t-elle. J'ai vraiment passé une bonne journée, hier. Du coup, j'ai eu envie de faire quelque chose de gentil pour toi.

— Vraiment ? demanda-t-il, la mine réjouie.

— Oui ! Je t'ai dégoté un rendez-vous galant avec mon cousin !

— Pardon ?

— Il s'appelle Armando ! Tu vas voir, il est canon, super sympa, et il paraît qu'au pieu, c'est une affaire ! Tu ne pourras plus t'asseoir pendant une semaine !

Tiphaine observa Grégory changer de couleur : son inconfort soudain était jouissif. Elle ne comptait pas s'arrêter là pour autant.

— M... Merci, bafouilla-t-il. C'est sympa de ta part.

— C'est vrai ? Tu ne m'en veux pas ? Tant mieux, car je lui ai déjà passé ton numéro !

L'ingénieure faisait résonner dans sa tête un rire diabolique. Elle avait bien un cousin, on ne peut plus hétéro, qui avait néanmoins accepté de lui rendre service et d'inonder le pauvre Grégory de messages tendancieux.

— J'ai traîné sur Instagram hier, reprit-elle, et j'ai posté des photos de nous deux sur la plage. Je les ai appelées : moi et mon 3G.

— Mon 3G ?

— Bah oui, mon *Greg Geek and Gay*.

Le sourire du jeune homme s'était définitivement éteint. Par la suite, ils déjeunèrent en silence. Une contrariété palpable émanait de l'informaticien. Mais son châtiment demeurait encore trop doux aux yeux de Tiphaine.

— Tu es bien silencieux, tout à coup. Tout va bien ? demanda-t-elle.

— Oui, oui…

— Tu ne sais pas ce que j'ai reçu comme message, hier ? J'avais fait un test de dépistage de MST avant de prendre l'avion, et j'ai enfin eu les résultats. C'est positif !

Grégory cracha son verre d'eau sur la table. Elle le tenait : il en bavait au sens littéral !

— Positif ? Mais tu as quoi ?

— On n'est pas assez intimes pour que je te le dise, quand même. Mais par contre, il faudrait que je retrouve mon Autrichien pour l'informer… Je vais aller demander ses coordonnées à la réception.

— Non ! s'écria-t-il en posant bruyamment ses mains sur la table. Je vais le faire pour toi, si tu veux !

— Oh, c'est super sympa ! Tu es vraiment le mec le plus gentil du monde. Si droit, si honnête. J'ai de la chance de t'avoir parmi mes amis.

Grégory semblait proche du malaise. Il se leva et s'excusa avant de se ruer aux toilettes.

— 6 —

Grégory

Grégory s'éclaboussa le visage d'une eau glaciale pour se remettre les idées en place. La journée de la veille avait été si agréable, il ignorait pourquoi cette matinée à peine commencée avait déjà des airs de cauchemar. Tiphaine se comportait comme la garce pour laquelle elle ne voulait pas passer. Qu'est-ce qui avait changé ?

Aussitôt, la vérité lui apparut : elle était au courant pour leur escapade nocturne ! S'en était-elle rappelée ? Où l'avait-elle découvert d'une autre manière ? Il s'était pourtant montré tellement prudent… Mais si elle savait, pourquoi choisir de faire comme si de rien n'était ? C'était mesquin ! « *Elle veut jouer à ça, elle va être servie ! Elle ne sait pas que je sais qu'elle sait !* », songea-t-il. Tout à coup, son portable vibra. Un SMS venait d'arriver.

Numéro inconnu

Salut toi ! C'est Armando, le cousin
de Tiphaine. Si ça te dit qu'on aille
boire un café (ou plus si affinités), fais-
moi signe. Pour te faire patienter,
voici une photo de mon meilleur
profil.

L'image d'un postérieur riche en muscles, habillé d'un string léopard, s'imposa sur son écran. On ne pouvait pas faire plus cliché. « *Encore quelqu'un qui n'y connaît rien…* », pesta-t-il intérieurement. Grégory replaça son iPhone dans sa poche et prit une grande inspiration. « *Désolé, frangin. Je vais t'emprunter une partie de ton histoire, mais c'est pour la bonne cause…* »

Alors qu'il rejoignait Tiphaine, celle-ci prit tout de suite un air compatissant, penchant sa tête sur le côté façon cocker.

— Tout va bien ? Je me suis inquiétée.

— Ça va très bien, dit-il, arborant son meilleur sourire Colgate. Je viens d'avoir des nouvelles de ton cousin, et je suis ravi !

— Ah bon ? beugla-t-elle.

— C'était pas le but ?

Même si elle le dissimulait bien, Grégory vit le trouble perturber la mine pimpante de sa collègue. C'était à son tour de lui en faire voir de toutes les couleurs.

— Si… bien sûr. Le « ah bon », c'était parce qu'il t'a contacté vite. Je pensais qu'il attendrait la fin des vacances. Mais tant mieux !

— Oui, ça va me faire du bien de voir quelqu'un en dehors du boulot !

— Parfait !

— 7 —

Tiphaine

Ce mot sortit de la bouche de Tiphaine plus aigu que ce qu'elle aurait voulu. Grégory était content ? Il paraissait tout à coup heureux et serein. Quelque chose avait changé. Que s'était-il donc passé dans les toilettes pour qu'il regagne en assurance ?

Soudain, elle comprit ! Il savait qu'elle savait ! « *L'idée de la MST était de trop* », pensa-t-elle. Mais pourquoi donc ne lui avouait-il pas qu'il était l'homme avec qui elle avait passé la nuit ? C'était pourtant le moment ! Outrée, elle décida de le tester jusqu'à ce qu'il flanche !

Elle poursuivit son repas en vantant les mérites d'Armando, exagérant sa beauté et narrant ses prouesses sexuelles. Grégory, tout sourire, relançait à chaque fois la conversation en posant un tas de questions pointues telles que sa couleur préférée, s'il était plutôt chien ou chat, son signe astrologique, etc. Tiphaine ne se laissa pas déstabiliser. Se basant sans vergogne sur les stéréotypes existant sur la communauté gay, elle s'improvisa un cousin Sagittaire qui adorait promener son chihuahua avec son foulard violet noué autour du cou.

Ce jour-là, ils décidèrent de se cotiser pour louer une voiture afin de longer la côte et visiter l'île. Tiphaine laissa le volant à Grégory, préférant nettement admirer les paysages sublimes qui les entouraient : la mer, les falaises de roche orangées, les habitations rectangulaires qui ressortaient de la montagne tels de petits champignons. Elle échangea un rictus enjoué avec son voisin, et il le lui rendit. Même si leur aise l'un envers l'autre était factice, la jeune femme appréciait la compagnie de l'informaticien, ce qui eut le don de l'énerver davantage. Le plus simple aurait été de le détester.

Ils s'arrêtèrent déjeuner dans un petit village touristique et dégustèrent des Pastitsios, les lasagnes crétoises. Tiphaine, encore éreintée pas les interrogations de Grégory, voulut lui rendre la pareille, et à son tour l'accula de questions sur sa vie d'homosexuel, allant de sa première relation avec un garçon à ses accessoires coquins préférés, en passant par son *coming out*. Elle jubilait devant sa mine déconfite à chaque fois qu'elle surenchérissait. Cependant, son effervescence était de courte durée, car le bougre se défendait bien. Il lui révéla un passé riche en détails, étonnamment crédible et qui suintait presque le vécu : de quoi ébranler l'aplomb de l'ingénieure.

L'après-midi se dirigea ensuite vers un moment shopping. Tiphaine s'extasiait ouvertement du point positif d'avoir un ami gay : ils pouvaient aller faire les magasins ensemble comme deux *fashion addicts*. Elle le traîna dans une dizaine de boutiques de vêtements, lui demandant son avis à chaque article qu'elle essayait, attendant patiemment le moment où il finirait par craquer. Au grand dam de la jeune femme, il tint bon, et avec le sourire, en plus. C'était un adversaire redoutable.

Une fois revenus à l'hôtel, Tiphaine prétexta une fatigue intense pour dîner seule dans sa chambre. Jouer la comédie toute la journée l'avait épuisée, et elle aspirait à une soirée calme, sans artifice, sans mensonge.

— 8 —

Grégory

Les yeux encore endormis posés sur son smartphone, Grégory eut la surprise de constater qu'il n'avait reçu aucun message de Tiphaine. Lui aussi avait passé la soirée seul dans sa chambre, et il se réveilla le lendemain avec un sentiment ambivalent. La journée de la veille avait été aussi merveilleuse que chaotique. Il appréciait les joutes verbales avec sa collègue, mais les boniments, même s'ils étaient amusants dans un premier temps, commençaient à se faire trop pesants.

Il descendit dans le réfectoire prendre un café à emporter et fonça directement vers la plage pour plus de tranquillité. Ce fut avec un grand étonnement qu'il y découvrit Tiphaine, assise sur sa serviette en train de se crémer de la tête aux pieds. Cette même surprise se retrouva sur les traits de la jeune femme, mêlée à une once de désappointement.

Grégory voulut rebrousser chemin, qu'ils soient tous les deux libérés de leurs enfantillages ne serait-ce qu'une heure pendant la journée. Mais s'il mettait les voiles, elle gagnerait, et ça, il n'en était pas question !

— Tiens ! Quelle bonne surprise ! s'écria-t-il. Tu ne préférais pas la piscine, toi ?

— Si, mais je ne me suis pas encore réveillée assez tôt, car il n'y avait déjà plus aucun transat de disponible quand je suis arrivée à 8 h 30… À croire qu'il faut que je me lève à 7 h pour aller placer ma serviette dessus si j'en veux un.

— Probablement… Tu veux peut-être que je te laisse tranquille ?

Grégory aperçut sur le visage de l'ingénieure de l'espoir, qui se métamorphosa ensuite en fermeté.

— Non, voyons, viens, je t'en prie. J'apprécie de passer mes vacances avec mon 3G.

L'informaticien s'installa, ne quittant pas des yeux l'espièglerie qui pétillait dans les iris de Tiphaine, son côté joueuse ayant manifestement refait surface. Elle reposa le tube d'écran total dans son sac.

— Attends ! Tu ne veux pas que je te fasse le derrière, comme la dernière fois ? demanda-t-il d'un ton moqueur.

— Non ! C'est bon ! répondit la jeune femme du tac au tac. Je vais faire bronzer que le devant, de toute façon.

— Comme tu veux. Je suis là si tu as besoin.

Le silence qui suivit fut pesant. Les deux compères commençaient à s'essouffler, ne trouvant plus quoi imaginer pour exaspérer l'autre. Plus du tout à l'aise avec la situation, Grégory lut sur les traits de Tiphaine que c'était réciproque. Une idée lui vint pour essayer de détendre l'atmosphère :

— Viens avec moi, dit-il en lui tendant la main.

— Pour aller où ?

— Fais-moi confiance.

Il aida Tiphaine à se relever, attrapa dans son sac deux paires de lunettes de plongée et conduisit sa collègue près de l'eau. Il lui en tendit une en lui intimant d'un signe de tête de les enfiler.

— Tu sais que j'ai peur de la mer.

— Oui, je sais, mais ne crains rien, je suis là.

Devant la mine perplexe de Tiphaine, il ajouta :

— Je te promets que si un requin se pointe, je ferai barrière de mon corps le temps que tu puisses t'enfuir.

Grégory la guida, le temps que les jambes de la jeune femme pénètrent l'eau tempérée, jusqu'à ce que sa taille soit immergée. Il vérifia ses propres pieds et indiqua à Tiphaine de se mettre la tête dans l'eau.

— Non, mais tu rigoles ! s'écria-t-elle.

— Encore une fois, fais-moi confiance, lui susurra-t-il en lui prenant la main.

Résignée, elle s'exécuta. Il l'accompagna. Comme il l'avait espéré, une myriade de minuscules poissons colorés tourbillonnait autour de leurs jambes. Le spectacle était étourdissant. Tiphaine serra la main de Grégory plus fort encore, et ce dernier ne put déterminer lequel de la peur ou de l'éblouissement en était la cause. Arrivant à court d'oxygène, ils sortirent tous deux la tête de l'eau et ôtèrent leurs lunettes.

— C'est magnifique ! s'extasia Tiphaine. Je ne savais pas que les poissons s'aventuraient si près du rivage.

— La plage n'a peut-être pas de transats ni d'eau chlorée, mais elle offre bien d'autres merveilles, répondit le jeune homme avec un large sourire.

Grégory baissa la tête et réalisa qu'il tenait toujours fermement la main de Tiphaine. Ses yeux vinrent ensuite se planter dans ceux de sa collègue. Les prunelles de la jeune femme avaient perdu leur malice et irradiaient à présent avec passion. Le cœur de l'informaticien s'emballa. Il n'avait plus envie de jouer, plus envie de mentir. Il approcha son visage du sien avec douceur. Elle l'imita. Leurs bouches n'étaient plus qu'à deux centimètres l'une de l'autre quand Tiphaine se détourna abruptement et repartit vers sa serviette d'un pas lourd. Grégory la suivit.

— Quelque chose ne va pas ? demanda-t-il.

— Non, tu crois ? Cette situation est merdique !

Il voulut demander « *quelle situation ?* », mais sachant que ça le mettrait plus dans la panade qu'autre chose, il attendit qu'elle enchaîne.

— Tu fais vraiment chier ! Tu ne pouvais pas être un sale con comme les autres ?

— Je ne comprends pas, tu es en colère parce que je suis sympa ?

— Non ! Parce qu'on a couché ensemble et que tu ne me l'as pas dit !

Grégory resta bouche bée. Le temps des révélations était donc venu. Il ignorait s'il était prêt pour cette conversation…

— Attends, je vais t'expliquer…

— Garde tes explications pour toi. J'en ai plus rien à faire. Quand je suis venue te voir, tu aurais dû me le dire tout de suite. Au lieu de ça, tu m'as fait mariner comme une dinde !

— Eh ! Tu t'es amusée aussi quand tu as découvert que c'était moi ! Je ne suis pas le seul fautif ! D'ailleurs, comment m'as-tu démasqué ?

— Là n'est pas la question. Tu aurais dû me parler tout de suite. Point ! J'aurais été soulagée d'apprendre que c'était toi.

— Mais laisse-moi au moins te dire…

— Non, le coupa-t-elle. Je ne veux plus rien avoir à faire avec toi.

— Mais… commença-t-il en la retenant par le bras.

Sans qu'il eût le temps de comprendre quoi que ce soit, Tiphaine l'attrapa et, à l'aide d'une balayette et d'un transfert de poids bien exécuté, le fit voltiger. Il se retrouva plaqué contre le sable, le souffle coupé. Une règle qu'il aurait dû retenir : on n'énerve pas une femme ceinture noire de judo.

— J'ai dit NON ! conclut-elle en s'éloignant.

— Qu'est-ce que tu peux être têtue ! répondit Grégory en se redressant sur ses coudes.

— Oui, bah, pour être têtu, il faut être deux !

L'ingénieure marquait un point… Sans leurs entêtements respectifs, ils n'en seraient pas là. Grégory se laissa retomber, anéanti par cette dispute, retenant les larmes teintées de remords qui s'étaient invitées à la lisière de ses yeux. Par la force des choses, il avait provoqué la seule chose qu'il désirait éviter. Tiphaine était furieuse et ne lui parlerait probablement plus jamais…

— 9 —

Tiphaine

Tiphaine ne quitta pas sa chambre de l'après-midi, restant affalée sur son lit à ruminer. Un sac de frappe l'aurait soulagée de la fureur qui l'habitait, mais il lui aurait été difficile de s'en procurer un en plein milieu d'une île. Pourquoi Grégory avait-il rendu tout cela si compliqué ? S'il lui avait avoué la vérité le premier jour, ils en auraient rigolé et auraient tourné la page. Elle aurait peut-être même pu tomber amoureuse de ce *geek*. Était-ce pour cette raison que sa rage demeurait si intense ? Elle appréciait énormément le jeune homme, peut-être même trop. Sa trahison restait d'autant plus difficile à encaisser.

L'heure du dîner approchait et, ne voulant pas croiser l'informaticien, elle hésita entre descendre au réfectoire ou manger dans sa chambre. Mais après tout, pourquoi se priverait-elle de ses vacances ? C'était lui, le mufle. Il n'avait qu'à se cacher s'il se sentait coupable.

Arrivée dans la salle à manger, Tiphaine garda la tête haute et prit soin d'ignorer tout le monde autour d'elle (en tâchant cependant d'activer son radar à Grégory pour le plaisir de le voir se morfondre). À sa grande déception, il brillait par son absence. C'est donc seule et dans le calme qu'elle dégusta sa moussaka avant d'aller se coucher, n'étant pas d'humeur à faire la fête.

Le lendemain, Tiphaine, qui avait sournoisement soudoyé l'agent d'entretien, réussit à obtenir un transat au bord de la piscine. Sa matinée consista essentiellement à dorer comme une chipolata sur son barbecue. Quitte à rentrer en France sans un bel étalon, elle y reviendrait avec un bronzage à faire pâlir d'envie ses amies. Une voix féminine s'adressa à elle :

— Eh bien alors, Tiphaine ? Tu n'es pas avec Grégory, aujourd'hui ?

La jeune femme se redressa et aperçut sur la chaise longue voisine Bénédicte, une secrétaire proche de la soixantaine qui travaillait aux archives.

— Non, je suis bien mieux toute seule.

— C'est dommage, c'était mignon de vous voir ensemble. Ça faisait un bon moment que je ne l'avais pas vu rire, celui-là.

— Ouais, bah qu'il rigole dans son coin.

— Oh ! Il a fait une bêtise ? Tu peux lui pardonner, quand même. Après ce qu'il a fait pour toi le premier soir.

Tiphaine ouvrit grand les yeux. Pourquoi faisait-elle mention de cette soirée ? Était-elle au courant pour leur nuit de folie ? Si c'était le cas, elle ne manquait pas de culot.

— Que voulez-vous dire ?

— Tu étais à deux doigts de te déshabiller entièrement, à cause des encouragements des autres hommes. Il t'a arrêtée et t'a emmenée boire un verre d'eau, malgré les prises de karaté que tu lui renvoyais à la figure.

— Ce devait être du judo, mais…

Au même moment, la scène se dessina dans l'esprit de Tiphaine. Elle distingua très nettement Grégory lui saisir les avant-bras, virevolter une ou deux fois sous ses assauts, lui arracher son soutien-gorge des mains et lui proposer une pinte d'Évian pour la faire dessouler un peu.

— Oh… dit-elle. Ça me revient, maintenant. C'est vrai que c'était plutôt sympa de sa part, en effet…

— En tout cas, je ne sais pas pourquoi tu boudes, mais ne le fais pas trop longtemps. Ça fait un moment qu'il a un faible pour toi. J'aimais bien vous voir ensemble.

— Il vous a dit ça ?

— Non, pas besoin qu'il me le dise, il suffit de voir comment il te regarde.

Tiphaine resta interdite un moment… Il craquait pour elle ? À quoi bon installer cette mascarade, alors ?

Les révélations de sa collègue lui passèrent l'envie de lézarder. Elle remballa ses affaires et repartit vers l'hôtel. Bénédicte l'interpella :

— Je ne suis pas ta mère, mais tu ne devrais pas boire autant.

— Je me suis laissé piéger par la gratuité des boissons… Mais c'est noté, merci.

Les quelques heures de l'après-midi parurent durer cent vingt minutes chacune. Tiphaine ne parvint pas à s'ôter de l'esprit les paroles de Bénédicte, qui tournaient dans sa tête comme le tambour d'une machine à laver en mode essorage. Il ne lui restait que la journée du lendemain avant de devoir reprendre l'avion, et elle refusait de la passer de la sorte. Après le dîner, elle se rendit à la réception en fulminant, dénicha le numéro de chambre de son collègue et s'y rendit sur-le-champ.

Les portes de l'ascenseur s'ouvrirent sur un large couloir aux murs indigo qui déclenchèrent un certain enthousiasme réminiscent chez la jeune femme. Le brouillard mnésique se levait au fur et à mesure qu'elle approchait des appartements de Grégory. Ils s'y étaient précipités comme deux enfants, courant main dans la main en gloussant. Sa colère s'estompa, et au moment de frapper, elle ne savait plus comment démarrer cette discussion. La porte s'ouvrit soudainement.

— Tiphaine ! s'étonna Grégory. Qu'est-ce que tu fais là ?

— Tu voulais t'expliquer… Donc, je t'écoute.

L'informaticien, pris au dépourvu, laissa entrer Tiphaine et lui proposa de s'asseoir sur le lit. Elle reconnut la chambre, et cette vision lui fit remonter une légère nausée saveur menthe.

— Je ne sais pas par où commencer… admit Grégory.

— Par le commencement. La fête de bienvenue.

— Oui… J'ai manqué le début, je ruminais dans mon coin et n'avais pas trop le cœur à la fête. Quand je suis arrivé dans la salle, la soirée était déjà bien lancée, les gens dansaient, s'amusaient. Je me suis pris un verre, puis un second. C'est trompeur, *l'open-bar*.

— Tu prêches une convertie…

— Surtout que je ne bois jamais. L'alcool m'est vite monté à la tête. J'ai commencé à aller danser un petit peu. Et je t'ai vue te déhancher, souriante et pleine de vie. Tu es venue vers moi et le temps d'une chanson, on a bougé au rythme de la musique. Ça a probablement été intensifié par l'alcool, mais tu m'as fait tourner la tête.

— Il paraît que je la faisais déjà tourner avant ça…

La mine abattue du jeune homme fit regretter à Tiphaine le ton sec qu'elle avait utilisé.

— J'étais confus de ressentir ces choses alors que je sortais d'une rupture, donc je me suis éloigné, toujours en gardant un œil sur toi. Ensuite est arrivé l'épisode *Gangnam Style*.

— Justement, j'aimerais bien connaître la vraie histoire de *Gangnam Style*, sans les bobards que tu y as ajoutés.

L'ingénieure savait pertinemment ce qu'il s'était passé, les images récemment réapparues s'étaient gravées dans sa tête. Il lui raconta tout, sans mensonges, en n'oubliant pas de mentionner la prise d'art martial qui lui avait valu par deux fois de se retrouver les quatre fers en l'air.

— Cette technique s'appelle Ippon-Seio-Nage, prit-elle la peine de préciser. Pour ne rien te cacher, je m'en suis rappelée plus tôt dans la journée…

— Alors pourquoi m'avoir fait répéter ?

— Je voulais savoir si je pouvais te faire confiance ! Je t'avais toujours vu comme le mec intègre, droit, respectueux, qui ne ferait jamais souffrir une femme.

— D'ordinaire, je le suis. Mais il y a quelque chose en toi qui me fait perdre tout contrôle.

Tiphaine sentit le rouge lui monter aux joues : Grégory était si démoralisé de l'avoir déçue.

— Et ensuite ? Comment nous sommes-nous retrouvés… ici ? dit-elle en posant sa main sur le lit.

— Oui… Le lit… La chose importante à retenir, c'est que je suis mort de honte par rapport à ce que j'ai fait. Tu étais ivre, et jamais je n'aurais dû tenter quoi que ce soit.

— Et donc ? murmura doucement Tiphaine, touchée par la sincérité du jeune homme.

— Après avoir réussi à te faire avaler un grand verre d'eau, chose qui fut aussi facile que de donner un cacheton à un bébé crocodile, soit dit en passant, j'ai voulu te raccompagner dans ta chambre pour te mettre au lit. Dans l'ascenseur, tu riais aux éclats et tu as appuyé sur tous les boutons. Arrivés à mon étage, je t'ai indiqué que c'était là que je séjournais, et tu m'as poussé dans le couloir en me disant : « *C'est toi le chat !* » J'ai été pris au jeu, et on a couru jusqu'à ce que je t'attrape. Tu as voulu voir ma chambre, et une fois à l'intérieur…

Tiphaine sentit un frisson la parcourir. À chacun des mots de Grégory, les souvenirs s'illustraient et les émotions qu'elle avait ressenties à ce moment-là refaisaient surface. Son cœur tambourina dans sa poitrine et son ventre se serra. Elle se leva pour se donner une contenance et, sans le vouloir, se plaça à l'endroit même où elle s'était tenue quelques jours auparavant.

— Une fois à l'intérieur… reprit Grégory, la bouche sèche.

— Une fois à l'intérieur, je me suis avancée vers toi. Je t'ai regardé d'un air coquin en me mordant la lèvre, dit-elle en reproduisant à l'identique ses actions passées.

— Ça m'a rendu fou de désir, continua le jeune homme. Je ne savais plus quoi faire, entre répondre à mes pulsions ou faire ce qui était bien. Je me suis détourné et…

Il s'éloigna furtivement, passant ses doigts dans ses mèches châtain et Tiphaine l'agrippa.

— Je t'ai retenu par le bras, chuchota-t-elle. Ton comportement de gentleman m'a émoustillée, et pour te le faire comprendre, j'ai enlevé ma robe.

Tiphaine fit passer son débardeur par-dessus sa tignasse brune et le laissa tomber sur la moquette.

— Qu'est-ce que tu fais ? demanda Grégory.

— Je m'aide à me rappeler… J'ai envie de me rappeler.

— Tu es sûre ? susurra-t-il.

— Oui.

Il s'approcha lentement, comme on le ferait auprès d'un animal apeuré. Il posa ses lèvres sur celles de Tiphaine, encadrant délicatement son visage de ses mains. La température monta subitement entre eux. La soulevant telle une princesse, il l'installa sur le lit et couvrit sa peau de baisers fougueux. Il reconstitua leur première nuit d'amour au geste près. La jeune femme vécut ainsi l'expérience la plus extraordinaire de sa vie : elle ressentit tout en double. Les frémissements provoqués par le velouté des caresses de Grégory furent décuplés par les souvenirs de la fameuse soirée qui les accompagnaient. Il n'était pas un goujat, il n'était pas gay. C'était juste Grégory, l'homme qui faisait battre son cœur plus fort.

— 10 —

Grégory

Grégory se réveilla en douceur, décollant sa tête de l'oreiller, du baume au cœur après la soirée de folie qu'il venait de passer. Il se tourna et découvrit une Tiphaine radieuse, qui l'observait intensément. Le regard tendrement taquin de la jeune femme le subjugua.

— Tu ne prends pas la fuite, aujourd'hui ?
— Non, je ne m'enfuis que devant les inconnus.
— Tu veux faire quoi de notre dernière journée ? Plage ? Piscine ?
— Pourquoi ne pas retourner voir les poissons ?
— Mais, et les requins ! Tu y as pensé ? plaisanta l'informaticien.
— Maintenant que j'ai eu la preuve que tu es un homme de parole, je sais que tu me protégeras. C'est surtout que j'aimerais apprendre à connaître le vrai Grégory.

Ce dernier attira Tiphaine vers lui et l'embrassa avec ardeur.

Finalement, ils passèrent leur dernière journée dans la chambre d'hôtel, loin de tout, mais plus proches l'un de l'autre que jamais, reparlant avec dérision des mensonges qu'ils avaient bien pu inventer sous le coup de l'obstination. L'ingénieure eut la surprise d'apprendre la provenance des fabulations de Grégory sur ses antécédents d'homosexuels. Ce dernier lui avoua qu'il s'était inspiré de l'histoire de son frère Fabrice qui lui avait récemment dévoilé sa bisexualité, et se moqua gentiment des inventions extravagantes de la jeune femme sur Armando.

Aussi, Grégory aida Tiphaine à se rappeler encore et encore leur première soirée.

Le jeune homme ne put s'empêcher de se demander ce qu'il se serait produit s'il n'avait pas fait semblant de dormir le premier matin, quand Tiphaine avait pris la poudre d'escampette. Cette relation allait-elle se poursuivre une fois rentrés de Crète ? Aucun des deux ne le savait. Une chose était sûre : ces vacances resteront gravées dans leur mémoire.

FIN

Interlude sous les Pins Parasols 7
    Agnès Brown

With or without words 39
    Nathalie Sambat

Un amour de vacances 65
    Bella Doré

Cœurs en rade 109
    Mickaële Eloy

Transat 21 145
    Marie-Claude Catuogno

On n'a qu'une vie 169
    Clora Fontaine

Pour être têtu, il faut être deux 209
    Jessica Motron

À découvrir dans la collection Romance Addict

Les chocolats ne fondent pas à Noël, les cœurs oui !
Collectif de Romance Addict

Cœurs de Soldats
Tome 1 : Parce que c'est toi…
de Bella Doré

Doutes
Tome 1 : La part des anges
Tome 2 : L'ivresse assassine
de Zéa Marshall

Coup de foudre à St-Palais
D'Angélique Comte

Plumes à Plume
de Nathalie Sambat

***

À paraître prochainement :

Cœurs de soldats
Tome 2 : Je te promets…
de Bella Doré

Accommoder au safran
de Maryssa Rachel

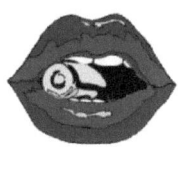

Addictive, acidulée, sexy, passionnée.
Une collection inédite, originale.
Elle se décline en 3 styles :
Romance, Sexy Romance et Dark Romance.

Retrouvez nos auteur(e)s, nos nouveautés, nos actualités sur la page Facebook de Romance Addict

Découvrez les autres collections de JDH Éditions

Black Files

F-Files

Magnitudes

Drôles de pages

Uppercut

Nouvelles pages

Versus

Les collectifs de JDH Éditions

Case Blanche

Hippocrate & Co

My Feel Good

Les Atemporels

Quadrato

Baraka

Les Pros de l'Éco

Sporting Club

L'Édredon

La revue littéraire de JDH Éditions

Venez découvrir les textes de la revue

Textes et articles dans un rubriquage varié
(chroniques, billets d'humeur, cinéma, poésie…)

Suivez **JDH Éditions** sur les réseaux sociaux
pour en savoir plus sur les auteurs,
les nouveautés, les projets…

Inscrivez-vous à notre Newsletter sur
www.jdheditions.fr
Pour recevoir l'actualité de nos nouvelles parutions